# Million TIMES

Katy Raze

## Impressum

Erstausgabe Januar 2022
Alle Rechte vorbehalten!

Impressum:
Katy Raze
c/o JENBACHMEDIA
Grünthal 109
83064 Raubling

Cover: Katy Raze
Korrektorat: Holly O'Rilley

katyraze@web.de

ISBN: 9783755749158

Herstellung und Verlag: BoD – Books on
Demand, Norderstedt

## ALLE BEREIT?

Willkommen zurück auf Sizilien. Dies ist der zweite und abschließende Band von Masons und Domenics Geschichte. Hast du Band 1 noch gut im Kopf? Falls nicht, folgt hier eine kurze Zeitreise.

Mason hat Schulden bei Emilio de Luca und wenn er nicht sterben will, bleibt ihm nur eine Möglichkeit: Er muss in Domenic Marinos Hotelzimmer einbrechen und dessen Uhr stehlen. Alles läuft nach Plan, aber der Mafiaboss ist schnell, effektiv und verdammt wütend über den Eindringling. So landet Mace eingesperrt in Doms Villa. Ein Katz und Maus Spiel beginnt, das die beiden dominanten Männer in einen Strudel aus Lust und Leidenschaft zieht, aus dem sie nicht entkommen können.

Doch Mace weiß, dass sein Leben nur von Domenics Interesse abhängt und Feinde lauern an jeder Ecke. De Luca ist alles andere als begeistert, dass Mason nun bei Dom ist. Er versucht um jeden Preis, Masons Tod zu fordern, aber Dom ist noch nicht bereit, sein neues Spielzeug gehen zu lassen.

Während Dom sich selbst in seinen Gefühlen verstrickt, schleppt auch seine kleine Schwester Arianne einen Mann an. Domenic spürt, dass er Gefahr bedeutet, und so lockt er ihn in sein Zuhause, mit der Absicht, ihn umzulegen. Doch dieser Abend eskaliert und Dom ist derjenige, der angeschossen und verletzt wird, während Arianne entführt wird. Es gibt nur einen, der dafür verantwortlich sein kann: De Luca.

Als Mace ihn findet, tut Dom das Einzige, was ihm noch übrig bleibt: Er lässt ihn gehen, schickt ihn in die Freiheit, aber Mace bringt es nicht über sich, ihn sterben zu lassen.

Dom überlebt, aber jetzt ist es Mason, der eine Knarre an den Kopf gedrückt bekommt. Domenic weiß, dass es nur eins gibt, was er tun kann, um diesen Krieg zu beenden, bevor er noch mehr Opfer fordert: Er muss Masons Leben gegen das seiner Schwester tauschen. Er muss derjenige sein, der Mace die Kugel verpasst, das ist das Letzte, was er für ihn tun kann. Er muss sich nur noch dazu überwinden, abzudrücken ...

# ALLES AUF ANFANG

*Zehn Jahre zuvor*

»Sag mir, dass du mich liebst.«

Die klaren blauen Augen meiner Schwester sind gefüllt mit Tränen, was ihnen einen glasigen, fast unwirklichen Glanz verleiht.

»Domenic«, wimmert sie. »Ich habe so Angst.«

Natürlich hat sie das. Sie ist erst acht, noch ein Kind. Ein Kind, das schon zu viel Schreckliches mitansehen musste. Ein Kind, das geprägt wurde von der Gewalt, die überall um es herum existiert.

Genauso wie ich.

Aber ich bin keine acht mehr. Ich bin siebzehn und, *verdammt nochmal,* darf jetzt nicht die Beherrschung verlieren.

Ich tue es für sie. Für sie muss ich stark bleiben, auch wenn ich nicht will.

*Ich will nicht, ich will nicht, ich will nicht.*

»Arianne«, lenke ich ihre Aufmerksamkeit wieder auf mich und bringe mich selbst zurück ins Hier und Jetzt.

Inzwischen rinnen ihr die Tränen in Sturzbächen über die Wangen und das Blau ihrer Augen wirkt dadurch wie ein See.

»Ich liebe dich, Domenic«, wispert sie. »So sehr.«

Der Druck in meiner Brust nimmt ab, wird leichter zu ertragen, ist nicht mehr ganz so schwer.

Ich weiß, dass sie mich liebt, so wie ich sie. Aber ich muss es hören. Ich muss die Worte hören, sie müssen in meinem Inneren widerhallen, so lange und so laut, bis die Bestrafung meines Vaters vorbei ist.

Die Bestrafung.

Mir wird schlecht, wenn ich daran denke. Vater ist so willkürlich dabei.

Du hast den Jungen aus deiner Schule verprügelt? Keine Bestrafung.

Du hast ihm die Nase gebrochen? Bestrafung.

Du hast mit einem wildfremden Kerl im Vorgarten gevögelt? Keine Bestrafung.

Du hast beim Tischdecken die Gabel an den falschen Platz gelegt? Bestrafung.

Seit ein paar Monaten hat er sich etwas Neues einfallen lassen. Ich darf für die Verfehlungen meiner Geschwister einstehen, darf die Schläge, Messerstiche und Peitschenhiebe für sie annehmen, wenn ich dazu bereit bin. Meine Entscheidung.

Vater macht kein Geheimnis daraus. Er hofft, damit die enge Bindung zwischen uns zu entzweien.

Aber er liegt falsch, wie so oft.

Denn mit jedem weiteren Schlag, den ich für Ari oder Ace auf mich nehme, wachse ich. Ich wachse und irgendwann wird er derjenige sein, der Dreck frisst.

Allein dieser Gedanke hilft mir, mich aufzurappeln und für Arianne die Strafe anzutreten.

Diese Vorstellung und der feste Glaube daran, dass sie mich lieben.

*Ein Tag zuvor*

»Tu das nicht, Domenic.«

In Masons dunklen Augen steht eine so ernsthafte Sorge, dass ich fast losgelacht hätte. Worüber, zur Hölle, macht er sich so Gedanken?

Ich hebe eine Augenbraue. »Was genau?«

»Töte den Freund deiner Schwester nicht.«

Ich nehme mir einen Moment, um ihn zu mustern, sehe von der offenen Bitte in seinen Augen bis zu seinen zu Fäusten geballten Händen. Mit zwei Schritten überbrücke ich die letzte Distanz zwischen uns, umfasse seine Wange und hebe seinen Kopf, damit er mir in die Augen schauen muss.

»Du hast nicht zu entscheiden, was gut für meine Schwester ist, Mace.«

Mir gefällt nicht, wie besessen Ari von diesem Jason ist, wie ihre Augen strahlen, wenn er anruft und wie trüb ihre Miene wird, wenn er sich nicht oft genug bei ihr meldet. Ich weiß, dass ich der Letzte bin, der in dieser Hinsicht ein gutes Beispiel ist, aber ich kann nicht dabei zusehen, wie meine kleine Schwester sich in eine toxische Beziehung stürzt.

Sie braucht einen klaren Schlussstrich, damit sie sich auf neue Dinge konzentrieren kann.

Wird sie mich hassen, verfluchen und am liebsten zum Teufel jagen? Bestimmt. Aber irgendwann wird sie mir dankbar sein.

Ich verstärke den Druck um Masons Wange leicht und sehe ihm wieder bewusst in die Augen. Immer noch kann ich darin Skepsis ausmachen, doch auch etwas anderes. Etwas, das mich dazu bringen will, ihn zu küssen und zu ficken, wieder und wieder, bis das Gefühl in mir vergeht.

Mason wehrt sich aus meinem Griff, streckt sich und legt seine Lippen auf meine, ehe ich den Impuls in mir unterdrücken kann. Als hätte er gespürt, dass ich im Moment nichts lieber will, als ihm noch näher zu sein. Oder ist er derjenige, der denselben Drang verspürt?

*Hör auf. Hör verdammt nochmal auf, bevor ich die Kontrolle verliere.*

Mason erhöht mein stummes Flehen und stellt sich auf die Füße, weicht einen Schritt von mir zurück.

»Oben wäre dann alles soweit, Boss.«

Rescos Stimme lässt mich innerlich zusammenzucken, da ich nicht gemerkt habe, dass er in den Türrahmen hinter mir getreten ist.

Ein letztes Mal streift mein Blick Masons. *Alles wird gut, Tesoro. Du wirst sehen.* Dann wende ich ihm den Rücken zu, schließe die Tür ab und schiebe das Hemd in die Hose.

»Pass gut auf«, schärfe ich Resco ein. Mason ist alles zuzutrauen, eine verschlossene Tür ist für ihn kein Hindernis. Heute Abend kann ich nicht gebrauchen, dass er mir Ärger macht. Die Sache muss schnell und reibungslos verlaufen.

»Okay, Boss.«

Ich lasse das untere Stockwerk hinter mir und trete nach oben. Am Fuß der Treppe treffe ich auf Arianne, die fast in mich hineingerannt wäre.

»Da bist du ja!« Ihr Gesicht beginnt zu strahlen. »Ich hab' schon überall nach dir gesucht. Gut siehst du aus.«

»Und du siehst aus wie eine Nutte.« Das enge blaue Kleid schmiegt sich hauteng an ihre Kurven und ist so tief ausgeschnitten, dass ihre halben Brüste zu sehen sind.

Meine Schwester lacht daraufhin nur trocken. »Nichts, was Jaze nicht schon gesehen hat.«

Unzufrieden kneife ich die Augen zusammen und meine Schwester zieht den Kopf ein.

»Ich gehe mich nochmal frisch machen. Jason verspätet sich ein bisschen.«

Ich nicke und mache ihr Platz, sehe ihr dann nach, wie sie in ihren Heels umständlich die Treppen herunterläuft. Kopfschüttelnd laufe ich weiter ins Esszimmer. Auf dem langen Tisch stehen bereits die köstlich riechenden Speisen. Einige Teller wurden mit Hauben bedeckt, um sie warm zu halten, doch schon die kalte Platte sieht fantastisch aus. Mason wäre sicher begeistert. Aber ich werde ihm die Reste später vorbeibringen.

*Später.*

Ein sehnsuchtsvolles Ziehen macht sich in meiner Brust bemerkbar, als ich daran denke. Mit einem Seufzen auf den Lippen lasse ich mich auf einen der Sessel im hinteren Bereich sinken und lehne mich zurück. Meine Muskeln sind angespannt und mein Inneres ist wachsam und bereit.

Das heute Abend macht mir keinen Spaß, ganz und gar nicht. Aber ich tue, was getan werden muss, wie immer. Ich funktioniere für meine Geschwister, für meine *Familia*, um all die Leute zu beschützen, die ich so abgöttisch liebe.

»Dom.« Alessio stößt zu mir und setzt sich auf den Platz mir gegenüber. Auch er ist angespannt, seine Miene starr. Er trägt ebenso wie ich ein weißes Hemd und eine Anzughose, darüber eine Weste, an seinen Handgelenken glänzen die Manschettenknöpfe unseres Vaters.

Unseres Vaters, der immer der festen Überzeugung war, dass diese vergoldeten Manschettenknöpfe demjenigen zustehen, der in der *Familia* das Sagen hat. Sie stünden mir zu, aber ich habe sie an meinen Bruder verschenkt. Eine weitere Rebellion, ein Zeichen, wie wenig ich unseren gemeinsamen Vater wertschätze und ein Symbol für die Liebe zwischen Brüdern.

Mein Blick bleibt einen Ticken zu lange an den Knöpfen hängen, was Alessio dazu veranlasst, unruhig auf seinem Platz hin- und herzurutschen.

»Ich kann sie abnehmen«, murmelt er.

Sofort schüttle ich den Kopf. »Sie gehören dir, Ace.«

Wie alles ihm gehören könnte, aber er hat es mir überlassen. Er wollte es nie.

»Was ist los?«, hake ich nach.

»Miles und Erica haben berichtet, dass de Lucas Leute ungewöhnlich oft in unserem Viertel Patrouille fahren. Das gefällt mir nicht, Dom. Sie suchen sicher nach Mason. De Luca ahnt, dass er bei uns ist.«

Ich zwinge mich, die Schultern zu entspannen und tief durchzuatmen.

Ein Problem nach dem anderen. Zuerst bringe ich diesen Abend mit Jason hinter mich, danach kümmere ich mich um de Luca. Dann muss ich entscheiden, was mit Mason passiert.

»Schau dir das persönlich an«, bitte ich meinen Bruder. »Sag de Lucas Leuten, sie haben nichts in unseren Vierteln zu suchen. Wir lassen uns das nicht gefallen.«

»Okay.« Alessio zögert. »Sicher, dass du meine Hilfe hier nicht brauchst?«

»Nein, ich habe alles im Griff.«

Mein Bruder stockt erneut. »Und was ist mit dem Amerikaner?«

»Das besprechen wir ein anderes Mal.«

»Domenic, ich-«

»Alessio, bitte«, unterbreche ich ihn. Gerade liegt mein ganzer Fokus auf dem heutigen Abend und Mason sollte dafür in den Hintergrund rücken.

*Sollte.*

Dass er pausenlos meine Gedanken beherrscht, kann und werde ich meinem Bruder nicht unter die Nase reiben.

»Ist gut.« Alessio wirkt nicht überzeugt, aber er lässt mich damit in Ruhe. Er erhebt sich, drückt mir einen brüderlichen Kuss auf die Schläfe und verschwindet dann aus meinem Blickfeld.

Das warme Gefühl von Zuneigung kribbelt in meinem Körper und lässt mich ruhig werden. Manchmal vergesse ich, dass Alessio der ältere

Bruder ist und es tut gut, daran erinnert zu werden. Es gibt mir das Gefühl, die ganze Last der Welt nicht nur auf meinen Schultern tragen zu müssen.

Ace' Schritte sind längst verklungen, als meine Mitarbeiter mir ankündigen, dass unser Besuch da ist und jeden Moment nach oben gebracht wird.

Ich erhebe mich von meinem Sessel und nehme meine Pistole an mich, überprüfe das Magazin und verstaue sie in der Innentasche meines Jacketts, das ich überstreife.

Klackernde Schritte ertönen, kurz darauf taucht Arianne im Esszimmer auf. Ihre Augen strahlen immer noch, ihre Wangen sind leicht gerötet.

»Oh mein Gott, er kommt gleich«, freut sie sich und legt sich eine Hand auf die Brust, hinter der ihr Herz sicher gerade aufgeregt flattert.

»Ich bin gespannt«, sage ich ruhig und wende mich dem Aufzug zu. Ich bin auf alles vorbereitet.

## 2. DOMENIC

Die Türen öffnen sich und ein Mann in den Dreißigern taucht in meinem Blickfeld auf. Er wird begleitet von Massimo, der seine Waffe im Gegensatz zu mir nicht versteckt hat, sondern ganz offen zur Schau trägt. Unsere Blicke kreuzen sich, er nickt mir beruhigend zu und gibt Jason das Zeichen, dass er heraustreten kann.

Jason Bellingham.

Ein Name so unauffällig wie seine Biografie, die ich natürlich überprüft habe. Er trägt seine dunkelblonden Haare kurz, ein Bartschatten auf den Wangen, ist gekleidet in ein lockeres Hemd und eine Jeans.

»Hallo, Baby«, grüßt er mit rauer Stimme und lässt den Blick einmal über Aris leicht bekleidete Gestalt wandern. Er begrüßt sie mit einem flüchtigen Kuss auf die Lippen und überreicht ihr einen bunten Blumenstrauß. Ariannes Augen beginnen sofort, noch ein Ticken mehr zu leuchten, und Jason wendet sich mir zu. Ein höfliches Lächeln auf den Lippen, eine Flasche italienischen Wein, die er mir übergibt.

»Freut mich sehr, dich kennenzulernen«, sagt er.

Skeptisch sehe ich ihn von oben bis unten an. Ein Amerikaner, so viel wusste ich schon, aber nicht, dass sein Akzent so ausgeprägt ist. Laut seiner Biografie hat er mehrere Jahre in Italien gelebt, ist dann zurück in die Staaten und vor einem halben Jahr wieder zurückgekommen.

»Ich hoffe, du hast Hunger mitgebracht«, sage ich zu ihm und versuche, mir mein Misstrauen nicht so offensichtlich ansehen zu lassen. Ich wiege die Flasche hin und her. »Setzt euch. Ich öffne diese hier für uns.«

»Komm, Schatz«, sagt Ari und umfasst Jasons Hand, um ihn ins Esszimmer zu führen.

Ich verschwinde kurz in die Küche und entkorke den Wein, ehe ich zu dem verliebten Paar stoße. Sie sitzen nebeneinander, Arianne kichert und küsst immer wieder Jasons Hals. Erst als ich näher komme, reißt sich meine Schwester zusammen und rutscht etwas von ihm ab. Die geschenkten Blumen stehen in einer Vase auf dem Tisch.

Ich frage mich, ob ihr Herz so schnell klopft, als würde sie einen Marathon laufen, wenn sie ihn nur ansieht. Ich frage mich, ob sie ebenso ein dunkles, unbändiges Verlangen verspürt, wenn er sie berührt. Ob sie so besessen von ihm ist, dass allein sein Duft eine so tiefe Sehnsucht auslöst, dass es sich anfühlt, als würde sie verdursten.

Und vor allem frage ich mich, seit wann, verdammt, ich das so gut nachvollziehen kann.

»Wein oder lieber einen Whiskey, Jason?«, frage ich mit ruhiger Stimme.

»Wein, danke.«

Kein Whiskey? Schade. Ich schiele zu der teuren Flasche auf meinem Tisch. Laut meiner Recherche ist er ein großer Whiskeyfan und ich habe diesen hier mit Beruhigungsmitteln versehen.

Egal. Das muss nicht unbedingt sein. Erschießen werde ich ihn so oder so.

Nachdem ich dreimal Wein eingeschenkt habe, setze ich mich an meinen üblichen Platz am Tischende und mach eine einladende Handbewegung.

»Bedient euch. Unsere Köchinnen haben sich besonders viel Mühe gegeben.«

»Das sieht verdammt gut aus«, kommentiert Jason und lädt sich eine Portion auf den Teller. Ich beobachte, wie er auch Ariannes Teller befüllt. Sie kriegt Salat und etwas von dem Fisch.

»Meine Schwester wird selbst wissen, was sie essen möchte, findest du nicht?«, kann ich mir einen Kommentar dazu nicht verkneifen.

Jason wirft mir einen Blick zu, in dem keine Angst, keine ertappte Reue, noch nicht einmal eine stumme Entschuldigung steht. Dafür überhebliche Arroganz.

»Jaze weiß, was ich mag«, erwidert Arianne sofort und Jason legt ihr eine Hand auf den Oberschenkel.

Ich zügle die hitzige Wut in mir. Alles zu seiner Zeit.

»Wenn das so ist«, meine ich nur und lege mir ebenfalls etwas von dem Essen auf. Mein Appetit ist nicht vorhanden, aber ich will wenigstens etwas auf meinen Teller laden, für den Schein.

Später kann ich mit Mason etwas essen. Später, wenn alles vorbei ist, wenn ich wieder bei ihm bin.

»Erzähl mir etwas von dir«, verlange ich, an Jason gewandt.

»Ich komme ursprünglich aus den Staaten«, sagt er und rattert dann herunter, was ich alles bereits von ihm weiß: Wo er aufgewachsen ist, was er studiert hat, wie er meine Schwester kennengelernt hat.

Arianne klebt an seinen Lippen, obwohl sie das Ganze sicher schon einmal gehört hat. Ich rede nicht viel, nicke nur hin und wieder. Das Essen zieht sich und ich muss mich regelrecht zwingen, nicht immer auf die Uhr zu blicken.

»Kommt Ace gar nicht mehr nach?«, fragt Ari, nachdem Jason seinen Monolog beendet hat.

»Vermutlich nicht«, meine ich. »Er ist beschäftigt.«

Enttäuschung flackert über Ariannes Gesicht.

»Schade«, sagt Jason. »Ich hätte ihn gerne kennengelernt.«

»Ein anderes Mal.« Eine Lüge. Sein Getue geht mir so auf die Nerven, dass ich ihn am liebsten sofort erschießen will.

Jason lächelt schmallippig. »Bestimmt.«

»Noch mehr Wein?«, hake ich nach, da die Flasche inzwischen leer ist.

»Gerne.«

Ich laufe in die Küche und hole eine weitere Flasche Portwein aus unserem Vorratsschrank. Die Angestellten haben sich in der Küche zusammengestellt und machen sich über die Reste her. Die Arbeitsflächen sind schon wieder blitzblank geputzt.

»Don«, spricht mich Diane schüchtern an. »Soll ich unserem Gast etwas auf sein Zimmer bringen?«

»Nein.« Flüchtig werfe ich einen Blick auf die Uhr. Noch nie haben sich knapp zwei Stunden für mich so lange angefühlt. »Ich bringe Mason später selbst etwas, Danke«, füge ich hinzu und gehe zurück ins Esszimmer.

Arianne und Jason unterhalten sich flüsternd. Meine Schwester räuspert sich und lächelt mir entgegen.

»Ein Glas noch«, sagt sie. »Dann wollen Jason und ich einen Spaziergang am Strand machen und später zu ihm. Du hast doch nichts dagegen?«

»Ganz und gar nicht, Ari«, erwidere ich ruhig und fülle die Gläser.

Arianne ext ihr Glas in einem Zug und erhebt sich. »Ich schlüpfe mal in etwas Gemütlicheres. Treffen wir uns in zehn Minuten am Aufzug?«

»Ja, Babe.« Jason zieht sie zu einem Kuss heran, Ari lächelt nochmal in die Runde, dann verklingen ihre stöckelnden Schritte. Ich fixiere Jason.

»Was hast du für Absichten mit meiner Schwester?«

Der Typ hält meinem Blick stand, seine Miene ist ruhig, beinah tiefenentspannt. »Ich mag sie, offensichtlich. Ich habe nicht vor, sie zu verletzen oder unehrenhaft zu behandeln. Arianne ist wahrlich ... von unschätzbarem Wert.«

Die Art, wie er diesen letzten Satz ausspricht in seinem laienhaften Italienisch, lässt alle Alarmglocken in mir aufschrillen.

Es wird Zeit. Ich will nicht länger warten und sollte den Moment nutzen, solange Arianne beschäftigt ist. Ich öffne mein Jackett und hole meine Knarre heraus. Jason zuckt mit keiner Wimper, seine Miene ist immer noch gelassen.

»Was habe ich falsch gemacht?«, fragt er ruhig.

»Alles. Von dem Moment an, als du meine Schwester zu lange angeguckt hast.«

»Du wirst mich erschießen?«

»Ja.«

»Domenic.«

Ariannes entsetzte Stimme lässt mich innerlich zusammenzucken. Äußerlich jedoch umfasse ich meine Waffe fester und drehe den Kopf nach ihr um.

Sie hat sich nicht umgezogen, trägt nach wie vor das eng geschnittene Kleid, nur die High Heels hat sie ausgezogen und läuft nun barfuß, weshalb ich ihr Kommen nicht gehört habe. Und sie ist nicht allein.

Zwei Männer, die ich noch nie zuvor gesehen habe, flankieren sie. Sie sind groß, breitschultrig und beide tragen Pistolen bei sich.

»Hättest du das wirklich getan? Du hättest die Liebe meines Lebens kaltblütig erschossen, einfach nur, weil du die Kontrolle über mich behalten willst?« Tränen rinnen über die Wangen meiner Schwester, ihre Stimme klingt erstickt und dieser verletzte Blick durchbohrt mir förmlich das Herz.

»Wer sind diese Männer?«, frage ich scharf, mein Blick schnellt zu Jason, der ein selbstgefälliges Grinsen aufgesetzt hat.

Sie gehören zu ihm. Dieser Typ wusste, dass er dieses Abendessen nicht lebend verlässt.

»Pack deine Knarre weg, Domenic. Ich gebe jetzt die Regeln vor.«

Ein humorloses, trockenes Lachen entfährt mir, aber mit diesem Bastard werde ich mich später beschäftigen. Ruckartig erhebe ich mich und mache einen Schritt auf Ari zu.

»Weg von meiner Schwester«, befehle ich. »Sonst werdet ihr dieses Haus in Leichensäcken verlassen.«

Arianne, immer noch stumm weinend, schüttelt den Kopf. »Ich werde mit Jason mitgehen. Ich kann nicht länger hier leben, ständig bewacht von dir. Es tut mir leid.«

»Arianne!«

»Bringt sie weg«, befiehlt Jason. »Wir sehen uns später, Baby.«

Ich werfe einen Blick über die Schulter zu dem grinsenden Idioten, der immer noch lässig in seinem Stuhl zurückgelehnt dasitzt.

Meine Schwester sieht mich ein letztes Mal an, dann dreht sie mir den Rücken zu und läuft, begleitet von den Männern, Richtung Aufzug. Er öffnet sich wie auf die Sekunde genau und fünf weitere, unbekannte Männer steigen aus.

»Stopp, Arianne …«

Jason steht nun doch auf und hält mir die Knarre an den Hinterkopf. Ich reagiere blitzschnell, fahre herum und schlage ihm die Pistole aus der Hand. Damit hatte er offensichtlich nicht gerechnet und auch nicht mit meinem weiteren Hieb auf seinen Kiefer.

Stöhnend taumelt er zurück, ich entferne mich von ihm und will zu Arianne rennen, doch die Aufzugtüren schließen sich bereits und sie ist weg. Stattdessen stehen vor mir nun fünf schwer bewaffnete Männer, die alle auf mich zielen. Mindestens zwei davon erkenne ich wieder.

De Lucas Männer.

Das sind de Lucas Männer in meinem Haus.

Arianne hat sie hereingelassen. Sie muss ihnen den Code gegeben haben, sie muss sie vor den weiteren Sicherheitsvorkehrungen gewarnt haben.

Diese Erkenntnis, Ariannes Verrat, frisst sich wie Gift durch meinen Körper. Während ich innerlich durchzähle, wie viele meiner Männer sich in diesem Haus aufhalten und mir zur Hilfe kommen könnten, ertönt bereits der erste Schuss.

*Jetzt*

Das ist zu viel.

Der Schmerz in meinen Eingeweiden, das Gefühl, immer noch einen Fremdkörper in mir zu haben, der Aufprall der einschlagenden Kugel, die Ohnmacht, diese bleierne Schwere.

Aber es ist nicht diese Pein, die mich fast umbringt. Es ist das Drahtseil in meiner Brust, das sich immer schneller und schneller um mein Herz spannt.

Meine Hand zittert, gottverdammt, und ich weiß, dass es nicht wegen der Schmerzmittel ist, mit denen ich vollgepumpt bin.

*Reiß dich zusammen.*

Es ist nur ein Schuss.

*Reiß dich zusammen.*

Nur eine weitere Leiche.

*Reiß dich zusammen.*

»Es tut mir leid, Mason.«

Mace schließt die Lider, ich sehe, wie ihm ein tiefer Atemzug entweicht. Mein Finger krümmt sich um den Abzug.

*Reiß dich zusammen.*

»Dom!« Polternde Schritte hinter der verschlossenen Tür lassen mich so heftig zusammenzucken, dass mir fast die Waffe aus den Händen gerutscht wäre.

Mason, der sich ebenfalls erschrocken hat, springt blitzschnell auf die Füße und weicht zurück. Gerade noch rechtzeitig, ehe die Tür auffliegt und Alessio hereinplatzt. Seine Augen huschen von Mason zu mir.

»Wir haben eine Nachricht von Ariannes Entführern erhalten«, sagt er atemlos. »Sie wollen *ihn*.« Er deutet mit dem Kinn auf Mason.

»Ich weiß«, presse ich hervor. »Das waren de Lucas Männer. De Luca hat das alles eingefädelt, er hat diesen Jason in Ariannes Leben geschleust und sie manipuliert.« Bei dem Gedanken an den Abgang meiner Schwester krampft sich alles in mir zusammen und schwarze Punkte tanzen vor meinen Augen.

Ich will mich hinlegen, einschlafen und alles vergessen. Und gleichzeitig will ich losziehen und all die Männer mit bloßen Händen erwürgen.

»Aber es war nicht de Luca, der sich gemeldet hat«, erwidert Alessio. »Er nennt sich selbst *The Serpent*. Er will Mason im Austausch für Arianne. Lebend, nicht tot.«

*Was?*

»*The Serpent*? So hat er sich genannt?«, hakt Mace nach. Er hat die Hände zu Fäusten geballt, der verletzliche Ausdruck von vorhin ist verschwunden, seine Miene ist hart und verschlossen.

»Kennst du ihn?«, frage ich scharf.

Unsere Blicke kreuzen sich und für einen Moment sehen wir uns nur an. Gerade war ich bereit, ihn zu erschießen, und jetzt stehen wir uns wieder Auge in Auge gegenüber.

»Ich weiß nicht«, sagt Mace zögernd.

»Was sind seine Bedingungen?«, hake ich nach.

»Er hat mir einen Treffpunkt genannt, ich soll allein kommen und Mason mitbringen«, erklärt Alessio. »Einen Zeitpunkt könne ich mir aussuchen, aber umso früher wir sie da rausholen, desto besser.«

»Das ist eine Falle«, ist meine Einschätzung. Nun kann ich mich doch nicht mehr auf den Beinen halten und setze mich auf das Bett, die Knarre lasse ich achtlos neben mich fallen. »Verdammte Scheiße.« Kurz schließe ich die Augen und reibe mir die Schläfe.

»Was genau ist passiert?«, fragt Alessio mich eindringlich.

»Es war Ari. Sie hat die Männer reingelassen, sie hat dafür gesorgt, dass niemand das Tor bewacht und den Eindringlingen den Code verraten. Arianne ist freiwillig mit ihnen gegangen. Mit *Jason*.«

»Das kann nicht sein«, sagt Ace sofort. »Arianne würde niemals zulassen, dass du verletzt wirst! Sie ... sie ist doch unsere Schwester.« Der letzte Satz ist nur gehaucht gesagt und enthält exakt denselben ungläubigen Schmerz, den ich gefühlt habe, als Ari mir den Rücken zugekehrt hat.

»Sie ist verschwunden, ehe das Geballer losging«, erkläre ich und öffne die Augen wieder. »Womöglich wusste sie davon nichts. Vielleicht hat sie es in Kauf genommen.« Für ihre eigene vermeintliche Freiheit. Für Jason, der ihr eine Gehirnwäsche verpasst hat.

»Das glaube ich nicht«, beharrt Alessio, die Augen immer noch ungläubig aufgerissen.

»Glaubst du, ich lüge dich an?«, frage ich gereizt. »Glaubst du, ich habe mir nicht schon tausendmal den Kopf darüber zerbrochen, ob ich nicht etwas übersehen oder falsch verstanden habe? Aber Fakt ist, dass Arianne für all das verantwortlich ist. Sie hat sich in diesen Jason verliebt und alles getan, was er verlangt hat, auch ihren eigenen Bruder verraten.«

Alessio zuckt bei meinem groben Tonfall zusammen und weicht meinem Blick aus. Er schluckt hart.

»Wie sah er aus?«, will Mason unvermittelt wissen. Meine Augen huschen zu ihm.

»Was?«

»Dieser Jason. Wie sah er aus?«

»Groß, blond, kurze Haare. Markantes Gesicht. Hat nur gebrochen Italienisch gesprochen.«

Mason schüttelt leicht den Kopf. »Das kann nicht sein«, murmelt er. »Er kann nicht hier sein.«

Bei diesen Worten schrillen in meinem Inneren die Alarmglocken. Schwerfällig erhebe ich mich und laufe auf ihn zu.

»Wer?«, frage ich scharf und drehe sein Kinn so, dass er mich ansehen muss. »Wenn du irgendetwas darüber weißt, dann sag es mir, verdammt.«

»Ich bin mir nicht sicher.« Mason sieht mir fest in die Augen, er hat die Augenbrauen zusammengezogen und kaut nachdenklich auf seiner Wange. »Hattest du nicht gesagt, de Luca wäre dafür verantwortlich?«

»Zwei seiner Leute waren mindestens beteiligt«, erkläre ich und versuche krampfhaft, den Schmerz in mir zu unterdrücken. Ich will jetzt keine Schwäche zeigen, will nicht schon wieder Schmerzmittel zu mir nehmen, ich will das einfach durchstehen, verdammt.

»Und die anderen?«, hakt Mace nach.

»Die waren mir unbekannt. Aber ich kenne auch nicht jeden aus dem de Luca-Clan.«

Er wendet sich von mir ab und blickt an mir vorbei zu meinem Bruder. »Was habt ihr mit den fremden Leichen gemacht? Kann ich sie mir nochmal ansehen?«

»Hey«, sage ich scharf. »Rede mit mir, nicht mit ihm.«

Mace schnaubt abfällig und sieht einmal an mir herunter. »Bekommst du überhaupt alles mit? Du siehst so aus, als würdest du jeden Moment umkippen.«

Nein. Die Welt muss nur aufhören, sich so schnell zu drehen.

Kurz schließe ich die Augen und nehme einen tiefen Atemzug, bevor ich mich zusammenreiße und ihn wieder ansehe.

»Meine Schwester hat mich verraten, ich wurde angeschossen, fünf meiner Leute sind tot und irgendwie hat alles mit dir zu tun, Mason. Also sag mir jetzt verdammt nochmal, wer diese Typen sind und was sie wollen.«

»Ich weiß es nicht mit Sicherheit, Dom.« Er umfasst meinen Arm, ich will seinen Griff abschütteln, als ich merke, dass ich taumle und er mich nur festhält.

»Wer ist *The Serpent*?«, verlange ich zu wissen.

»Ich bin *The Serpent*.« Mace leckt sich über die Lippen, seine Finger bohren sich etwas fester in mein Fleisch. »Das war mein Codename in meiner alten Gang in Nashville. Die Sache ist ziemlich eskaliert damals. Aber ich kann mir nicht vorstellen, dass Richie mir bis hierhin gefolgt ist.«

»Das ist verrückt«, bringe ich hervor. Ich umfasse sein Handgelenk, mit dem er immer noch meinen Unterarm umklammert, um mich irgendwo festzuhalten. *An ihm. Ich will mich nur an ihm festhalten.* »Warum sollte jemand seine Leute nach Sizilien mitbringen und sich mit der hiesigen Mafia anlegen, nur um einen entlaufenen Streuner zu bestrafen?«

»Ich bin kein Streuner«, sagt Mason unzufrieden, als wäre das jetzt wirklich wichtig.

»Doch, bist du. Und du hast die Pest in meine Familie gebracht.«

Er verzieht unwillig die Lippen. »Du hast mich mitgeschleift und mich zu deinem Eigentum gemacht, also beschwer dich nicht.«

Verdammt.

*Mein Eigentum.*

Warum macht mich dieser Satz aus seinem Mund so unglaublich an? Unwillkürlich frage ich mich, ob er mein »Eigentum von Dom Marino«-T-Shirt von unserem ersten Abendessen jetzt freiwillig tragen würde.

Würde er? Selbst nachdem ich vor wenigen Minuten bereit war, ihn zu erschießen?

»Das bringt nichts«, geht Alessio dazwischen. »Tyler ist gleich da, du musst dich hinlegen und ausruhen. Wenigstens noch einen Tag, Dom.«

»Ich kann nicht ...« Bevor ich meinen Satz aussprechen kann, entzieht Mason mir ruckartig seine Hand, macht einen Schritt vor und drückt mich zurück. Das alles geht für meinen trägen Verstand so schnell, dass ich mich nicht wehren kann, ehe ich auf dem Bett sitze, Masons Hand locker um meine Kehle.

»Das war zu einfach«, sagt er trocken. »In so einem Zustand bist du nicht zu gebrauchen.«

»Vorsicht, Mason«, warnt Alessio mit scharfer Stimme. »So gehst du nicht mit meinem Bruder um. Er ist immer noch unser Boss.«

Das hat Mason nie davon abgehalten, zu tun, was er will. Auch jetzt funkelt ein sturer Glanz in seinen Augen, doch er reißt sich zusammen, lässt mich los und weicht zurück.

Ich will wieder aufstehen, aber ich fühle mich zu kraftlos dazu. Und einen der Männer um Hilfe zu bitten, erscheint mir mehr als unpassend.

Vielleicht haben sie recht.

Ich brauche einen klaren Kopf, um die Lage und unsere Möglichkeiten zu analysieren.

Und vor allem brauche ich ein bisschen Schlaf.

## 4. MASON

Domenic ist endlich eingeschlafen, nachdem der verrückte Arzt ihm die doppelte Menge Schmerzmittel in die Venen geballert hat.

»Er muss sich ausruhen. Viel trinken, viel Schlaf, viel Liebe, dann wird das wieder«, sagt er lässig auf Alessios besorgte Frage, ob er denn schon über den Berg ist.

»Ist das ein Allheilmittel?«, frage ich salopp. Ich glaube kaum, dass *Liebe* Domenic bei seiner Schusswunde helfen wird.

»Zweifelst du an mir, Kleiner?« Tyler grinst breit und offenbart seine Zahnlücke im hinteren Quadranten. »Deine Schnittwunde ist gut verheilt, oder nicht?«

»Nicht unbedingt.« Sie tut immer noch weh von Zeit zu Zeit.

»Natürlich, weil du dich nicht an die Regeln gehalten hast«, meint er leichthin und zuckt mit den Schultern. »Ich muss weiter, Ace. Sag Bescheid, wenn er wieder wach ist. Wird aber 'ne Weile dauern.«

Alessio bedankt sich murmelnd und Tyler verlässt die Villa. Roy trabt ihm hinterher und begleitet ihn bis zur Tür, dann springt der Hund zurück zu uns ins Wohnzimmer. Er legt seinen Kopf auf meinen Oberschenkel und ich kraule ihn hinter den Ohren. Treu sieht er zu mir auf.

»Du bleibst an meiner Seite«, sagt Alessio unvermittelt. »Von jetzt an immer. Du wirst tun, was ich dir sage und wenn du Widerworte gibst, werde ich dich in Handschellen legen. Kapiert?«

»Du bist ja schlimmer als dein Bruder«, brumme ich.

»Ich vertraue dir nicht.« Er kneift die Augen zusammen und mustert mich eingehend. »Du hast Domenic den Kopf verdreht und nun flippt meine Schwester aus. Seitdem du da bist, läuft alles schief.«

Ich habe Dom den Kopf verdreht? Darüber kann ich nur müde lächeln. Domenic hatte immer alles im Griff, was mich betraf. Zu keiner Zeit hat er den Eindruck gemacht, die Kontrolle zu verlieren, ich war derjenige, der ihm Stück für Stück verfallen ist.

So sehr, dass ich bereit war, alles für ihn zu tun.

Mir läuft es eiskalt den Rücken runter, wenn ich daran denke, wie ich vor ihm knie und darauf warte, meinen Gnadenschuss zu erhalten.

»Komm mit«, verlangt Alessio und erhebt sich. Ich schiebe Roy weg und befolge seine Anweisung. Es bringt mir nichts, mich gegen Alessio aufzulehnen, zumindest noch nicht.

Außerdem bin ich neugierig darauf, was er mit mir vorhat.

Wir lassen seine Villa hinter uns, nachdem er sie mit etlichen Männern abgestellt hat. Er fährt einen teuren Bentley, dessen Innenausstattung sicher mehr gekostet hat als meine Wohnung damals in Nashville.

»Erzähl mir mehr von Richie und deiner Gang«, verlangt er mit ruhiger Stimme.

Seufzend fahre ich mir durch die Haare. Ich habe wirklich keine Lust, über all das zu reden, aber ich verstehe, dass er es wissen will. Wissen muss. Immerhin ist Alessio nun für alles verantwortlich, solange Domenic ausgeknockt ist.

»Ich bin eingestiegen, als sie schon ganz groß waren«, erzähle ich. »Richie selbst kenne ich seit meiner Schulzeit. Er hat mir meine erste Zigarette, mein erstes Bier, sogar meinen ersten Joint besorgt. Irgendwann haben sich unsere Wege getrennt, Richie hat die Highschool vor mir abgeschlossen und danach hatten wir nur hin und wieder Kontakt.«

»Ich will nicht deine ganze Lebensgeschichte wissen«, grätscht Alessio ungeduldig dazwischen. »Erzähl mir von den Sachen, die mich interessieren.«

Ein ironisches Lächeln zupft an meinen Mundwinkeln. Er kann mich wirklich nicht leiden. Sogar Domenic ist höflicher als er.

»Als ich ausgestiegen bin, hatte Richie den Drogenhandel in ganz Nashville unter seiner Kontrolle. Die anderen Gangs haben sich vor ihm gefürchtet, niemand ist in sein Gebiet eingedrungen, ohne die Konsequenzen zu spüren. Er war ein ziemlich großer Fisch, aber die Polizei hing ihm ständig an den Fersen.«

»Und welche Rolle hattest du inne?«

Ich verziehe das Gesicht. Darüber will ich wirklich nicht reden, nicht einmal nachdenken. »Ich habe alles getan, was Richie von mir verlangt hat«, antworte ich vage. »Bin dadurch auch ständig in Untersuchungshaft gelandet, aber irgendwie habe ich es immer geschafft, nie mehr als ein paar Monate zu sitzen. Deshalb der Spitzname. *The Serpent.*«

»Warum bist du aus Nashville abgehauen?«

Er will aber auch alles wissen.

»Es gab einen Streit, ich habe Richie um Geld betrogen und mit seinem kleinen Bruder geschlafen. Fand er beides nicht toll.«

Alessio schüttelt den Kopf. »Du machst dir wohl überall Freunde, was?«

Er hat recht. Ich meine, wie lange hat es gedauert, bis ich mir de Luca auf Sizilien zum Feind gemacht habe?

Nicht mehr als ein paar Wochen.

»Wir sind da«, verkündet Alessio, nachdem wir in den Hinterhof eines großen Gebäudes eingebogen sind. »Mach mir keinen Ärger und verhalte dich ruhig.«

»Ja, Sir«, sage ich ironisch, folge ihm aber sogleich, als er aussteigt.

Wir betreten das Gebäude durch einen Seiteneingang, eine Frau öffnet uns die Tür und winkt uns herein. Auch die schmale Brille und der streng hochgesteckte Zopf kann nicht darüber hinwegtäuschen, wie jung sie ist.

»Hier, steckt die an«, sagt sie und überreicht uns zwei Besucherausweise. Ich befestige ihn an der Brusttasche meines Shirts, Alessio schiebt die Klammer an den Kragen des Hemdes.

»Wo genau sind wir hier?«, frage ich neugierig. Die Lippen der Frau kräuseln sich zu einem humorlosen Lächeln.

»Das wirst du noch früh genug erfahren. Wehe, der Neuling kotzt mir auf den Boden.«

»Wird er nicht«, versichert Alessio und lässt mich nach der Frau vorausgehen, er selbst bildet das Schlusslicht.

Wir laufen durch sterile Gänge, die mit Neonlicht geflutet sind. So langsam bekomme ich eine Ahnung davon, was das für ein Gebäude ist. Meine Vermutung wird bestätigt, als wir eine große Tür passieren und in eine Leichenhalle treten.

Mehrere Bahren stehen verteilt in dem großen Raum, die Leichen sind alle mit weißen Laken bedeckt. Eine Gänsehaut kriecht meine Arme entlang, was nicht nur an der Kälte hier drin liegt.

»Sie sind noch nicht untersucht worden«, erklärt die junge Frau, die mit starrer Miene an der verschlossenen Tür stehen geblieben ist.

»Wir wollen sie uns nur noch einmal genauer ansehen«, erklärt Alessio und läuft zu dem Tisch, der uns am nächsten steht. Er schiebt das Laken zurück und sieht sich nach mir um.

»Na los, komm näher und sag Bescheid, wenn du jemanden erkennst.«

Interessant, Alessio gibt meiner Bitte nach, obwohl Dom das für Schwachsinn hielt. Ich weiß ja selbst nicht, ob ich einfach nur paranoid werde oder Richie, dieser Psychopath, tatsächlich hier ist.

Ich trete näher an die Bahre und sehe in das Gesicht des Toten. Ihn erkenne ich wieder, das ist einer der Typen, den ich erschossen habe. Er hat sich an Marinos Angestellten vergangen. Aber er gehörte nicht zur Nashviller Gang.

Ich gehe reihum und sehe mir die Leichen an. Einen davon erkenne ich als de Lucas Mitarbeiter wieder, ihm bin ich nur einmal kurz begegnet, doch sein ausgeprägtes Kinn und die Narbe an der Wange sind mir in Erinnerung geblieben.

Als ich am letzten Tisch ankomme, glaube ich bereits, dass dieses Unterfangen völlige Zeitverschwendung war, aber ich werde eines Besseren belehrt, als ich das Leinentuch zurückschlage und in Gus' bleiches Gesicht blicke.

»Ihn kenne ich«, sage ich leise und schlucke hart.

Gus. Er war einer von Richies Laufburschen, hatte immer ein Grinsen im Gesicht und den Kopf in den Wolken. Er träumte von einer eigenen Kaugummifabrik, von Haus und Kindern, von Hund und zwei Katzen, davon, in Richies Reihen weit aufzusteigen und sich irgendwann mit einer Lkw-Ladung an spannenden Geschichten zur Ruhe zu setzen.

Und nun ist er tot, sein junges Leben durch einen Schuss ins Herz schnell und effektiv beendet.

»Name?«, verlangt Alessio und sieht mir über die Schulter.

»Gus Lafey. Er hat für Richie gearbeitet.«

»Sicher?«

»Ja, definitiv.« Zweifelnd sehe ich zu Alessio. »Das passt zu Richie. Er ist der Charmeur, der die Frauen um den Finger wickelt.«

Alessio kneift die Augen zusammen. »Du denkst, Jason *ist* Richie?«

Tief atme ich durch. Dieser Gedanke ist schon die ganze Zeit in meinem Kopf, aber ihn laut auszusprechen habe ich mich noch nicht getraut. Das würde alles so furchtbar real und all meine Ängste mit einem Schlag wahr machen. Als ich einen Fuß auf italienischen Boden gesetzt habe, habe ich nichts als Erleichterung verspürt. Erleichterung, die nun schlagartig verschwindet, als würde mir jemand Stein für Stein wieder die Last auf die Schultern mauern.

»Ja. Richie hat sich an Arianne rangemacht, um sie zu benutzen«, spreche ich es endlich aus.

Richie ist zurück, um mir mein Leben zu zerstören. Erneut.

## 5. MASON

Alessios Bett ist deutlich gemütlicher als der Boden. Und er hat einen viel festeren Schlaf als sein Bruder, sodass ich mich unbemerkt an den Rand seines Bettes kuscheln kann. Ich klaue ihm sogar seine Decke, ohne, dass er wach wird. Sein Pech, wenn er mich wie einen Hund an der kurzen Leine hält. Vermutlich werde ich das morgen früh bereuen, aber für den Moment fühlt es sich gut an, zur Ruhe zu kommen.

Der Tag war verdammt ätzend. Nach der Leichenschau hat Alessio irgendetwas zu erledigen gehabt und hat mich mehrere Stunden im Auto warten lassen. Meine Nachfragen, was er denn getrieben hat, hat er strikt ignoriert und mich einfach zappeln lassen.

Mit Domenic war die Sache viel interessanter. Apropos Domenic ...

Ich bin eingenickt und war gerade auf dem besten Weg in den Tiefschlaf, als ich spüre, wie sich von hinten ein Arm um mich schlingt. Mein Herzschlag beschleunigt sich und dröhnt wie ein Presslufthammer in meinem Brustkorb, meine Muskeln krampfen sich zusammen und mit einem Schlag bin ich hellwach.

»Ich bin enttäuscht von dir, *Micino*«, raunt Domenic mir zu. »Kaum bin ich ausgeknockt, machst du dich an den nächsten Marino ran?«

Flach atme ich aus und versuche, die Panik in mir zu unterdrücken. Warum ist er überhaupt schon wach? Die Schmerzmittel hätten ihn viel länger ans Bett fesseln sollen.

Zu dritt wird es in dem Bett allmählich wirklich eng. Ich müsste nur den Arm ausstrecken und könnte Alessio berühren, welcher mit dem Rücken zu mir liegt.

»Ich schmeiße mich immer an den Boss ran«, gebe ich flüsternd zurück. »Deinem Zustand nach zu urteilen, wird Alessio deinen Job für eine Weile übernehmen, als ...«

Dom verstärkt den Griff und beißt mir so fest in die Schulter, dass ich fast laut aufgekeucht hätte. Scheiße, das hat wehgetan!

»Dann los. Mach dich an meinen Bruder ran«, sagt er herausfordernd und drückt mich in Alessios Richtung.

»Hör auf, Dom!«, beschwere ich mich zischend und versuche, mich aus seiner Umklammerung zu winden, bevor er mich tatsächlich gegen Alessio drücken kann.

In den schlafenden Riesen kommt langsam Bewegung, er stößt ein unzufriedenes Brummen aus und dreht sich auf den Rücken. Wieder macht mein Herz einen Satz und ich weiß nicht, ob ich mich enger an Dom pressen oder doch lieber schnellstmöglich aus dem Bett verschwinden soll.

Alessio reibt sich über die Augen, dann wendet er den Kopf in unsere Richtung.

»Das ist jetzt nicht euer Ernst, oder?«, fragt er mit rauer, verschlafener Stimme.

»Hey, Bruderherz«, erwidert Domenic leichthin. »Klaust du mir schon wieder mein Spielzeug? Du wolltest damals auch immer mit meinen Monster Cars spielen.«

In seinen Worten schwingt Amüsement mit, das ich allerdings überhaupt nicht verspüre. Diese Situation ist so verdreht und einfach falsch, dass ich mich am liebsten selbst kneifen will, um aus diesem Traum zu erwachen.

»Dein Spielzeug lebt nur noch, weil er uns Arianne zurückbringen wird«, grollt Alessio wütend. Offenbar kann er Doms Humor im Moment ebenfalls nicht teilen. Und außerdem hat er recht. Domenic selbst war es, der mich umbringen wollte. Er war kurz davor, mir eine Kugel in den Kopf zu verpassen, *Jesus Christ*. Warum vergesse ich das nur immer wieder? Warum fühle ich trotz allem dieses flaue, warme Gefühl in meinem Magen, wenn er mir so nah ist?

»Ach, Ace, sieh nicht immer alles so streng«, erwidert Dom und zieht mich ein Stück näher zu sich. »Ich weiß, du stehst auch auf Kerle. Willst du nicht, dass er seinen hübschen Mund um deinen Schwanz legt? Er wird immer besser, Bruderherz. Ich habe ihn gut antrainiert.«

Seufzend schüttle ich den Kopf. »Gibt's noch mehr von dem Zeug, das Tyler dir gespritzt hat? Davon will ich auch etwas.«

Er ist auf starken Schmerzmitteln, definitiv. Andernfalls hätte er schon längst etwas unternommen, um Arianne zurückzuholen.

»Komm und hol es dir.« Dom umfasst mein Kinn und dreht mein Gesicht zu sich, beugt sich über mich und küsst mich. Unsere Zungen berühren sich kurz, meine Lider fallen zu, aber schließlich reiße ich mich zusammen und unterbreche den Lippenkontakt.

»So funktioniert das leider nicht, Schatz.« Ich rücke endgültig von ihm ab und steige über ihn, um raus aus dem Bett zu kommen.

Dom seufzt und kuschelt sich in das Kissen, ich greife nach dem Deckenzipfel und decke ihn damit zu.

»Schlaf erstmal. Wenn du wieder nüchtern bist, reden wir nochmal über einen Dreier mit deinem Bruder.«

»Okay«, murmelt Dom und seine Lider fallen zu. Über die Distanz hinweg treffen sich Alessios und mein Blick, seiner ist düster und genervt, wird aber weich, als er zu seinem schläfrigen Bruder wandert.

»Mace?«, nuschelt dieser. Halb beuge ich mich über ihn, meine Lippen schweben unmittelbar über seinem Ohr.

»Ja, Dom?«

»Bleibst du bei mir?«

Ich zögere, weil seine Frage so weitläufig ist. Bleibe ich für heute Nacht bei ihm? Laut Alessios Todesblick nach zu urteilen eher nicht. Bleibe ich länger bei ihm? Auch nein, da die Marinos mein Leben gegen Ariannes austauschen, sobald sich die passende Gelegenheit ergibt.

Aber Dom ist auf Drogen und er wird sich morgen ohnehin nicht mehr hieran erinnern. Also macht es nichts, wenn ich ihn anlüge. Es macht nichts, wenn ich mir für einen Moment selbst wünsche, es wäre die Wahrheit.

»Ja«, wispere ich. »Ja, ich bleibe bei dir.«

Alessio gewährt mir nur einen lauwarmen Kaffee und ein schnelles Frühstück, ehe er mich wieder mitschleift.

»Wohin geht es?«, frage ich genervt und fahre mir durch die ungemachten Haare. Zumindest durfte ich heute Morgen duschen und habe frische Klamotten bekommen. Alessio hat mir bei jedem Schritt auf die Finger geschaut. Sein

Haus ist kleiner als die Villa, aber ohne die ganzen Angestellten wirkt es fast gespenstisch leer, zumal der Hausherr selbst sich meistens in Schweigen hüllt.

»Zur Villa. Wir müssen überprüfen, ob das Videomaterial mitgenommen wurde oder noch zu gebrauchen ist«, erklärt er ruhig. Das zumindest ist eine gute Sache an ihm: Er spricht nicht in Rätseln und lässt mich nicht unnötig lange auf eine Antwort warten. Jedenfalls, wenn er der Meinung ist, ich habe eine verdient.

»Ich habe nie Kameras in der Villa gesehen«, bemerke ich misstrauisch.

»Es gibt auch nicht überall welche, aber hoffen wir einfach mal, dass einige davon die Eindringlinge eingefangen haben.«

»Und wozu soll das gut sein?«

Alessio wirft mir einen genervten Blick zu. »Ist doch offensichtlich. Du sollst mir sagen, ob Jason tatsächlich Richie ist.«

Stimmt, darauf hätte ich auch selbst kommen können.

Nervös knete ich die Hände ineinander. Gestern in Gus' lebloses Gesicht zu blicken war ein Schock, aber innerlich klammere ich mich immer noch an die Hoffnung, dass das Ganze ein riesiges Missverständnis ist. Scheiße, diese Sache sollte niemals so dermaßen außer Kontrolle geraten, *fuck*.

Alessio fährt in die Tiefgarage der Villa und nickt mir zu, als Zeichen, dass ich aussteigen soll. Schweigend laufen wir gemeinsam zu dem Aufzug und er tippt den Code ein.

»Wird die Villa noch bewacht?«, frage ich leise in die Stille hinein. Mein Blick klebt an der Anzeige, die wie im Schneckentempo nach oben steigt.

»Sporadisch. Unsere Leute sind gerade mit anderen Dingen beschäftigt.« Alessio zieht aus seinem Holster die Waffe heraus und stellt sich vor mich. »Bleib also wachsam, ich bin mir nicht sicher, ob hier noch jemand ist.«

»Du solltest mir besser auch eine Pistole geben«, bitte ich ihn, als die Aufzugtüren aufgehen und uns im ersten Stock rauslassen.

»Nein. Bleib einfach hinter mir«, befiehlt Alessio zischend und macht einen Schritt vor.

Die Leichen sind weg, aber das viele Blut wurde nicht entfernt. Es klebt immer noch am Boden und an den Möbeln, in der Luft hängt ein schwerer, widerlicher Geruch nach Tod und Verderben. Ich sauge ihn tief ein und lasse den Blick wachsam durch die inzwischen vertrauten Räumlichkeiten wandern. Dieser Ort ... auf Sizilien war diese Villa der einzige Platz, den ich tatsächlich als Zuhause bezeichnen würde. Ihn nun so verwüstet und verwaist zu sehen, löst ein wehmütiges Ziehen in meinen Eingeweiden aus.

Alessio läuft auf leisen Sohlen voraus, wir betreten das Esszimmer. Die Speisen und Teller stehen immer noch auf dem Tisch und der Platz am Kamin erinnert mich daran, dass Domenic fast verblutet wäre.

*Sag mir noch einmal, dass du mich liebst.*

*Das habe ich dir nie gesagt.*

*Dann sag es mir zum ersten Mal.*

Bei der Erinnerung krampft sich mein Herz erneut zusammen, die Worte liegen mir wieder auf der Zunge und am liebsten würde ich Säure schlucken, um sie zu vertreiben.

Wie hypnotisiert starre ich in den kalten Kamin, bekomme gar nicht mehr mit, wie Alessio die anderen Räume inspiziert. Erst als er zu mir stößt, reiße ich mich zusammen.

»Gehen wir nach unten«, verlangt er und nickt mir zu.

Alessio geht voraus und ich folge ihm dichtauf. Wir nehmen die Treppe nach unten und laufen durch den langen Flur. An einer der Türen bleibt Ace schließlich stehen und öffnet sie mittels Fingerabdruckscanner. Dahinter verbirgt sich eine Art Technikraum. Kaum größer als eine Abstellkammer, es gibt keine Fenster, dafür ist alles zugestellt mit Computern und großen Servern.

Alessio zieht sich den Schreibtischstuhl zurück und hockt sich vor den großen Bildschirm. Er fährt den Rechner hoch und ich linse über seine Schulter, während das Display zum Leben erwacht.

Ein paar wenige Klicks später tauchen auf dem Bildschirm mehrere kleinere Fenster auf. Auf den schwarz-weiß-Aufnahmen erkenne ich die Zimmer des Gebäudes. Ein Teil des Esszimmers wird aufgenommen, mehrere der Gästezimmer und vor allem der Flur hinter ins.

Ich streiche mir verlegen durch die Haare, als mir bewusst wird, dass Dom und ich in dem Flur einige schmutzige Dinge getan haben.

»Wer guckt sich diese Aufnahmen denn an?«, frage ich scheinheilig.

»Ich, hauptsächlich«, schnaubt Alessio. »Und ja, ich habe meinen Bruder und dich beim Vögeln gesehen, also bloß keine falsche Scheu.«

Ein leises Lachen entfährt mir. »Hat dir die Show gefallen?«

Wieder ein Schnauben seinerseits, aber eine Antwort bekomme ich von ihm nicht. Er klickt sich durch, bis die Aufnahmen von vor zwei Tagen durchlaufen. Er spult vor, bis zu dem Moment, als Domenic mein Zimmer verlässt.

Alessio dreht die Lautstärke hoch und Doms Stimme ist zu hören.

»Pass gut auf«, sagt er zu seinem Bodyguard.

»Okay, Boss«, kommt die dumpfe Antwort.

Gott, ich wünschte, ich könnte die Zeit zurückdrehen und zu diesem Moment springen. Ich würde ihn einfach festhalten und nicht zulassen, dass er geht. Ganz egal, was er davon hielte, ich würde ihn an mein Bett fesseln und unanständige Dinge mit ihm tun, bis alles andere vergessen ist.

Wieder spult Alessio ein Stück vor, im Flur ist nun nur noch Resco zu sehen. Er springt zu der Aufnahme im Esszimmer, spult vor und stopp abrupt, als plötzlich drei Menschen im Bild zu sehen sind.

Mein Atem stockt und ich beuge mich weiter vor, kneife die Augen zusammen.

Die drei – Dom, Arianne und Jason – unterhalten sich, doch ich achte nicht auf ihre Worte, sondern nur auf den blonden Haarschopf. Ist er das? Schwer zu sagen, die Qualität ist nicht die beste und die Kamera fängt nur sein Profil ein.

Wir sehen ihnen dabei zu, wie sie sich an den Esstisch setzen und damit ist die Kamera nur noch auf Jasons Hinterkopf gerichtet.

»Hm«, mache ich unschlüssig. »Gewisse Ähnlichkeiten sind da ... aber ich kann es nicht mit Sicherheit sagen.«

Alessio antwortet mir nicht, er spult ein bisschen vor, bis zu dem Moment, als Arianne aus dem Bild verschwindet und nur noch Domenic und Jason zurückbleiben. Was danach folgt, wissen wir bereits aus Doms Erzählungen, aber das aus dieser Perspektive mitzubekommen, ist harter Tobak.

Wenn mir Aris Entscheidungen schon so wehtun, wie muss es dann erst ihren Brüdern gehen?

*Stopp, Arianne ...*

Allein an Domenics Stimme in der Aufnahme kann ich den Schmerz in jeder Silbe spüren. Wie konnte sie ihm das nur antun?

Ich zögere kurz, lege Alessio dann aber eine Hand auf die Schulter. Er zuckt zusammen und stoppt die Aufnahme abrupt.

»Ich speichere das schnell, danach hauen wir ab«, sagt er schroff und ich trete einen Schritt zurück.

»Alessio, es ...«

Bevor ich meinen Satz beenden kann, dringt ein lautes Poltern zu uns und lässt uns beide erschrecken.

Scheiße.

Alessio fährt zu mir herum und wir starren uns an. Das kam eindeutig von oben.

Wir sind nicht mehr allein in der Villa.

Verdammt.

Ich habe viel in meinem Leben ausgehalten, habe alles ertragen, was mein Vater für mich bereit hielt, habe irgendwann gelernt, dass Schmerzen einem nichts anhaben können, wenn man sich in seinem Kopf abschottet.

Aber der sichere Ort in meinen Gedanken ist nicht mehr vorhanden. Er wurde niedergebrannt durch die eigene Hand meiner Schwester, die nicht nur ein Streichholz, sondern einen ganzen Benzinkanister reingeworfen hat.

Mit grimmiger Miene sehe ich dabei zu, wie sich das Aspirin in dem Wasser auflöst. Das wird kaum helfen, aber Ace hat nichts stärkeres im Haus. Mein Kopf dröhnt noch von dem komatösen Schlaf und meine Wunde am Bauch pocht immer schmerzhafter.

»Domenic.« Dario, ein schlaksiger Junge mit einem wahnsinnigen Talent als Scharfschütze, tritt unruhig von einem Fuß auf den anderen. Keine Ahnung, warum Alessio ausgerechnet ihn dafür auserkoren hat, auf mich aufzupassen. Vermutlich, weil er ihm vertraut. Mein Bruder war es immerhin, der ihn von der Straße geholt und ausgebildet hat.

Ich beachte ihn nicht und kippe das Wasser mit dem Schmerzmittel herunter.

»Alessio hat angewiesen, dass du das Haus nicht verlassen darfst«, stammelt Dario.

»Alessio hat mir gar nichts zu befehlen«, gebe ich schroff zurück.

»Natürlich nicht, aber-«

»Kannst du fahren?«, unterbreche ich ihn. »Egal. Ich bringe es dir bei. Komm.«

Dario schaut verdattert drein, protestiert jedoch nicht weiter, als ich ihn mit nach draußen ziehe. Ich leihe mir einen von Alessios Sportwagen, bugsiere den Kleinen auf den Fahrersitz und kneife die Lider zusammen. Das Sonnenlicht brennt schmerzhaft in meinen Augen, aber die körperlichen Schmerzen sind noch annehmbar. Wären da nur nicht diese zermürbenden Gedanken, die unaufhörlich um Arianne kreisen.

Es behagt mir ganz und gar nicht, dass Ace und Mason zusammen losziehen, um sonst was zu machen. Alessio ist nicht dafür bestimmt, die Führung zu übernehmen. Vor allem in dieser Situation. Er ... wird die falsche Entscheidung treffen. In meiner schlimmsten Vorstellung übergibt er Mason an diesen Wichser und wir kriegen Arianne trotzdem nicht zurück, weil sie freiwillig bei ihrem Entführer bleibt.

Dann hätte ich beide verloren.

»Fahr schneller«, weise ich Dario gepresst an und bin froh, dass er aufs Gaspedal tritt.

Wir kommen innerhalb weniger Minuten an meinem Zuhause an und fahren in die Tiefgarage.

»Komm mit«, weise ich den jungen Mann an, während ich meine Waffe nachlade. »Pass auf, ich weiß nicht genau, was uns oben erwartet.«

Zum Glück hat Dario sein Schicksal akzeptiert und antwortet nur mit einem »Ja, Boss«. Er hat eine ernste Miene aufgesetzt und holt auch seine Pistole heraus. Gut so.

Wir nehmen den Aufzug und fahren hoch in den Wohnbereich. Ich wusste bereits, dass hier einige Schüsse gefallen sind, aber das viele Blut schockiert mich trotzdem für einen Moment.

So viele gute Leute sind gestorben. So viel Chaos und Tod in meinen eigenen vier Wänden. In meinem Reich, unserem Zuhause. Wie konnte Arianne das nur in Kauf nehmen?

»Oh Gott«, stößt auch Dario aus. Er hat das Gesicht angewidert verzogen, aber als ich mich zu ihm herumdrehe, reißt er sich zusammen.

»Check das Esszimmer«, weise ich ihn leise an, während ich selbst mit gezückter Waffe in Richtung der Treppe gehe.

Dario bewegt sich schnell und zielgerichtet, genauso wie ich. Zumindest habe ich das vor, aber ich verliere das Gleichgewicht und stoße gegen die Wand, halte einen Moment inne und japse nach Luft.

Das Aspirin hat nicht besonders viel geholfen. Ich hasse es, so ausgeknockt zu sein. Warum gerade jetzt? Ich muss mich einfach nur konzentrieren.

*Fokussiere dich. Dann kannst du jeden Schmerz ausblenden.*

Ich hasse es, dass ausgerechnet die Stimme meines Vaters in meinem Kopf widerhallt, wie das Echo einer längst vergangenen Epoche. In jeder seiner Bestrafungen habe ich mich auf meine Geschwister und die Liebe, die wir teilen, konzentriert. Nur fällt mir das gerade verdammt schwer.

Jemand schleicht die Treppen hoch, ich höre das kaum wahrnehmbare Knirschen und reiße mich eilig zusammen. Ich erhebe meine Waffe und steuere ebenfalls zum Treppenaufgang. Mein Herz schlägt mit einem Mal schneller und dröhnt in meinen Ohren.

Mein Bruder kommt in mein Blickfeld, auch er hält den Lauf auf mich gerichtet. Wir erkennen uns im selben Moment und lassen beide die Pistolen sinken.

»Dom«, sagt Ace mit halb erleichterter, halb verärgerter Stimme. »Was tust du hier?«

Hinter ihm taucht Mason auf, der neugierig über Alessios Schulter späht.

*Er ist hier. Es geht ihm gut.*

»Was gefunden?«, frage ich im Gegenzug und lehne mich wieder gegen die Wand.

»Wir haben uns die Videoaufnahmen angesehen«, erklärt mein Bruder und macht einen Schritt näher.

»Alles gesichert, Boss.« Dario stößt zu uns und stockt, als er Alessio bemerkt. »Oh. Hi Ace. Ich habe versucht ...«

Ich bringe ihn mit einer Handbewegung zum Schweigen und nicke Alessio auffordernd zu. »Und, habt ihr etwas Interessantes gesehen?«

»Die Chancen stehen 50 zu 50, dass Jason tatsächlich Richie ist«, sagt nun Mason. Sein Blick schweift suchend über mich, als müsse er sich vergewissern, dass ich nicht verletzt bin. Oder er wundert sich über die kurzen Shorts und das ausgewaschene T-Shirt, das ich trage. Mich umzuziehen war eine Sache, die auf meiner Prioritätenliste nicht unbedingt oben stand.

Verdammt, es tut weh, ihn anzusehen. All die Erinnerungen ... Sein letzter Kuss brennt noch auf meinen Lippen.

Nicht der Kuss heute Nacht in Alessios Bett, den ich nur im Delirium mitbekommen habe. Sondern der letzte, verzweifelte Kuss, kurz bevor er verschwunden ist und ich beinah verblutet wäre. Aber er ist zurückgekommen und jetzt

muss ich mich ein weiteres Mal zusammenreißen und ihn gehen lassen.

»Sehen wir uns in Ariannes Gästehaus um«,
schlage ich vor und deute auf die verschlossene
Tür, die mir schräg gegenüber liegt.

»Hast du einen Schlüssel da?«

Ich achte nicht auf Alessios Einwand, steure
auf die Zwischentür zu und schieße das
Schloss einfach auf.

»Na, so geht es auch«, kommentiert Mace trocken.

»Bleibt hinter mir«, weise ich die anderen an,
trete die Tür endgültig auf und laufe durch den
Korridor, der die beiden Häuser verbindet.

Das Gästehaus erinnert an eine große, gemütliche Hütte. Ari hat ein eigenes Wohnzimmer mit Schlafbereich, Badezimmer und auch
eine Küche, alles ist minimalistisch gehalten.

Gerade als ich einen Schritt ins Wohnzimmer
setze, spüre ich eine Hand an meiner Schulter,
die mich grob zurückzieht. Eine heftige
Schmerzwelle geht durch meinen ganzen Oberkörper, ich spüre die elektrisierende Spannung
bis in die Haarspitzen.

Mit zusammengebissenen Zähnen drehe ich
mich herum. »Was soll das?«, knurre ich.

Natürlich war das Mason, der mich nun störrisch anfunkelt. »Wenn dir das schon wehtut,

solltest du nicht vorgehen, um ein potentiell gefährliches Haus zu durchsuchen.«

Scheiße, macht er mich wütend. Auch wenn es das Dümmste ist, was ich machen kann, fahre ich vollends zu ihm herum, lege eine Hand an seinen Hals und dränge ihn gegen die Wand.

»Tu das nicht noch einmal«, warne ich ihn, meine Finger drücken gegen seine Kehle, sodass ich spüre, wie er schluckt. Er atmet flach, seine Pupillen sind so geweitet, dass sie sich kaum von seiner dunklen Iris unterschieden.

»Dom, lass ihn am Leben«, wirft Alessio mir zu, drängt sich an uns vorbei und übernimmt es selbst, die wenigen Räume zu durchsuchen.

Mein Blick ist nach wie vor noch in Masons verhakt. Störrisch funkelt er mich an, ich lockere den Griff und lasse die Hand schließlich sinken.

»Verkauf mich nur für blöd, Mason«, sage ich stirnrunzelnd.

»Du sollst dir nur nicht wehtun«, erwidert er, spöttisch wie immer.

»Lass das mal meine Sorge sein, *Micino*.« Bei dem Spitznamen verzieht er sofort das Gesicht und wendet demonstrativ den Kopf ab.

Nein, ich hatte sicher nicht vor, ihn zu küssen. Nicht jetzt. Nicht später. *Am besten niemals wieder, verdammt.*

»Alles gesichert.«

Alessio kommt mit Dario im Schlepptau zurück und ich wende mich von Mason ab.

»Gut«, sage ich. »Mace und ich sehen uns im Schlafzimmer um. Ihr übernehmt Wohnzimmer und Bad.«

Alle nicken und Mason folgt mir, ohne Widerworte zu geben. Das Schlafzimmer meiner Schwester ist klein, aber im Gegensatz zum Rest der Wohnung sehr vollgestopft. Es gibt schon allein ein großes Regal mit etlichen Kommoden, die allesamt gefüllt sind mit Büchern, Blöcken und lose herumfliegenden Blättern.

»Es kommt mir falsch vor, in ihren Sachen zu wühlen«, murmelt Mace.

»Du hast die Videoaufnahmen gesehen, oder nicht?«, frage ich kühl und mache mich daran, das erste Fach der Kommode zu durchsuchen.

»Ja«, gibt er zerknirscht zurück. »Hey, was ist das?«

Fragend drehe ich den Kopf zu ihm. Er hat ihren Teppich ein Stück zur Seite geschoben und die Luke entdeckt.

»Ein alter Zugang zum Keller, er wird schon ewig nicht mehr benutzt«, erkläre ich. »Jetzt mach weiter, wir haben nicht viel Zeit.«

Wir arbeiten schweigend. Ich finde hauptsächlich Unizeug, sinnloses Gekritzel oder lose

Zeichnungen, doch nichts, was wirklich meine Aufmerksamkeit erregt. Mason zieht schließlich eine Art Tagebuch unter der Matratze hervor.

»Du bringt mein Herz zum Rasen, meinen Bauch zum Kribbeln und meinen Kopf zum Träumen«, murmelt er.

»Okay, aber jetzt lies vor, was in dem Tagebuch steht.«

Mace rollt mit den Augen. »Sehr witzig.« Er klappt das kleine Buch zu und wirft es mir entgegen. Neugierig blättere ich durch die Seiten. Arianne hat in unregelmäßigen Abständen Gedanken und Gedichte zu Papier gebracht, doch es gibt kein Datum oder ähnliches, was mir verrät, wie lange sie dieses Buch schon führt. Die letzten vollgekritzelten Seiten sind voller verliebter Schreibereien.

Leider ist das auch das einzig Relevante, was wir in dem Haus finden. Am Ende lasse ich Dario mit dem Sportwagen davonfahren, während Alessio Mason und mich zurück in sein Zuhause bringt.

»Wir müssen langsam eine Entscheidung treffen«, erinnert mein Bruder mich, kurz bevor wir unser Ziel erreichen.

Erneut kribbelt Unruhe durch meinen Körper, gesellt sich zu dem Schmerz wie eine Klette.

Ich weiß. Jason oder Richie oder wer auch immer will Mason im Gegenzug für Arianne. Doch leider habe ich absolut keine Ahnung, was ich nun tun soll.

Es gab schon oft ausweglose Situationen, schwierige Entscheidungen und Sackgassen in meiner Laufbahn als Oberhaupt der *Familia*. Aber niemals habe ich mich dabei so machtlos gefühlt wie in diesem Moment.

Wir kommen zurück in Alessios Zuhause und ich lasse mich kraftlos auf die Couch fallen. Der aufdringliche Hund trabt zu mir und leckt mir über das Gesicht.

»Ace!«, brumme ich genervt und schiebe die feuchte Schnauze weg von mir. »Bring deinen Köter unter Kontrolle.«

»Roy, ab«, befiehlt sein Herrchen. Zum Glück hört er aufs Wort und lässt mich in Frieden. Müde schließe ich die Lider und fokussiere mich auf den dumpfen, pochenden Kopfschmerz.

Ich muss irgendetwas tun, verdammt, will nicht schon wieder einen ganzen Tag unnötig verschlafen. Schwerfällig richte ich den Oberkörper auf und fahre mir über das Gesicht. Alessio und Mason stehen zwei Meter von mir entfernt, beide haben den Kopf leicht schief gelegt und sehen mich an, als wüssten sie nicht, was sie mit mir tun sollen.

Ich hasse diesen Blick. Ernsthaft.

»Keine Alleingänge mehr«, weise ich meinen Bruder an. »Alles läuft nur noch auf mein Kommando.«

»Dom. Du wurdest angeschossen, operiert, hast viel Blut verloren und vermutlich höllische Schmerzen. Du brauchst eine Pause.«

Fest beiße ich die Zähne zusammen. »Ich kann eine Pause machen, wenn unsere Feinde tot sind und Arianne wieder bei uns ist«, erwidere ich.

»Sieht aber ganz so aus, als habe Ari sich mit dem Feind verbrüdert«, erwidert Mason salopp. Scharf mustere ich ihn.

»Er hat ihre Leichtgläubigkeit ausgenutzt und sie manipuliert.«

»Daran zweifle ich nicht, Domenic«, fährt Mace ruhig fort, unbeeindruckt von meinem groben Tonfall. »Aber solange sie noch unter seinem Bann steht, kann er sie gegen euch verwenden.«

Nicht, wenn er tot ist. Doch ich verstehe, worauf Mason hinauswill und muss zugeben, dass er in gewisser Weise recht hat. Im Moment ist Arianne die gefährlichste Waffe, die unsere Feinde gegen uns in der Hand haben.

Noch ein Grund mehr, keine Zeit zu verlieren.

»Lass ihn nicht aus den Augen«, weise ich an und stelle mich auf die Füße.

»Ich passe auf deinen Bruder auf, keine Sorge«, verspricht Mason, dabei weiß er genau, dass diese Anweisung an Ace gerichtet war.

»Du gehst mir auf die Nerven«, murmelt Alessio, was ich sehr gut nachvollziehen kann, aber da muss er jetzt durch. Ich habe ein wichtiges Treffen zu erledigen, bei dem ich weder Ace noch Mason gebrauchen kann.

Ich verzichte auf einen Anzug, ziehe mir stattdessen einen Hoodie über und setze die Kapuze auf.

Christian hat auf meine Nachricht fast sofort geantwortet und einem Treffen zugestimmt. Nun warte ich schon seit einer geschlagenen Viertelstunde in der leeren Tiefgarage meines alten Anwesens und starre auf die Einfahrt.

Da, endlich, ein schwarzer SUV mit getönten Scheiben. Augenblicklich setze ich mich aufrechter hin und umfasse die Waffe mit beiden Händen, die bis eben noch ruhig auf meinem Oberschenkel lag.

Ist er das? Schwer zu sagen. Ein fremder Mann mit Lederhandschuhen und einem ernsten Blick sitzt am Steuer, aber immerhin weiß ich, dass Christian sich gerne herumkutschieren lässt.

Meine Muskeln sind angespannt und auch, als die Hintertür aufgeht und Romano aussteigt, legt sich meine Anspannung nicht wirklich. Er ist da, er ist gekommen, aber das heißt noch gar nichts.

Stumm warte ich ab, sehe ihm entgegen, wie er lässig auf mich zukommt und meinen Wagen umrundet. Im Gegensatz zu mir trägt er wie immer einen teuren Designeranzug, der perfekt auf seine blauen Augen abgestimmt ist.

»Hallo, Domenic«, grüßt er schmeichelnd. »Wie schön, dass du noch unter den Lebenden weilst.«

Er hat sicher alles bereits aus der Flüsterpost erfahren. Gut so, zumindest muss ich nun nicht mehr weiter ausholen.

»Wir haben ein Problem«, fange ich direkt an. »Ich befürchte, ein amerikanischer Krimineller hat sich auf Sizilien niedergelassen und er ist nicht allein gekommen.«

Christian hebt eine der Augenbrauen. »Was du nicht sagst.«

»Ich meine es ernst, Christian. Das ist eine wirkliche Bedrohung.«

»Stimmt es, dass sie deine Schwester mitgenommen haben?«

Ich schnaube, will widersprechen, aber im Endeffekt nutzt es nichts, es vor ihm geheim zu halten. »Ja.«

»Du willst mir also sagen, dass ein Amerikaner mit seinen Leuten nach Sizilien ausgewandert ist und uns nun unser Revier streitig macht?« Er klingt zurecht skeptisch, aber er hat nicht gesehen, was ich mitbekommen habe.

»Ich will dir damit sagen, dass wir nicht die Einzigen sind, die ein Bündnis geschlossen haben«, sage ich ruhig.

Erst huscht Verwirrung über Christians Gesicht, dann Erkenntnis. Er spricht nur einen einzigen Namen aus, dafür legt er all seine Verachtung in diese drei Silben. »De Luca.«

Ganz genau. Wir haben uns das einfach vorgestellt. Wir müssten uns nur zusammentun, Emilio de Luca ausspielen und ihn und seinen Clan endgültig auslöschen, um damit den Dreck aus unserer geliebten Heimat den Abfluss herunterzuspülen.

Aber es hat einen Grund, warum dieser Bastard schon so lange an der Macht ist. De Luca hat sich seinerseits Leute ins Boot geholt, gefährliche Männer, die es irgendwie geschafft haben, meine Familie völlig unbemerkt zu infiltrieren.

Auch hinter Christians Stirn rattert es, das sehe ich an der steilen Falte zwischen seinen Augen.

»Es ist dein Schoßhund«, sagt er dann und fokussiert mich wieder. »Alles hängt mit ihm zusammen, habe ich recht?«

»Mason? Nein, nicht auf diese Weise, er gehört nicht mehr zu ihnen.«

»Bist du dir da ganz sicher?«

Mason ist vor diesen Leuten geflohen. Er hat mir selbst gesagt, dass er nie wieder zurück nach Nashville kann. Er …

Ich verenge die Augen und schüttle den Kopf. »Womöglich«, forme ich tonlos mit den Lippen.

Verdammt, vielleicht ist Arianne nicht die erste Marino, die einem Amerikaner verfallen ist und damit alle in Gefahr gebracht hat. Vielleicht bin ich es. Vielleicht war Mason schon von Anfang an mein verdammter Untergang.

Ich beiße die Zähne zusammen und stoße die Luft aus. »Wir müssen meine Schwester da rausholen, das ist im Moment die oberste Priorität. Danach werde ich sie alle eigenhändig töten.«

»Immer sachte.« Christian erdreistet sich tatsächlich, zu schmunzeln. »Ist das eine Geiselnahme? Gibt es bereits eine Forderung für die kleine Marino?«

»Sie wollen Mason im Austausch. Lebend.«

Christian kneift die Augen zusammen. »Nichts leichter als das, oder etwa nicht?«

»Er weiß von unserem Abkommen.« Und wenn er das de Luca berichtet, dann ist unser großer Vorteil in diesem Krieg verloren gegangen. Verdammt, Mace weiß einfach *viel zu viel*.

Romano stößt einen unzufriedenen Laut aus. »Nun ja«, meint er schließlich. »Lebend bedeutet nicht unverletzt. Sorg dafür, dass er schweigt, und vollziehe den Austausch. Danach sehen wir weiter.«

Mein Blick bleibt an seinem kleben. Romano hat mir nichts zu befehlen, aber in den letzten Wochen und Monaten habe ich seinen Rat zu schätzen gelernt. Er ist anders als ich, nicht so emotional, nicht so familienverbunden und kämpferisch. Nein, Christian ist kühl, berechnend und pragmatisch, was ihn in manchen Situationen zu einem besseren Entscheider macht.

»Ich melde mich«, erwidere ich nur. Christian will schon die Tür öffnen, hält dann aber nochmal inne und mustert mich.

»Hoffentlich hat dein Chirurg dich wieder gut zusammengeflickt. Tot bringst du keinem etwas.«

Trotz allem muss ich lächeln, zumindest verziehen sich meine Mundwinkel nach oben. »Geht schon.«

Er nickt und verschwindet aus meinem Auto. Sofort verblasst mein Lächeln wieder, weil mir bewusst wird, dass ich ein paar schwere Entscheidungen zu treffen habe.

Und sie hängen alle mit Mason zusammen.

## 8. MASON

Wieder besucht Domenic mich mitten in der Nacht, aber dieses Mal ist er nicht auf Drogen.

Ich liege auf dem Boden vor Alessios Bett, der Rottweiler hat sich zu mir gekuschelt und ich habe die Zeit damit verbracht, ihn zu kraulen und mir auszumalen, was genau Domenic gerade tut. Seitdem er mich mit Ace zurückgelassen hat, habe ich ihn nicht mehr gesehen. Keine Ahnung, was er den restlichen Tag getrieben hat und ob es ihm gut geht. Alessio selbst war ein nervliches Wrack, noch gröber und angespannter als ohnehin schon.

Es ist nach Mitternacht, als die Tür leise aufgeht und eine dunkle Gestalt ins Zimmer schlüpft. Der Hund und ich sind sofort in Alarmbereitschaft, wir beide springen auf, ich stolpere sicherheitshalber einen Schritt zurück, während Roy mutig einen Satz vor macht.

»Scheint, als habe Alessio zwei Wachhunde«, sagt Domenic mit gedämpfter Stimme. Mein wild schlagendes Herz beruhigt sich allmählich wieder, aber das Blut rauscht noch in meinen Ohren.

»Komm mit«, weist er mich an und deutet an, ihm zu folgen.

Ich tue es, verlasse Alessios Zimmer und laufe hinter Domenic her, während Roy sich wieder auf unserem Schlafplatz zusammenrollt.

Dom führt mich ins angrenzende Wohnzimmer, wo er sich kraftlos auf die Couch fallen lässt. Es ist ungewohnt, ihn in lässiger Kleidung zu sehen, irgendwie sieht er wahnsinnig sexy in dem Hoodie aus. Ihn anzusehen, löst ein angenehmes Ziehen in meinen Eingeweiden aus.

Sein Körper scheint müde, seine Wangen blass, aber sein Blick ist weiterhin voller Feuer.

»Hilfst du mir?«, fragt er ächzend und macht sich daran, den Kapuzenpullover auszuziehen. Sofort stelle ich mich vor ihn und gehe ihm zur Hand. Das T-Shirt verschwindet ebenfalls, sodass ich nun einen perfekten Blick auf seinen nackten Oberkörper habe. Das große weiße Pflaster bedeckt die Hälfte seines Bauches, es hat sich leicht rot verfärbt.

»Shit«, kommentiere ich. »Sollte man das wechseln?«

»Ja«, kommt es schlicht von Dom. Dunkelgrüne Augen blitzen zu mir auf. »Verbandszeug ist im großen Badezimmer.«

Ich hole den Kasten, bevor ich zu ihm zurückkomme und mich vor ihn knie. Dom hat sich zwischenzeitlich in der Couch zurückgelehnt, sein Blick ruht ganz ruhig auf mir.

»Was hast du heute gemacht?«, frage ich ihn, während ich damit beginne, vorsichtig das alte Pflaster zu entfernen.

»Geht dich nichts an.«

Spöttisch schnaube ich, sehe ihm kurz in die Augen, bevor ich mich wieder auf meine Tätigkeit konzentriere. »Dann sag es mir eben nicht, Domenic.«

Die Naht ist nicht besonders sauber gemacht, aber ich hoffe, dass Tyler weiß, was er da getan hat. Ich nehme das Desinfektionsmittel und verteile es auf einem Tupfer.

»Vorsicht, brennt etwas«, warne ich ihn.

»Ja, Herr Doktor.«

Wieder ein genervter Blick meinerseits. Dom zuckt leicht, als ich die Wunde desinfiziere, sagt aber nichts dazu.

»Du hast versucht, mich davon abzuhalten«, fängt er unvermittelt an.

»Wovon?«, hake ich nach.

»Mich mit Ariannes Freund zu treffen. Warum?«

Unwillkürlich halte ich inne, setze mich auf die Fersen und sehe in direkt an. »Ich hatte ein ungutes Gefühl dabei.«

»Weil du wusstest, was passiert?«

Nun ziehe ich skeptisch eine Augenbraue in die Höhe. »Wenn ich gewusst hätte, was passiert, wäre ich früher rausgekommen und hätte

Richie höchstpersönlich die Kehle aufgeschlitzt, glaub mir.«

»Ach ja? Wenn ihr so große Probleme habt, wieso will *Richie* dich dann lebend wiederhaben?«

Ich verstehe, was er hier anzudeuten versucht, kann aber nicht glauben, dass er das wirklich ernst meint. Wütend reiße ich das Pflaster auf und platziere es auf seiner Schusswunde, streiche es absichtlich grob glatt, sodass Dom erneut zusammenzuckt.

»Ich bin zu *dir* zurückgekommen, Dom, um deine Angestellten und dich zu retten. Ich bin zurückgekommen, obwohl ich wusste, dass du mich umbringen wirst«, erinnere ich ihn.

»Na, wenn mit Richie abgesprochen war, dass dein Leben für Ariannes getauscht werden soll, hattest du ja nichts zu befürchten«, spinnt Dom seine Theorie weiter. »Du spionierst für ihn, er macht sich währenddessen an meine kleine Schwester ran und ihr infiltriert meine Familie so von zwei Seiten von innen heraus.«

Es macht mich richtig wütend, dass er mir unterstellt, für Richie zu arbeiten. Und das nach alldem. Nach allem, was ich bereit war, für ihn aufzugeben. Mein eigenes *fucking* Leben, verdammt!

»Du wolltest wissen, wer mich damals vergewaltigt hat«, sage ich deshalb, will, dass er versteht, worauf mein Hass auf Richie und seine ganze Gang herrührt.

»Das interessiert mich jetzt nicht mehr«, sagt er kühl.

Seine Worte versetzen mir einen Stich, aber sie lassen meine Wut nicht verrauchen.

»Ich sage es dir trotzdem«, fahre ich fort. »Es war Richie. Also hör auf, mir zu unterstellen, mit diesem Bastard zusammenzuarbeiten.«

Dom beugt sich ruckartig vor und umfasst mein Gesicht grob mit einer Hand. »Er hat dich angefasst?«, knurrt er. Scheint ihm plötzlich doch nicht mehr ganz so egal zu sein. »Ich werde ihn umbringen.«

»Ich werde ihn zuerst umbringen. Dafür, dass er dich angeschossen hat«, halte ich dagegen und umfasse sein Handgelenk. Etwas wie Erstaunen huscht über Domenics Gesicht.

»Wieso?«

Was für eine dämliche Frage. »Weil du *mein* Eigentum bist, Domenic Marino. Niemand außer mir hat das Recht, dir weh zu tun.«

Er schnaubt, aber der Widerstand in seinen Augen beginnt zu bröckeln.

»Sag sowas nicht, Mace«, wispert er.

Herausfordernd strecke ich das Kinn. »Warum nicht?«

»Ich könnte beginnen, dir zu glauben.«

Die Luft zwischen uns scheint zu vibrieren und zu knistern, so intensiv ist der Blickkontakt. Ich schiebe seine Hand weg, erhebe mich und setze mich vorsichtig auf seinen Schoß. Dom schließt die Lider halb und lässt zu, dass ich mit beiden Händen durch seine Haare fahre. Ich lege die Stirn gegen seine, für einen Moment atmen wir dieselbe Luft, sind uns so nah und doch nicht nah genug.

Ich will noch fester gegen ihn gepresst sein, will ihn spüren, überall, will das kribbelnde, nagende Gefühl in mir endlich zum Schweigen bringen, indem ich mich wieder von ihm ficken lasse.

Dabei weiß ich, dass das nicht ausreicht.

Ich will mehr. Ich *brauche* mehr. *Alles.*

»Dom«, hauche ich und lege eine Hand an seine Kehle, so wie er es heute Mittag bei mir getan hat. Ich übe leichten Druck aus und zwinge ihn damit, sich in der Couch zurückzulehnen. Er könnte sich leichtfertig aus diesem Griff befreien, könnte mich stoppen, doch er tut es nicht. Ich spüre nur, wie er hart schluckt.

»Was wirst du tun, wenn ich dich zurück zu Richie bringe, um Arianne freizukaufen?«, fragt er mit plötzlich rauer Stimme.

»Damit werde ich klarkommen«, versichere ich ihm. »Sobald er mir Gelegenheit dazu gibt, töte ich ihn.«

Nur wird es so weit niemals kommen. Vielmehr wird Richie, so wie ich ihn kenne, mich fesseln, knebeln und foltern, bis er mich gebrochen hat. Sacht fahre ich mit dem Daumen über Doms Kehle. »Ich weiß nicht, wie lange ich deine Geheimnisse bewahren kann, mein Schatz, aber ich werde mein Bestes geben, versprochen.«

Domenic verengt die Augen. »Sag sowas nicht. Verdammt ...«

Ich beuge mich vor und küsse seine Lippen. Nur ein Hauch. Nur die sachte Berührung zweier Menschen, die nicht füreinander bestimmt sind. In keinem denkbaren Universum. Und doch wurden wir zusammengeführt. Durch irgendeine kranke Fügung des Schicksals oder schlichtweg durch einen dämlichen Zufall. Und hier sind wir nun.

»Hör auf«, verlangt er, stoppt mich jedoch nicht. Also höre ich nicht auf damit, ihn zu küssen, lecke bittend über seine Unterlippe, bevor ich seinen Mund in Beschlag nehme. Der Druck meiner Finger wird unbewusst etwas fester, woraufhin Dom sofort in den Abwehrmodus schaltet und mich wegdrückt.

»Hör auf«, wiederholt er nachdrücklicher. »Hör auf, mich zu küssen, hör auf, mich zu manipulieren, *hör einfach auf.*«

Tief atme ich durch und steige von seinem Schoß. Ich greife nach seinem T-Shirt vom Boden und schmeiße es ihm zu, damit er sich wieder anzieht. »Du bist derjenige, der mich manipuliert hat«, werfe ich ihm vor. »Ich bin freiwillig vor dir auf die Knie gegangen, um mich von dir erschießen zu lassen, *Jesus Christ.*«

»Ich habe dir die Chance gegeben, zu verschwinden, für immer«, erinnert er mich ruhig.

»Aber du bist zurückgekommen.«

»Ja, weil ich ein verdammter Idiot bin!«, fahre ich ihn an, lauter als gewollt. Ich wollte eigentlich etwas anderes sagen, bin jedoch froh, dass ich die Worte zurückhalten konnte.

*Weil ich ein verdammter Idiot bin und dich liebe.*

»Nun.« Doms Blick ist ganz ruhig. »Jetzt ist es zu spät, *Tesoro.*«

»Dann tu, was du tun musst«, fordere ich ihn auf. »Ich bin bereit, Dom.«

Lieber wäre ich durch Domenics Hand gestorben, statt zurück zu Richie zu gehen, aber ich bin kein Feigling, ich werde mich ihm stellen. Auch wenn ich weiß, dass es nicht gut für mich ausgehen wird.

Überfordert fahre ich mir durch die Haare. »Willst du mich gleich heute Nacht loswerden oder kann ich mich nochmal schlafen legen?«

»Oh, willst du dich wieder an meinen Bruder ranmachen?«, fragt er zynisch. »Er kann dir auch nicht mehr helfen. *Ich* treffe hier die Entscheidungen.«

Genervt rolle ich mit den Augen. »Gute Nacht, Domenic.«

Ich will herumfahren und verschwinden, aber Dom ist schneller, erhebt sich und greift nach meinem Handgelenk.

»Du schläfst bei mir«, befiehlt er.

»Was, jetzt willst du mich wieder in deiner Nähe?« Demonstrativ zerre ich meine Hand aus einem Griff, zumindest versuche ich es, und Dom beißt sichtlich die Zähne zusammen. »Ich bevorzuge momentan die Gesellschaft des Hundes.«

»Du schläfst bei mir«, wiederholt er mit Nachdruck.

Heute Nacht habe ich keine Lust mehr auf Diskussionen, weshalb ich mich meinem Schicksal füge und keine Widerworte mehr gebe.

Ich hasse es, neben Mason aufzuwachen, und bereue bereits, ihn nicht zurück in das Zimmer meines Bruders geschickt zu haben.

Angefangen von dem kribbelnden Ziehen in meinem Magen beim Aufwachen bis zu dem unbändigen Drang, ihn zu packen, fest an mich zu drücken und nicht mehr loszulassen.

Neben Mason einzuschlafen hat mir immer zu einem besseren Schlaf verholfen. Aber in der heutigen Nacht kann er mir nicht bei meinen Alpträumen und der irrationalen Panik helfen, die in mir vorherrscht. Womöglich liegt es an der Tatsache, dass nicht nur körperliche Distanz zwischen uns herrscht, sondern auch auf anderer Ebene.

Er ist ganz bis ans Ende des Bettes gerutscht und ich kann ihn nicht einfach zu mir ziehen, die Nase in seinem Nacken vergraben und seinen Geruch inhalieren, so lange, bis die schlimmen Gefühle in meiner Brust sich auflösen.

Nicht nach dem Gespräch von vorhin, nicht nach allem, was bisher vorgefallen ist.

So vergeht eine quälende halbe Nacht, in der ich den Morgen förmlich herbeisehne. Auch Mason ist früh auf den Beinen, doch er wirkt nicht halb so müde und ausgelaugt, wie ich mich fühle.

»Kaffee?«, fragt er in die Runde.

Alessio wirft ihm einen misstrauischen Blick zu, lässt sich aber von ihm die Tasse auffüllen.

»Für dich auch, Domenic?« Er sieht mich dabei nicht an, was mich verrückt macht. Viel lieber habe ich es, wenn er mich anschreit und gegen mich kämpft, statt diese reservierte Höflichkeit.

»Nein, Danke«, erwidere ich ruhig. Er lässt die Kanne sinken und setzt sich wieder auf seinen Platz.

Das Frühstück verläuft schweigend und angespannt.

»Du solltest nochmal zu Ty«, verlangt mein Bruder schließlich.

»Okay. Mach ich.« Er hat Recht, außerdem brauche ich dringend neue Schmerzmittel von Tyler. »Ich nehme Mason mit. Für dich habe ich eine andere Aufgabe.«

Zweifel huschen über das Gesicht meines Bruders, aber er widerspricht mir nicht.

»Und was tun wir?«, fragt Mason an mich gewandt.

»Das wirst du dann sehen.«

Endlich hebt er den Blick und sieht mich an, ein Lächeln voller Spott kräuselt seine Mundwinkel.

»Entführst du mich wieder auf einen romantischen Strandausflug?«

Scheinbar hat Mason meine stumme Bitte nach mehr Widerstand erhört. Wie jedes Mal verspüre ich dieses irre Kribbeln tief in meinem Magen, wenn er mich mit diesem herausfordernden Blick mustert.

»Ich weiß ja nicht, was du unter Romantik verstehst, Mason«, erwidere ich ruhig. »Aber ich bin sicher, unser kleiner Ausflug wird dir gefallen.« Sein Grinsen verblasst und ich füge hinzu: »Oder auch nicht.«

»Wir brauchen ihn lebend, Dom«, erinnert Alessio mich murmelnd und nippt an seinem Kaffee.

»Ja, aber von unversehrt war nie die Rede«, wiederhole ich Christians Worte.

»Na, das hört sich ja lustig an«, kommentiert Mason. Er rührt sein Essen nicht mehr an, lehnt sich zurück und wartet, bis ich fertig bin.

»Ich ziehe mich um«, sagt er, als ich mich schon von meinem Platz erhebe.

»Ich komme mit dir.«

»Dein Ernst?« Er rollt mit den Augen, davon lasse ich mich aber nicht beeindrucken, sondern folge ihm in Alessios Zimmer. Dort hat er offenbar eine Schublade bekommen, in dem er von Alessio ausgewählte Klamotten lagert. Ich frage mich, woher mein Bruder diese Kleidung hat. Hat er sie extra für Mace gekauft? Das passt gar nicht zu Alessio, aber ich wüsste nicht, wem sie sonst gehören sollten.

Ich beobachte Mason, wie er, mit dem Rücken zu mir, das Shirt auszieht. Seine Muskeln sind angespannt und es kommt mir vor, dass sie noch definierter sind als ich sie in Erinnerung habe. Meine Initialen stehen genau unter seinem Tattoo, sind gut sichtbar und deutlich zu erkennen. Ein warmes Gefühl zieht in meinem Magen.

Warum, verdammt, werde ich immer noch so von ihm angezogen? Das sollte vergehen, eigentlich schon nach dem ersten Mal, als ich ihn gefickt habe. Aber die Anziehung ist nur stärker geworden, mit jedem Tag, mit jeder Stunde, mit jedem frechen Lachen seinerseits, mit jedem Mal, in dem er sich erst aufgebäumt und mir dann doch unterworfen hat.

Mace zieht sich ein frisches Shirt über und tauscht die Jeans gegen kurze Shorts. Sie sind so eng, dass sich sein Hintern darin perfekt abzeichnet. Und in meiner Hose wird es gerade auch ein wenig enger.

»Gehen wir jetzt«, dränge ich, bevor ich auf dumme Gedanken komme.

Mason erwidert nichts, folgt mir nur. Wir laufen durch das Haus, verabschieden uns von Alessio und steigen in meinen Mercedes.

Die Schmerzen in meinem Bauch sind heute etwas besser zu ertragen, aber vielleicht liegt es auch daran, dass mein Kopf so voll ist und ich sie deswegen leichter ausblenden kann.

»Was hast du jetzt mit mir vor?«, will Mason wissen, dieses Mal ernster als vorhin am Frühstückstisch.

»Bist du es nicht leid, ständig dieselben Fragen zu stellen?« Langsam müsste er doch wissen, dass er darauf selten eine Antwort bekommt.

»Du bist gemein, Domenic.«

Schmollt er jetzt etwa? Ein kurzer Seitenblick verrät mir, dass er tatsächlich die Arme vor der Brust verschränkt hat und stur durch die Windschutzscheibe blickt. Ich kann dem Drang nicht widerstehen, kann das Kribbeln in meinen Fingerspitzen nicht unterdrücken, sodass sich meine Hand wie von selbst vom Lenkrad wegbewegt und auf seinem Oberschenkel landet. Ich umfasse ihn und streiche mit dem Daumen über seine nackte Haut, welche die Shorts preisgibt.

Mason löst seine verschränkten Arme, ich erwarte, dass er meine Hand wegschlägt, aber er überrascht mich. Er greift tatsächlich nach meinem Handgelenk, doch nicht, um mich wegzudrücken, sondern um seine Finger zwischen meine zu schieben.

Erneut erfasst ein Kribbeln meine Fingerspitzen und breitet sich wie warmes Feuer durch meinen ganzen Körper aus. Mace umschließt mit der freien Hand mein Gelenk und drückt meine Finger etwas fester.

Das ist komisch.

Wir sollten nicht hier nebeneinander sitzen und Händchenhalten wie verliebte Teenager, die Fronten zwischen uns haben sich verändert. Er ist nicht mehr mein Spielzeug, mit dem ich mich beschäftige, wenn ich Langweile oder Lust habe. Mason ist im Moment der wichtigste Schlüssel zu einem mächtigen Feind, der sich als die größte Herausforderung meiner bisherigen Laufbahn herausstellen könnte. Und ich weiß immer noch nicht, ob Mace ein Verbündeter ist oder zu den Leuten gehört, die Arianne in ihrer Gewalt haben.

Ich löse meine Hand aus seiner und lege sie wieder aufs Lenkrad. Kein spöttischer Kommentar kommt über meine Lippen, keine sarkastische Bemerkung über Masons. Das macht die Situation sogar noch merkwürdiger als ohnehin schon.

Der Mercedes nimmt die Biegung einer kurvigen Straße und vor uns erstreckt sich ein Tunnel, der uns durch einen der vielen Berge bringt. Ich schalte die Lichter an und fahre hinein.

Aufheulende Motoren erwecken meine Aufmerksamkeit und in meinem Rückspiegel erkenne ich zwei Motorradfahrer, die wie aus dem Nichts hinter uns aufgetaucht sind. In meinem Innersten schrillen sofort sämtliche Alarmglocken auf. Haben sie etwa vor dem Tunneleingang auf uns gewartet? Wer zur Hölle würde sich das trauen?

Sie nehmen rasant an Geschwindigkeit zu, ich gebe ebenfalls Gas, aber sie sind schneller. Einer der Fahrer schwenkt aus und fährt nun direkt neben uns.

Ich erkenne, was passiert, noch ehe ich in den Lauf der Waffe blicke, die er in Höchstgeschwindigkeit zückt.

»Runter!«, rufe ich und greife reflexartig in Masons Nacken, um ihn nach unten zu drücken, während bereits der erste Schuss fällt.

# 10. MASON

Ich verstehe nicht so richtig, was passiert, obwohl es offensichtlich ist.

Domenic drückt meinen Kopf nach unten, ein lautes *Peng*, die Scheiben um uns zerbersten.

Wir werden angeschossen. Von dem Motorradfahrer, der innerhalb von Minuten aus der Versenkung aufgetaucht ist. Mitten auf der Straße, mitten am helllichten Tag.

Dom schwenkt den Lenker des Mercedes mit einer Hand, wir kommen ins Schlingern. Das macht er absichtlich, wie mir bewusst wird, als das Heck des Wagens den Biker erwischt und ihn aus dem Gleichgewicht bringt. Er verliert die Kontrolle, das Motorrad schlingert unkontrolliert und der Fahrer stößt mit voller Wucht gegen die nächste Mauer innerhalb des Tunnels.

Scheiße, dieser Bastard hat auf uns geschossen! Domenic ... mein Herz zieht sich krampfhaft zusammen, ich erwarte schon, gleich nochmal zusehen zu müssen, wie er an einer Schusswunde halb verblutet, aber als ich einen Blick zur Seite werfe, blicke ich in sein konzentriertes Gesicht.

Alles um uns herum passiert so schnell, das Auto schlittert mit quietschenden Reifen einmal um seine eigene Achse, doch für einen Moment sehe ich alles in Zeitlupe.

Ich sehe ihn wie durch einen Filter, nehme sein attraktives Gesicht wahr, die dunkelgrünen Augen, die fest aufeinandergepressten Lippen. Er lenkt das Auto mit nur einer Hand, die andere liegt immer noch in meinem Nacken, bereit, mich jederzeit wieder nach unten zu drücken.

Wir krachen gegen die Tunnelmauer, ich werde ruckartig in den Gurt gedrückt und in den Sitz zurück gefedert, mein Blick wird kurzzeitig schwarz, bis ich wieder klarer sehe. Mein Herz schlägt wild und unkontrolliert, während mein Blick zu Dom schellt.

Ich hatte Glück, er nicht, da wir mit der Fahrerseite gegen die Wand gekracht sind. Die Seitenscheibe ist zertrümmert, Glasscherben sind über seinen Körper verteilt, er hat eine blutende Platzwunde an der Stirn und sein Gesicht ist schmerzhaft verzogen.

»Verdammt«, flucht er, während mir ein »Fuck, Dom«, entfährt.

Mein Blick schellt zu dem Seitenspiegel und ich erkenne, dass der eine Motorradfahrer von seinem Bike gestiegen ist und gerade seinen

Helm abnimmt. Scheiße. Er ist unversehrt und zu hundert Prozent bewaffnet. Scheiße!

Eilig schnalle ich mich ab und beuge mich über Domenic.

»Was tust du?«, fragt er und stöhnt, als ich mit den Händen über seinen Oberkörper taste. Ich will ihm nicht wehtun, aber die Hektik lässt mich unruhig werden.

»Mace, Stopp«, befiehlt er, will nach meinen Händen greifen, doch ich habe bereits gefunden, wonach ich suche: Die Pistole, die in der Innenseite seines Jacketts verstaut ist.

Ich entferne seinen Gurt und fummle sie heraus. Erschrockene grüne Augen blinzeln mich an und obwohl ich wertvolle Sekunden verschwende, kann ich nicht anders, als mich vorzubeugen und ihn fest anzusehen.

»Bleib ruhig, ich regle das«, versichere ich ihm wispernd. Dann fahre ich herum, drücke meine Tür auf und springe auf die Füße, die Waffe direkt auf den Motorradfahrer gerichtet.

Dieser hat inzwischen seinen Helm abgenommen und ebenfalls seine Waffe gezogen. So stehen wir uns gegenüber, nur wenige Meter trennen uns und alles in mir wird kalt, als ich ihn erkenne.

Ach du heilige Scheiße. Ich habe gebetet, ihn nie wieder sehen zu müssen, aber nun steht er hier, in meiner neuen Heimat, und hat dasselbe hämische Grinsen im Gesicht.

»Mason Roberts«, sagt er spöttisch. »Lange nicht mehr gesehen, Kumpel. Wie geht's dir? Was machen deine reizenden Schwestern?«

»Fick dich, Brant«, knurre ich. Mein erster Impuls ist, ihm ins Knie zu schießen und damit bewegungsunfähig zu machen, aber bevor ich dem nachgeben kann, fällt mir auf, in welcher ungünstigen Lage ich mich befinde.

Der andere Motorradfahrer, derjenige, der zuerst auf uns geschossen hat, wurde von dem Crash leider nicht umgehauen, er hat sich wieder aufgerappelt und steht nun schräg hinter mir, hält ebenfalls eine Pistole auf mich gerichtet.

Zwei gegen einen. Wenn ich auf Brant schieße, wird er nicht lange fackeln und mir einen Kopfschuss verpassen. Und danach ist es nur eine Frage von Minuten, bis er auch Domenic ausschaltet, der verletzt und unbewaffnet im Auto sitzt.

*Fuck, fuck, fuck!*

Brant gegenüberzustehen ist nochmal eine andere Hausnummer, als in Gus' lebloses Gesicht zu blicken. Ich hatte schon immer eine Heidenangst vor ihm, weil Brant so unberechenbar ist.

Also tue ich das, was ich am besten kann: Provozieren.

»Richie muss mich ja tierisch vermissen, wenn er extra mit seinen Schoßhunden um die ganze Welt segelt, um mich wiederzusehen«, gebe ich spöttisch zum Besten.

Ein Grinsen kräuselt Brants Mundwinkel. »Oh ja. Er vermisst es vor allem, dich zu ficken, während du bettelst, dass er aufhört.«

Die Hand um meine Waffe verkrampft sich und ich beiße die Zähne kurz fest zusammen.

»Ja, die guten alten Zeiten«, murmle ich. »Leg deine Waffe auf den Boden und kick sie zu mir rüber, dann können wir über alles plaudern.«

Brant lacht auf. »Sicher doch, ich habe Champagner dabei, um mit dir anzustoßen, Roberts.« Er deutet mit dem Kinn in Richtung des anderen Fahrers, der schräg hinter mir steht. »Besser, du tust, was ich dir sage. Richie will dich lebend, aber viel lieber will er deinen neuen Boss tot sehen. Also, wenn du nicht ins Schussfeld geraten willst, geh weg vom Auto.«

Ich schiele durch das Seitenfenster zu Dom. Er ist bei Bewusstsein und hört dieses Gespräch mit an, sein Blick findet meinen. Er formt stumm etwas mit den Lippen.

»Er scheint bereits tot zu sein«, stelle ich fest und sehe wieder zu Brant. »Außerdem ist er nicht mein Boss.«

»Was ist er dann?«, fragt Brant spöttisch.

»Mein Sugar Daddy.«

Nun lacht er auf, beinah überrascht. »Du machst wohl für jeden die Beine breit, nicht wahr?«

Nur, dass ich freiwillig mit Domenic geschlafen habe. Er hat mich nicht gewaltsam genommen, er hat mich so lange verrückt gemacht, bis ich nichts anderes wollte, als von ihm gefickt zu werden. Und Dom hat dafür gesorgt, dass ich es verdammt nochmal geliebt habe.

»Sieh es, wie du willst.« Ich lasse meine Pistole sinken. »Bring es zu Ende. Ich habe Richie einiges zu erzählen.«

Brant kneift die Augen zusammen. »Du bist so schwach.«

»Ich will nicht sterben«, halte ich dagegen. »Ich kenne mich auf Sizilien aus, ich kann Richie helfen, wenn er in diesem Milieu Fuß fassen will.« Langsam mache ich einen Schritt zur Seite.

»Deine Waffe, Roberts«, verlangt Brant. Ich ergebe mich meinem Schicksal, lege die Knarre auf dem Boden ab und gebe ihr einen Stoß, damit sie zu Brant schlittert. Er stoppt sie mit seinem Fuß und lächelt zufrieden.

»Geh weiter weg vom Auto. Mario, verpass Marino den Gnadenschuss.«

Vorsichtig mache ich ein paar Schritte in Brants Richtung, stehe ihm nun schräg gegenüber. Uns trennt nur noch eine Armlänge. Misstrauisch betrachtet er mich, lässt seine Pistole jedoch sinken.

»Los, Mario«, fordert er den anderen, mir unbekannten Typen auf. Dieser zögert sichtlich, gibt sich aber einen Ruck und marschiert auf den zerbeulten Mercedes zu.

Jetzt kann ich nur hoffen, dass ich Dom richtig verstanden habe, dass er tatsächlich *zwei* geformt hat und damit zwei Minuten gemeint hat.

Mein Herzschlag wird schneller und dumpfer und für einen Augenblick sehe ich alles wie durch einen Tunnelblick.

Es tut mir körperlich weh, zuzulassen, dass dieser Mario mit erhobener Waffe auf das Auto zuläuft, bereit dafür, Dom zu erschießen. *Meinen* Dom!

Fuck, selten ist mir etwas schwerer gefallen, ich kann nur noch die Fäuste ballen, abwarten und hoffen.

»Er ist bewusstlos«, stellt Mario nach einem scheuen Blick ins Innere fest.

»Worauf wartest du? Bring es zu Ende«, fordert Brant ungeduldig auf. Mario beugt sich vor und öffnet die Beifahrertür, lässt sie aufschwingen und umfasst mit beiden Händen seine Knarre.

Ein Schuss ertönt, wir sehen beide dabei zu, wie die Kugel Marios Brust trifft und ihn nach hinten schleudert. Ich reagiere instinktiv, mache einen Hechtsprung und stürze mich auf Brant. Er ist so überrascht, dass ich es schaffe, ihn umzuwerfen und uns beide zu Fall zu bringen. Brant verliert seine Waffe und wir rollen gemeinsam über den Boden.

Er tritt mir in den Magen, *Autsch*, dafür verpasse ich ihm einen Kinnhaken. Er schafft es, mich unter sich zu begraben, mein Arm klemmt schmerzhaft zwischen unseren Körpern fest und seine Finger schließen sich um meinen Hals.

»Du dummer Bastard«, knurrt er wütend. Sein Gesicht ist hochrot. »Richie wird dich umbringen! Ich schwöre, er wird-«

Brant kriegt einen heftigen Schlag auf den Hinterkopf und verliert sogleich das Bewusstsein, sein Griff lockert sich und ich kann seinen schlaffen Körper von mir schieben.

Keuchend sehe ich zu Dom auf. Das Blut aus seiner Platzwunde ist leicht in seinen Haaren verteilt, er ist blass, sein Gesichtsausdruck verbissen. Aber verdammt, wie er so dasteht, mit der Glock in der Hand, sieht er aus wie der schönste Todesengel, den die Hölle zu bieten hat.

Wie *mein* Engel.

Er wechselt die Pistole in die andere Hand und streckt mir den Arm hin. Dankbar umschließe ich seine Finger und lasse mich hochziehen.

»Dein *Sugar Daddy*? Ernsthaft?«, fragt er mit kratziger Stimme.

»Was? Ist doch wahr. Du kaufst Sachen für mich, versorgst mich, sorgst für meine Orgasmen ...« Während des Redens umfasse ich sein Kinn und drehe sein Gesicht zu mir, um zu überprüfen, ob er noch wo anders verletzt ist.

»Das sieht nicht so gut aus, muss vielleicht genäht werden«, stelle ich fest und streiche sanft unterhalb der Platzwunde entlang. Sein Gesichtsausdruck wird etwas milder.

Er beugt sich zu mir, ein Kribbeln erfasst meinen Körper und lässt mich kurz vergessen, dass diese Szene auch ganz anders hätte ablaufen können. Ich komme ihm entgegen und küsse ihn auf die Lippen.

»Du sollst mich nicht abknutschen, sondern die Waffe nehmen«, sagt er leicht genervt. *Das ist mir doch egal, Domenic Marino.*

Noch einmal suche ich nach seinen Lippen, vertiefe den Kuss dieses Mal und schmecke ihn.

Dom legt die Hände an meine Wangen, ich spüre das kühle Metall seiner Glock an meiner Haut. Mit sanftem Druck schiebt er mich zurück.

»Kümmer dich um den Toten«, weist er mich mit gedämpfter Stimme an. »Wir nehmen sie beide mit.«

Mein Blick flackert zu dem bewusstlosen Brant, dann zu Mario, um den sich inzwischen eine große Blutlache gebildet hat.

»Scheint, als müsse ich die Drecksarbeit erledigen«, murmle ich, laufe aber bereits zu Mario.

»Wie war das?«, hakt Dom nach.

Trotz allem muss ich schmunzeln. »Ja, Boss«, korrigiere ich mich.


Domenic transportiert uns zu einer verlassenen Hütte. Nun, nicht ganz verlassen, denn um die Umgebung herum fahren zwei schwarze SUVs mit verdunkelten Scheiben Patrouille.

»Pack mit an, Mason«, befiehlt Domenic und greift nach Brants Schultern, um ihn von der Rückbank zu ziehen.

»Lass mich das machen.« Ich schiebe ihn weg, versuche es zumindest, doch dieser sture Bock lässt es nicht zu.

»Hör auf, mich zu bevormunden, und tu, was ich dir sage«, knurrt er mich an. Er zerrt Brants schlaffen Körper halb aus dem Wagen und ich rolle mit den Augen. Aber ich greife nach Brants Beinen und gemeinsam tragen wir ihn in die Hütte.

»Hol die Leiche und bring sie in den Keller«, sagt er mir dann. Sein Blick schweift kurz über mich. »Achte darauf, dich sauber zu halten.«

Am liebsten würde ich bei ihm bleiben und dafür sorgen, dass Brant nicht aufwacht und ihn verletzt. Ich mache einen Schritt rückwärts, beobachte Domenic dabei, wie er Brant den Rücken zukehrt und eine Schublade aufzieht. Er wirft mir einen Blick über die Schulter zu.

»Worauf wartest du?«

»Kommst du klar?«

Sein Blick verdüstert sich. »Tu was ich dir sage, Mace.«

»Ich bin nicht dein Angestellter, ich gehöre nicht zu deiner *Familia*. Warum glaubst du, mir Sachen befehlen zu können?« Ich weiß, dass ich ihn damit nur provoziere, aber es ärgert mich, dass er mich behandelt wie einen Lakaien.

»Willst du lieber gemeinsam mit deinem Freund Brant gefoltert werden? Kann ich gerne einrichten, *Tesoro*.«

Ich verschränke die Arme vor der Brust. »Bitte mich nett darum, dann werde ich vielleicht tun, was du von mir willst.«

»Gott, Mason, du machst mich wahnsinnig!«

Und er mich, verdammt.

»*Bitte*, kümmere dich um die Leiche und geh mir nicht auf die Nerven.«

Das klingt zwar nicht freundlicher, aber zumindest hat er Bitte gesagt. Stumm wende ich mich ab und laufe zurück zum Auto. Ich schätze, das ist ein Sieg für mich.

Der ganze Kofferraum ist voller Blut, mich nicht schmutzig zu machen ist viel leichter gesagt als getan. Im Endeffekt habe ich Mario in den Keller befördert, aber mein Shirt und meine Arme sind bedeckt mit seinem Blut. Ich wische mir gerade mit dem Handrücken den Schweiß von der Stirn und jogge die Treppe nach oben.

Die Hütte ist nicht besonders groß, dafür hat sie erstaunlich viele Räume. Ich laufe zurück in den Teil, in dem ich Dom mit Brant zurückgelassen habe. Inzwischen ist Brant wieder wach. Er ist gefesselt und seine Hände sind über seinem Kopf an einem Karabiner befestigt. Offenbar hat Domenic ihn mit einem Kübel Eiswasser wachbekommen, denn er ist patschnass. Wasser plätschert von seinen Klamotten auf den Boden, außerdem atmet er schwer.

Obwohl er gefesselt und wehrlos ist, habe ich ein ungutes Gefühl dabei, mit ihm in einem Raum zu sein. Und das, nachdem ich es auf

100

Sizilien mit weitaus gefährlicheren Leuten zu tun hatte, aber alte Gewohnheiten lassen sich nicht so leicht abstellen.

»Du ehrloser Verräter«, krächzt Brant, die Zähne sichtlich zusammengepresst, doch er schafft es noch, einen verächtlichen Blick aufzusetzen.

»Rede nicht mit meinem Eigentum«, grätscht Domenic kühl dazwischen. Bis auf die Kommode ist dieser kleine Raum leer. Erst, als Dom einen Schritt auf mich zumacht, erkenne ich, dass auf dieser eine Reihe verschiedener Messer ausgebreitet liegt.

Doms Blick schweift kurz missbilligend über meine Klamotten, dann dreht er sich halb zu Brant.

»Erzähl mir etwas über ihn«, verlangt Dom.

»Brant und Richie sind im selben Kinderheim aufgewachsen«, beginne ich und verschränke locker die Arme vor der Brust. »Brant hat schon immer das getan, was Richie wollte, ist ihm nachgelaufen wie ein Hund.«

»Richie wird dich nicht nur töten, er wird dich ausweiden«, unterbricht Brant mich aufgebracht, er lehnt sich gegen seine Fesseln auf, die Ketten scheppern daraufhin. Ich achte nicht auf ihn, lecke mir nur bedeutend über die Lippen, ehe ich fortfahre.

»Er wollte immer Richies zweite Hand sein, aber Richie vertraut nur Leuten, gegen die er ein Druckmittel hat, die er kontrollieren kann. Vertrauen ist in Nashville ein Fremdwort. Zurecht.«

Nun zuckt mein Blick doch zu Brant, dessen Kopf hochrot angelaufen ist.

»Das war unser Ziel, oder?«, hake ich an Domenic gewandt nach. »Du wollest mich hierher bringen, mich fesseln und foltern.« Seine Worte von heute Morgen sind mir noch präsent im Kopf.

*Wir brauchen ihn lebend.*

*Ja, aber von unversehrt war nie die Rede.*

»Ja«, antwortet Dom. Er nimmt ein Messer von der Kommode und wendet sich mir zu. Vorsichtig legt er die Klinge unter mein Kinn und hebt meinen Kopf. Seine dunkelgrünen Augen sind einen Ticken dunkler, sein Blick intensiv wie immer. »Aber dir werde ich nicht wehtun. Meine Art von Folter hättest du genossen.«

Ich schlucke hart und hebe das Kinn etwas höher. Auch wenn ich ihm glaube, macht es mich nervös, die Klinge so nah an meiner Kehle zu haben.

»Dann bin ich ja fast enttäuscht über die Unterbrechung.«

»Alles zu seiner Zeit, Mason«, erwidert Dom leise und lässt das Messer sinken.

»Eine Sache muss ich noch wissen«, bittet er lauter. Er macht eine vage Kopfbewegung in Richtung Brant. »Hat er dich jemals gegen deinen Willen angefasst?«

Erneut muss ich schlucken. »Zwing mich nicht, darüber zu reden, Dom.«

Etwas in seinem Blick verändert sich, wird härter, seine Augenbrauen ziehen sich zusammen. »Ein Ja oder Nein reicht mir fürs Erste.«

»Ja.«

»Du verdammte Hure«, faucht Brant, aber ich achte nicht auf ihn, kann ihn nicht ansehen, weil all die tief verschlossenen Erinnerungen in mir wieder hochkommen.

»Geh jetzt, *Tesoro*«, bittet Dom und lässt das Messer sinken. »Du wirst abgeholt.«

»Ich bleibe bei dir, Dom«, halte ich dagegen.

»Wir sehen uns heute Abend«, erwidert er nur.

»Du hast bestimmt eine Gehirnerschütterung. Du musst-« Domenic unterbricht meinen Protest mit einem strengen »Geh jetzt, Mason.« Seine Stimme ist mit einem Mal so eisig, dass ich eine unangenehme Gänsehaut bekomme und beschließe, seinem Befehl besser Folge zu leisen.

Ich verlasse den Raum, wohlwissend, dass Brant diesen Tag nicht überleben wird.

Nicht nach allem, was er gesagt und gesehen hat.

»Ist das nicht süß«, höhnt Brant, das Gesicht zu einer verzerrten Grimasse verzogen. Mason ist soeben aus der Tür verschwunden und zu Alessio ins Auto gestiegen, obwohl ich ihn am liebsten hierbehalten hätte.

Ein Teil von mir hätte gerne seine Reaktionen auf alles beobachtet, was ich aus diesem Brant herauskriege. Aber ein anderer Teil, ein sehr weicher, wollte Mason das nicht antun. Es reicht, wenn einer von uns die Bilder nicht mehr aus dem Kopf bekommt.

»Er macht sich Sorgen um dich«, fährt Brant fort. »Ihr seid so ein verliebtes Paar. Fast wie Richie und er damals. Nur, dass Richie nicht so ein verweichlichter Loser war, der ihm alles geglaubt hat.«

Die Vorstellung, dass dieser widerliche Richie erst Mason angerührt hat und nun seine Hände an meine Schwester legt, macht mich krank. Innerlich fechte ich einen Kampf aus, doch äußerlich bleibe ich ruhig. Ich weiß, was Brant vorhat. Er will mich provozieren, damit ich ihn absteche und es schnell beende. Aber ich habe noch einiges vor mit ihm.

Bedächtig lege ich das Messer zur Seite und nehme mir ein anderes aus meinem Set.

Mit diesem trete ich näher an Brant heran.

»Du wirst hier nicht lebend rauskommen, deswegen kann ich es dir auch erzählen«, sage ich leichthin und schenke Brant ein kühles Lächeln. »Ich mag ihn. So schön rebellisch, heiß, anschmiegsam, stur.« Ich trete einen Schritt näher. »Genau deshalb mag ich die Vorstellung, dass du deine Hände an ihm hattest, ganz und gar nicht.«

»Gott, du bist so lächerlich, du-« Brants Tirade geht in einem Schrei unter, als ich den ersten Schnitt setze. Er beißt sich auf die Wange und verzieht schmerzhaft das Gesicht.

»Fuck«, flucht er. Schweiß und Blut rinnen über seinen Körper. »Kein Wunder, dass es spielend einfach war, einen Fuß in die sizilianische Mafia zu bekommen, wenn eine dahergelaufene Straßenhure ausreicht, um einen Mafiaboss zu Fall zu bringen.«

Wieder ein Lächeln meinerseits. »Oh, Brant. Ich zeige dir sehr gerne, wie die sizilianische Mafia mit Amerikanern wie dir umgeht.«

Etwas wie Angst flackert in seinem Blick auf, was eine pure Genugtuung für mich ist. Seine Worte, die er im Tunnel an Mason gerichtet hat, brennen immer noch in mir.

Ich hoffe sehr, dass Brant sich sträubt, mir die Dinge zu erzählen, die ich von ihm hören möchte. Denn ich will diesen Bastard mehr als nur leiden lassen.

Fünf Stunden und eine kalte Dusche später bin ich wieder zurück in Alessios Villa. Mein Kopf pocht schmerzhaft und schon seit geraumer Zeit spüre ich ein heftiges Ziehen in meiner Bauchregion.

Mit einem gedämpften Stöhnen lasse ich mich auf die Couch fallen und massiere mir die Schläfen.

»Geht's dir gut?«, hakt mein Bruder skeptisch nach.

Ganz und gar nicht.

»Ja«, antworte ich.

»Hast du rausbekommen, was du wissen wolltest?«

Noch so vieles mehr.

»Ja.«

»Nimm die.« Masons Stimme ist plötzlich unmittelbar neben mir und ich öffne die Lider wieder, blinzle ihn an. Er hat sich zu mir gesetzt und hält mir eine Packung Schmerztabletten hin. In seinen Augen herrscht Unruhe, sie erinnern mich heute an ein dunkles, loderndes Feuer.

»Danke.« Ich spüle gleich zwei Tabletten mit einer Flasche Wasser herunter und mache es mir auf der Couch gemütlicher, ohne Mason aus dem Blick zu lassen.

»Worüber machst du dir Sorgen, Mace?«, hake ich nach. Dass er es tut, ist unübersehbar.

»Um dich, du Idiot«, sagt er salopp. »Du bist mit Brant zurückgeblieben, verletzt und allein und niemand von deinen Leuten hat sich getraut nachzusehen, ob es dir gut geht. Das waren fünf Stunden, Domenic!«

Obwohl ich nicht in der Stimmung bin, muss ich bei seinem vorwurfsvollen Tonfall schmunzeln. »Ich werde nunmal nicht gerne beim Foltern gestört. Das wissen *meine Leute*.«

»Das sind dumme Ausreden.« Er zögert, streckt dann aber die Hand nach mir aus und fährt mit den Fingern vorsichtig unterhalb der Platzwunde entlang. »Hattest du alles unter Kontrolle?«

»Natürlich.« Immerhin war Brant gefesselt und nach einiger Zeit überhaupt nicht mehr in der Lage, mich in irgendeiner Weise zu verletzen.

»Ich muss mit meinem Bruder allein reden«, bittet Alessio, dessen Anwesenheit ich fast vergessen hätte. »Los, Mace, geh kurz mit Roy in den Garten.«

»Muss ich dann wieder seine Scheiße aufsammeln?«, fragt Mace mit gerümpfter Nase.

»Ja, dieses Mal darfst du sogar die Beutel dafür nehmen.« Was war das denn? Hat mein großer, ernster Bruder gerade tatsächlich einen sarkastischen Kommentar abgegeben?

Ich bin so erstaunt, dass ich die Augenbraue hochziehe, obwohl ich dabei die Platzwunde schmerzhaft spüre.

Mason grummelt unzufrieden, erhebt sich aber und trabt davon. »Komm Roy, drehen wir eine Runde!«, ruft er, woraufhin euphorische Hundepfoten auf dem Fußboden klackern.

»Du magst ihn«, stelle ich fest und starre hoch zu meinem Bruder. Dieser rollt mit den Augen und setzt sich neben mich.

»Und?«, hakt er nach. »Was hast du erfahren? Ist er tot oder lebt er noch?«

»Er ist tot«, beantworte ich und seufze tief. »Es ist so, wie ich es mir schon gedacht habe. Die Nashviller Gang hat eine Allianz mit den de Lucas geschlossen, sie sind mit ihrer halben Mannschaft übergesiedelt und mischen sich in unsere Geschäfte ein. Richie ist insbesondere interessiert an dem Geldwäschehandel. Er hat de Luca, laut Brant, ein paar seiner Flächen abgeschwatzt und kassiert nun das Schutzgeld, was ich aber für unwahrscheinlich halte. De Luca würde niemals sein Land weitergeben, vor allem nicht an außenstehende Amerikaner.«

Immerhin verdient de Luca mit der Schutz-
gelderpressung den Großteil seines Geldes, es
war ihm schon immer ein wichtiges Anliegen,
so viel Land wie möglich unter seiner Kontrolle
zu haben.

»Aber warum sind sie überhaupt hergekommen? Nur wegen Mason?«, hakt Alessio skeptisch nach. »Es gäbe sicherlich einfachere Me-
thoden, ihn für seinen Verrat zu bestrafen.«

Ich zucke mit einer Schulter. »Brants Erzählungen waren sehr auf Mason fixiert.« Und ich
wollte alles hören, was er zu sagen hatte, auch
wenn das meiste davon fast unerträglich war.
»Aber ich glaube, da steckt mehr dahinter.«

Mein Bruder legt mir eine Hand auf den Unterarm. »Geht es dir wirklich gut, Dom?«

Ich fange seinen Blick auf. »Er hat berichtet,
dass Arianne den Amerikanern alles über unsere Strukturen, Schwächen und Schlupflöcher
erzählt hat. Sie hat uns verraten, auf allen nur
denkbaren Ebenen.«

Der Schmerz, der kurz über Alessios Gesicht
flackert, ist genauso allumfassend, wie ich ihn
fühle. Es ist diese Art von Schmerz, den man so
tief und intensiv spürt, dass er einen von innen
zu verätzen droht.

»Ich weiß gar nicht, was ich dazu sagen soll«,
erwidert Ace heiser. Ich lege eine Hand auf seine und drücke sie leicht. Es ist okay. Dafür

muss man keine Worte finden, ich weiß selbst nicht, wie ich damit umgehen soll. Wie ich mit *ihr* umgehen soll.

»So, der Hund hat sein Geschäft gemacht.«

Masons Stimme reißt uns auseinander, ich lasse Alessio los und er rückt von mir ab. Wir beide drehen den Kopf zu ihm um.

»Ich lege mich ins Gästezimmer«, kündige ich an und mobilisiere meine Kräfte, um mich aus der Couch hochzudrücken. »Komm mit mir.«

»Meinst du deinen Bruder, den Hund oder mich?« Diese dämliche Frage kann ja nur von Mason kommen.

»Dich, mein Kätzchen«, erwidere ich schlicht.

Mason folgt mir, auch wenn ich sein Misstrauen förmlich fühlen kann. Ich schiebe die Tür auf und lasse ihm den Vortritt.

»Was hast du mit mir vor?«, fragt er argwöhnisch.

»Ich will nur schlafen«, antworte ich und ziehe die Tür hinter uns zu. Der Raum ist noch von heute Morgen abgedunkelt und das Bett nach wie vor ungemacht. Perfekt. Ich kann mich einfach reinfallen lassen.

»Soll ich mich zu dir legen?«, fragt Mason, während er sich schon von hinten an mich schmiegt. Ich lasse zu, dass er einen Arm um meine Mitte schlingt und sein heißer Atem in meinen Nacken schlägt.

»Das ist gut so«, bestätige ich.

Gott, habe ich das vermisst. Ich will ihn so dicht bei mir haben, dass er all die Dämonen der Nacht vertreibt, zumindest für ein paar Stunden.

»Was hat deine Meinung geändert?«, fragt er flüsternd.

Gerade will ich nichts weniger als reden, trotzdem hake ich nach: »Meine Meinung über was?«

»*Dazu*. Gestern noch durfte ich dich nicht berühren.«

»Du hättest schon gedurft, du wolltest es nur nicht«, korrigiere ich ihn, dabei weiß ich sehr wohl, dass er recht hat. Gestern hat eine Distanz zwischen uns geherrscht. Mehr als nur der halbe Meter, den wir auseinander lagen, es war eine grundlegende Kluft, die niemand von uns überwinden konnte oder wollte.

Aber gestern wusste ich auch noch nicht so viel wie jetzt.

Vorsichtig greife ich nach Masons Hand, die sacht auf meinem Bauch ruht, und fahre mit dem Finger seine Tattoos nach. Wie hat er es nur geschafft, sich mir hinzugeben, nach allem, was er in Nashville durchmachen musste?

Das geht mir nicht in den Kopf. All die Bilder, die Brant in meine Gedanken gepflanzt hat, sind wieder präsent. Jetzt, wo die Schmerzmittel allmählich wirken. Jetzt, wo Stille in mir herrscht und es nur noch Mace gibt, mit jedem Herzschlag ein kleines Bisschen mehr. Nur ihn. *Nur ihn, nur ihn, nur ihn.*

Mason schnaubt zufrieden und vergräbt die Nase in meinem Nacken. »Soll ich dir ein Schlaflied vorsingen, damit du besser einschlafen kannst?«

Mir ist nicht nach Lachen zumute.

»Du kannst etwas anderes für mich tun.«

»Ach ja?« Er klingt vorsichtig interessiert.

»Mach die Schublade auf und hol das Messer heraus.«

Jetzt zögert Mason, entzieht mir seine Hand und rückt ein Stück von mir ab. »Ich weiß nicht, ob mir diese Art von Vorspiel gefällt.«

»Komm schon, sei kein Angsthase«, ziehe ich ihn auf.

Ein Schnauben seinerseits ist zu hören, dann, wie die Schublade aufgezogen und wieder geschlossen wird. Schwerfällig hebe ich den Oberkörper an und ziehe das T-Shirt aus. Mace legt das Messer neben das Kopfkissen und geht mir zur Hand, wobei seine Fingerknöchel federleicht meine nackte Haut berühren. Ich bekomme sofort eine Gänsehaut und bin froh, dass es so dunkel im Raum ist und Mason diese Reaktion meines Körpers hoffentlich entgangen ist.

Er rückt näher an mich heran und hakt die Finger unter den Bund meiner Hose. »Lass mich dir was Gutes tun«, flüstert er und haucht Küsse auf meinen Kiefer. »Ich schulde dir noch einen Blowjob.«

»Heute nicht«, erwidere ich und halte seine Hand fest. Das durch die Vorhänge dringende Licht erhellt sein Gesicht so weit, dass ich die Überraschung darin ausmachen kann. Und Skepsis.

Er weiß nicht, was als Nächstes passiert, und das macht ihn nervös. Wer könnte es ihm verdenken? Sacht schiebe ich seine Hand zurück und lege mich auf den Bauch, schließe die Augen.

»Nimm das Messer«, fordere ich Mason ruhig auf.

Er rückt ein Stück näher zu mir, ich spüre seine Wärme, auch wenn wir uns nicht berühren.

»Und jetzt?«

*Er war immer so stur. Das hat Richie besonders gut gefallen: Ihn so lange zu quälen, bis er aufgegeben hat. Bis er gebettelt und darum gefleht hat, dass er aufhört.*

»Deine Initialen. Mason Roberts«, sage ich laut und kneife die Augen fester zusammen, in der Hoffnung, Brants Worte damit auslöschen zu können.

»Was ist damit?«, hakt Mace misstrauisch nach.

»Ich will, dass du sie mir zwischen die Schulterblätter ritzt.«

»Was?« Ein ungläubiges Lachen entfährt ihm. »Hast du zu viel Schmerzmittel genommen?«

»Ich meine es ernst«, versichere ich ihm.

*Das erste Mal waren wir alle dabei. Wir waren zu dritt ... oder viert. Richie hat Mace' Gesicht in dessen eigenen Urin gedrückt und ihn*

*ohne Vorbereitung genommen. Das haben wir
alle an diesem Abend. Er hat sich mehrmals
übergeben, wahrscheinlich wegen des ganzen
Alkohols, den Richie ihm vorher eingeflößt hat.*

»Bitte«, füge ich hinzu und kralle die Finger
ins Laken, will das Bild vertreiben, aber es geht
nicht.

»Dom.« Mason legt mir bedächtig eine Hand
auf den oberen Rücken, genau auf die Stelle,
an der ich seine Markierung will. »Du ... du
willst das nicht wirklich.«

»Ich hätte dich nicht darum gebeten, wenn
ich es nicht wollen würde«, antworte ich
schlicht, öffne nochmal die Augen und blinzle
gegen die Dunkelheit an. »Na los. Halt dich
nicht zurück. Du wolltest mir bestimmt schon
lange Mal so richtig wehtun.«

Mason seufzt tief. »Ja, und wie«, erwidert er
mit einem ironischen Unterton. Aber endlich
gibt er sich einen Ruck, setzt sich rittlings auf
mich und streicht mit den Händen nochmal
über meine Schultern.

»Halt still«, weist er an, ehe er die Klinge des
Messers ansetzt. Seine Bewegungen sind ruhig
und konzentriert, er zieht gerade Linien, ganz
anders als ich damals bei ihm. Den Schmerz
spüre ich kaum, er ist so nebensächlich wie
das Trommeln des Regens gegen das Fenster.

*Irgendwann hat Richie aufgehört, ihn zu fi-cken. Nach dem dritten oder vierten Mal, als der kleine Roberts auf andere Weise nützlich war. Richie hat ihm vertraut, weil er dachte, ihn schon lange gebrochen zu haben. Fuck, vielleicht hat er sogar geglaubt, Masons Loyalität sei un-erschütterlich, gerade weil er ihn gevögelt hat.*

Aber Mason ist nicht so leicht zu brechen. Ganz im Gegenteil.

»Fertig.« Die Klinge entfernt sich von meiner Haut, doch Mace bleibt sitzen, betrachtet ein Werk. »Warte. Bleib so liegen.«

Sein Gewicht über mir verschwindet. Dreißig Sekunden später ist er wieder bei mir und be-ginnt, die Wunde zu desinfizieren.

»Hasst du mich?«

Erneut ein halb verwirrtes, halb amüsiertes Lachen seitens Mason. »Was ist heute los mit dir, Domenic?« Er legt sich neben mich, den Kopf zur Seite gedreht, sodass wir uns ansehen können. Sein Lächeln verschwindet. »Was hat Brant dir erzählt?«

»Hasst du mich?«

Vorsichtig legt er mir eine Hand auf die Wan-ge. »Du weißt, wie ich für dich empfinde.«

»Dann sag mir, dass du mich liebst.«

»Nein.«

»Warum nicht?«, frage ich ungeduldig.

»Du weißt es. Ich muss es nicht wiederholen.«

»Ich muss es hören.« Wie immer. Wie damals und heute noch von meinen Geschwistern. Diese drei Worte haben so viel Macht, so viel Antrieb, und ich will sie noch einmal aus Masons Mund hören.

»Fuck, lass das.« Mason dreht sich von mir weg und starrt zur Decke. »Heute Morgen wolltest du mich in eine Folterhütte sperren, warum willst du jetzt wissen, was ich für dich empfinde?«

»Okay, dann frage ich dich was anderes.« Ich lecke mir über die Lippen und drehe den Körper zur Seite, damit ich den Kopf auf dem Arm abstützen kann. »Warum bist du so lange bei Richie geblieben, obwohl er dir all die Dinge angetan hat?«

»Mein Vater hatte Schulden bei ihm und als er gestorben ist, gingen die an meine Schwestern und mich. Ich habe für ihn gearbeitet, damit er meine Familie in Frieden lässt. Bis ... na ja, bis ich ihn verraten habe und er es rausgefunden hat«, erzählt Mason, wobei er noch während des Sprechens den Oberkörper anhebt und sich zu mir dreht.

Auch ich richte mich nun auf, obwohl jede Zelle meines Körpers protestiert.

»Hast du ihn geliebt? Tust du es noch immer?«

Fassungslosigkeit zeichnet sich auf Masons Zügen ab. »Was?!«

»Du hast mich schon verstanden. Ich will wissen, ob du Richie-« bevor ich meine Worte richtig aussprechen kann, hat er mir eine schallende Ohrfeige verpasst. Der Schmerz ist nebensächlich, da Unglauben und Verwirrung in mir dominieren.

»Wow«, kommentiere ich trocken und fasse mir an die Wange. »Italien hat deinem Temperament wirklich nicht gutgetan.«

»Ich würde dich nochmal hauen, wenn du nicht verletzt wärst!«, braust Mason auf, die Hände zu Fäusten geballt, als müsste er sich regelrecht dazu zwingen, mir keinen weiteren Schlag zu verpassen. »Wie kannst du es wagen, mir so etwas zu unterstellen? Fuck, Dom, du hast sie ja nicht mehr alle!«

Ich habe nicht damit gerechnet, dass diese Frage Mason so wütend machen würde.

»Ich brauche eine Antwort, Mace«, bitte ich ruhig. Die Hoffnung, dass meine sachliche Tonlage auch ihn runterbringt, wird zunichtegemacht, als er verärgert aus dem Bett springt.

»Nein, natürlich nicht. Ich hasse ihn. Ich hasse ihn so sehr, dass allein der Gedanke daran, dass er noch lebt, mich krank macht«, fährt er mich an. Ich rutsche vor bis an die

Bettkante und hebe das Kinn, um zu ihn aufzusehen.

»Warum hasst du mich dann nicht auch?«, frage ich wispernd.

Mason, dessen Schultern sich schwer heben und senken, hält inne und starrt mich an.

»Domenic.« Er tritt einen Schritt näher und umfasst meine Wangen mit beiden Händen. »Vergleich dich nicht mit ihm. Niemals.«

»Dann sag mir, dass du mich liebst«, verlange ich heiser. Warum fällt es ihm so schwer, es auszusprechen, wo ich es doch so dringend hören muss? All die Bilder, das Gefühl von Blut an meinen Händen, Brants Schreie, das Beben seines Körpers. All das muss raus aus meinem Organismus, muss raus aus meinen Gedanken. Anders kann ich damit nicht umgehen, es gibt keine andere Methode, es gibt nur Mason und meine verzweifelte Bitte.

Mason rückt näher an mich und senkt seine Lippen auf meine. Noch während wir uns küssen, während seine Zunge heiß in meinen Mund stößt, gleiten seine Hände in meinen Nacken und er auf meinen Schoß. Sofort schlinge ich die Arme um ihn, kralle die Finger in sein Shirt und drücke ihn fester an mich.

Er zieht den Kopf zurück und ich keuche leise. Blinzelnd sehe ich ihn wieder an.

»Das muss reichen«, flüstert er.

Ich schüttle den Kopf.

Das reicht nicht. Ganz und gar nicht.

Auf einen aufwühlenden Tag folgt eine rastlose Nacht.

Dom kann, ebenso wie ich, nicht einschlafen, wir beide drehen uns mal zur einen, dann zur anderen Seite. Von Zeit zu Zeit kuschle ich mich an seinen Rücken oder er legt einen Arm um mich. Der Körperkontakt zu ihm beruhigt mich, aber nicht so sehr, dass ich es tatsächlich schaffe, einzuschlafen.

Kein Wunder also, dass ich mich am nächsten Morgen wie gerädert fühle. Da helfen nur eine kalte Dusche und ein starker Kaffee.

»Kannst du nächstes Mal bitte darauf achten, nicht so viel Blut zu vergießen?«

Talina, die Cousine der Marinos, stößt mit einem tadelnden Blick zum Frühstück dazu. Sie mustert Dom, der neben mir sitzt und bis dato eisern geschwiegen hat, und ihre verkniffene Miene wird etwas nachsichtiger. »Du siehst aus, als hättest du tagelang nicht geschlafen. Wie hast du überhaupt die Kraft gefunden, so viel Blut aus diesem armen Jungen herauszupressen?«

Meine Gedanken rasen und ich muss mich regelrecht zwingen, nicht genauer darüber nachzudenken, was Dom mit Brant angestellt hat. Ich fühle mich nicht mit diesem Bastard verbunden, bin froh, dass er von der Bildfläche verschwunden ist, aber Folter wünsche ich nicht einmal meinem schlimmsten Feind.

Ich verstehe, dass Dom getan hat, was er tun musste. Er brauchte Informationen und Brant hatte nunmal Pech.

»Ein Mafiaboss tut, was ein Mafiaboss tun muss«, erwidert Dom nur ruhig und nippt an seinem Kaffee. »Danke fürs Aufräumen.«

»Bitte, gerne.« Talina stemmt eine Hand in die Hüfte und mustert ihren Cousin, als wüsste sie nicht so recht, was sie sagen soll. Vermutlich hat sie sich auf eine Schimpftirade eingestellt, doch nun, wo sie sieht, wie kraftlos ihr Boss wirkt, überlegt sie es sich anders.

»Kann ich noch etwas für dich tun?«

»Ja. Bitte trommle Jenkins und seine Crew zusammen«, befiehlt Dom. Diesen Namen höre ich zum ersten Mal. »Ich will auch Ricardo sprechen.«

»Ist gut.«

»Bleibst du zum Essen, Tal?«, hakt Alessio nach, der hinter seiner Cousine auftaucht. Er ist offenbar gerade eine Runde mit Roy gelaufen, denn er trägt durchgeschwitzte Trainingsklamotten und eine Leine in der Hand.

»Nein, Liebling, ich bin schon auf dem Sprung.« Sie haucht ihm einen Kuss auf die

Wange und wirbelt dann auf dem Absatz herum. »Bis später, Boss!«

»Brauchst du Hilfe, Dom?«, fragt Ace und läuft zu der Kaffeemaschine.

»Pass bitte auf Mason auf, solange ich unterwegs bin.« Mein Blick huscht neugierig zwischen Domenic und Alessio hin und her. »Ich kann ihn bei der Besprechung nicht gebrauchen.«

»Was soll ich mit ihm tun?«, fragt Ace brummend.

»Was auch immer du willst.«

»Ich bin genau hier«, mache ich auf mich aufmerksam und kneife Dom in den Oberarm. Er reagiert nicht darauf, trinkt nur seinen Kaffee und starrt finster drein.

»Ich mag es nicht, auf der Ersatzbank zu sitzen«, murmelt Alessio, als er sich mit einer dampfenden Tasse zu uns an den Tisch setzt. »Kann nicht jemand anders auf Mace aufpassen?«

»Nein, ich vertraue im Moment niemandem genug.«

Ich rolle mit den Augen. »Ich kann auf mich selbst aufpassen, Dom.«

Er wirft mir einen eisigen Blick zu. »Es geht nicht darum, dich zu schützen, sondern dafür zu sorgen, dass du nicht abhaust.«

Was ist nur aus dem Domenic mit dem verzweifelten, glühenden Blick geworden, der mich regelrecht angefleht hat, ihm zu sagen, dass ich ihn liebe? Dieser Dom, der gestern Abend so verletzlich und abgekämpft wirkte, dass ich mich wieder daran erinnert habe, warum ich vor wenigen Tagen erst dazu bereit war, mich von ihm abknallen zu lassen.

Aber jetzt hat er seine Mauern so hochgezogen, dass ich keinen Blick mehr hinter sie werfen kann. Das tut weh, verdammte Scheiße.

»War die Aktion gestern nicht Beweis genug für meine Loyalität?«

»Nein«, lautet seine knappe Antwort.

»Du bist fies«, murmle ich und starre in meinen Kaffee. Mit einem Seufzen erhebt Dom sich von seinem Platz, greift nach meinem Kinn und reißt meinen Kopf herum.

»Sei ein guter Junge und mach meinem Bruder keine Probleme.« Er presst mir einen harschen Kuss auf den Mund, bevor er sich vom Tisch entfernt.

Obwohl ich es hasse, wie er mich behandelt, kann ich das aufregende Flattern in meinem Magen nicht unterdrücken. Und das nur wegen einem dämlichen Kuss, den er mir auch noch aufgezwungen hat. Aus Protest wische ich mir mit dem Handrücken über den Mund und verschränke die Arme vor der Brust.

Dämlicher Domenic.

Dom verschwindet zwanzig Minuten später und zurück bleiben Alessio, Roy und ich.

Eine Weile verbringe ich damit, den Ball für Roy zu werfen. Natürlich unter strenger Aufsicht von Alessio, aber immerhin vergeht so die Zeit.

Irgendwann hat der Hund keine Lust mehr und rollt sich auf der noch feuchten Wiese herum. Ich schnappe mir den Tennisball und setze mich zu Alessio auf die Terrasse. Mit dem Zipfel meines Shirts wische ich mir über die nasse Stirn. Die Sonne in Italien gibt mal wieder Vollgas, nachdem es die letzten Tage geregnet hat.

»Wann kommt Dom zurück?«

»Weiß ich nicht.«

Hm.

»Was machen wir jetzt?«

»Rumsitzen«, antwortet er knapp.

Ich seufze theatralisch. »Lass uns etwas Spannendes unternehmen«, versuche ich, ihn zu überreden. »Ich halte dir den Rücken frei, versprochen.«

»Nein. Anweisung von Dom.«

»Du musst nicht immer tun, was Dom dir aufträgt«, locke ich ihn. »Immerhin bist du der ältere Bruder, oder nicht?«

»Vergiss es, Mason«, sagt er und pfeift einmal, woraufhin Roy in unsere Richtung prescht. »Guter Junge«, lobt er den Rottweiler und krault ihm den Kopf.

»War es nicht schwer, für Dom zurückzutreten und ihm die Führung der *Familia* zu überlassen?«, hake ich ehrlich interessiert nach.

»Das verstehst du falsch, Mason.« Alessio sieht mich direkt an. »Ja, ich bin der Ältere, aber Dom hat mir einen Gefallen damit getan, die *Familia* zu übernehmen.« Sein Blick schweift in die Ferne. »Dom hat immer für uns den Kopf hingehalten. Und er war derjenige, der das ganze Elend letztendlich beendet hat.«

Meine Augen werden groß, während ich ihm lausche. Ich hätte nicht gedacht, dass er mir wirklich etwas erzählt.

»Was meinst du mit Elend?«, frage ich mit gedämpfter Stimme, aus Angst, ihn mit zu lauten Worten zu verschrecken.

»Unseren gemeinsamen Vater.«

»Er war nicht gut zu euch?«

Alessio blinzelt zweimal und sieht mich dann an. In seinen Augen spiegelt sich echter, greifbarer Schmerz wider. »Nein.«

Unglaublich, was in so einem einzigen Wort alles mitschwingen kann.

»Das ... tut mir leid.«

Alessio hebt eine Augenbraue. »Waren deine Eltern denn gut zu dir?«

Ein heiseres Lachen entfährt mir. »Nein, aber sie waren auch nicht besonders grob.«

»Tja.« Alessio legt Roy eine Hand auf den Kopf, sein Blick gleitet in die Ferne. »Unserer schon.«

Ich kaue kurz auf meiner Unterlippe. »Was hat er getan?«

Seine Schultern spannen sich merklich an. »Du kennst Emilio de Luca. Wenn ich dir sage, dass unser Vater sein bester Freund war, kannst du dir den Rest zusammenreimen.«

Ein bitterer Geschmack breitet sich auf meiner Zunge aus. »Ein verdammter Bastard, also.«

»Ja.« Kurzes Schweigen kehrt ein. »Ich finde es gut, dass du ihn abgestochen hast.«

Ein ironisches Lächeln umspielt meine Mundwinkel. »Leider im falschen Winkel.« Mein Lächeln schwankt. »Er hat ... er hat erzählt, was er Arianne angetan hat.«

Alessio holt tief Luft. »Das hat er bei uns allen getan.«

Was? Mein Entsetzen und die Wut lähmen mich für ein paar Atemzüge lang. Der Gedanke, dass de Luca sich an *meinem* Dom vergriffen hat, macht mich krank. Warum habe ich damals nicht einfach genauer auf sein Herz gezielt? *Fuck.*

»Lass uns reingehen«, sagt Alessio unwirsch und erhebt sich. »Komm, Roy.«

Ich folge ihm ins Innere, bin aber zu rastlos, um mich auf die Couch zu pflanzen.

»Ich koche etwas«, schlage ich spontan vor. »Worauf hast du Lust?«

Alessio wirft mir einen skeptischen Blick zu. »Mach, was du willst«, sagt er schlicht. »Aber vergifte das Essen nicht.«

Das habe ich nicht vor. Zumindest heute nicht.


Pünktlich zum Abendessen ist Domenic zurück. Er stellt sich hinter mich an den Herd und fischt sich mit einer Gabel etwas aus meiner Reispfanne.

»Zu viel Salz«, lautet sein Urteil. »Bist du etwa verliebt?«

Ich weiß nicht, ob ich ihm lieber den Ellenbogen in die Seite rammen oder mich an seine Brust schmiegen will. Beides scheint mir gerade überaus verlockend.

»So verliebt, wie man mit Stockholm-Syndrom eben sein kann«, erwidere ich bissig.

Abrupt schlingt Dom einen Arm um meine Mitte und presst mich an sich. Seine Lippen sind unmittelbar neben meinem Ohr, ich spüre seinen warmen Atem. »Ich sollte dich übers

Knie legen für dein freches Mundwerk«, raunt er mir zu.

»Das sind aber ganz neue Töne.« Ich beiße die Zähne zusammen und kämpfe gegen die Erregung an, die meinen Körper durchströmt. Langsam, heiß und verdammt gefährlich, wie das Gift einer Schlange. »Traust du dich jetzt wieder etwas, nachdem deine Schmerzmittel wirken?«

Sein Griff wird fester, seine Stimme noch leiser. »Sag mir, was ich hören will«, verlangt er.

Das Blut rauscht so heftig in meinen Ohren, dass ich kaum mehr klar sehen kann. Warum, verdammt, ist jedes Aufeinandertreffen mit Dom so intensiv?

»Sag du es mir doch«, fordere ich ihn atemlos heraus. »Vielleicht erwidere ich es dann.«

Er lockert den Griff und schaltet die Herdplatte aus. »Dein Essen brennt dir noch an«, sagt er im kühlen Tonfall und entfernt sich von mir. Ich drehe den Kopf nach ihm um und sehe ihm nach. Er trägt immer noch das Hemd und die Anzughose, die er heute nach dem Frühstück angezogen hat. Das weiße Hemd klebt an seinem Körper und offenbart die festen Muskeln und die weiche, verführerische Haut darunter.

Fuck. Niemals hätte ich gedacht, mich so sehr nach Sex zu sehnen. Klar, der Wunsch nach ein bisschen unverfänglichen Spaß bestand immer, aber niemals diese Sehnsucht. Mit Domenic ist es mehr als nur Sex. Es ist Leidenschaft, Nähe, wirkliche Intimität. So etwas hatte ich noch nie.

Ich nehme meine Pfanne vom Herd und hole drei Teller aus dem Hängeschrank. Eigentlich sollte ich Dom für sein unverschämtes Auftreten gar nichts davon abgeben, aber ich bin gnädig und decke für drei Personen.

Dom sitzt bereits am Tisch und wartet mit einem ungeduldigen Blick, Alessio kommt vom Duft angelockt.

»Ich wusste nicht, dass du kochen kannst«, kommentiert er.

»Ein paar Sachen kann ich«, erwidere ich und setze mich ebenfalls.

»Die perfekte Hausfrau, hm?«, gibt Dom trocken zum Besten und schenkt mir ein falsches Lächeln.

»Soweit ich mich erinnere, hast du mir nach unserem ersten Mal mein Lieblingsessen zubereitet, also würde das auch auf dich zutreffen«, erwidere ich schnippisch.

»Oh Gott«, murmelt Alessio und konzentriert sich auf sein Essen, während Dom mich mit seinem Blick förmlich durchbohrt.

»Du meinst das erste Mal, als du mich angefleht hast, dich zu ficken, obwohl du vorher immer gesagt hast, dass du mich aus tiefstem Herzen hasst?«

Kurz beiße ich die Zähne zusammen. Oh, Freundchen, dieses Spiel können wir beide spielen. »Ich meine das erste Mal, nach dem du verzweifelt vor mir gekniet bist, weil du Angst hattest, mir wehgetan zu haben.«

Ich erwarte eine weitere Spitze, doch zu meiner Überraschung lacht Dom nur befreit auf. »Du hast gewonnen Mason«, gibt er sich geschlagen und senkt den Blick auf seinen Teller.

Sollte sich ein Sieg dann nicht befriedigender anfühlen?

»Geh ins Gästezimmer und warte dort auf mich«, weise ich Mason nach dem Abendessen an.

»Ich bin nicht müde«, kommt es prompt zurück. Typisch. Immer muss alles ein Kampf sein.

»Ich sage auch nicht, dass du schlafen sollst.« Fest sehe ich ihn an. »Ich habe etwas mit meinem Bruder zu besprechen.«

»Und warum darf ich es nicht hören?«

»Weil es dich nichts angeht.«

»Aber Alessio vertraut mir. Stimmt doch, oder?«

Wir beide sehen meinen Bruder an, der den Eindruck macht, als habe er langsam die Schnauze voll von unseren Diskussionen. Er wirkt fast leidend.

»Ace vertraut niemandem außer seiner Familie«, erwidere ich.

Mason schmollt. »Doch, mir!«

»Mace, verschwinde einfach.«

»Du hast nicht einmal Danke gesagt.«

»*Danke*, dass du gekocht hast«, meine ich und beuge mich vor, um ihn von seinem Stuhl zu schieben. »Jetzt hör bitte auf, mir Kopfschmerzen zu bereiten.«

»Na schön.« Er steht auf und rückt den Stuhl wieder zum Esstisch. Dann fährt er mit einer Hand in mein Haar und zieht meinen Kopf zurück. Das Ganze kommt so überraschend, dass ich gar nicht reagieren kann und mich von ihm küssen lasse.

»Sei ein braver Junge und mach deinem Bruder keine Probleme«, wiederholt er meine Worte von heute früh und macht auf dem Absatz kehrt.

In meinem Inneren brodeln so viele verschiedene Gefühle, dass ich für einen Moment sprachlos bin. Verdammt, warum tut Mason immer so unerwartete Dinge?

Er ist schon auf halbem Weg zum Schlafzimmer, bis ich endlich reagiere. Ruckartig erhebe ich mich, fange ihn ab, packe seine Schulter und wirble ihn herum. Mit meinem Körper dränge ich ihn gegen die Wand, lege eine Hand an seine Kehle und presse meine Lippen auf seine.

Mace gibt ein leises Keuchen von sich, ehe er bereitwillig den Mund für mich öffnet und sich in meine Berührungen schmiegt. Ja, so gefällt mir das schon besser.

Ich küsse ihn so lange und so intensiv, bis wir beide nach Atem ringen müssen. »Tu so etwas nie wieder«, warne ich ihn knurrend und drücke etwas fester gegen seine Kehle. Mit fiebrigem Blick sieht er zu mir auf und leckt sich über die Lippen.

»Okay«, sagt er heiser. Das besänftigt mich so weit, dass ich ihn loslasse und zurücktrete.

»Geh«, verlange ich und mache eine unwirsche Handbewegung. Mir entgeht sein Grinsen nicht, aber ich ignoriere es und laufe zurück zum Tisch.

»Ihr seid furchtbar anstrengend, wenn ihr aufeinandertrefft«, kommentiert Alessio und reibt sich mit beiden Händen über das Gesicht. »Dabei seid ihr getrennt voneinander durchaus zu ertragen. Ihr seid beide Benzin und jedes Wort ein angezündetes Streichholz.«

Das mag sein. Vielleicht bin ich ja deshalb so absolut verrückt nach ihm. Vielleicht fällt es mir deshalb so schwer, die nächste, notwendige Entscheidung zu treffen.

»Ich habe mit der Crew gesprochen«, fange ich unvermittelt an.

Jenkins und seine Söldner gehören nicht zu der *Familia*, aber sie werden gut genug bezahlt, um mir ihre Loyalität zu sichern.

»Ist er bereit, uns zu unterstützen?«

»Ist er«, bestätige ich. »Das hat seinen Preis, aber den bin ich bereit, zu bezahlen. Ich will nicht noch mehr gute Leute aus eigenen Reihen verlieren.« Schmerz flackert in meiner Brust auf, wenn ich an diejenigen denke, die an dem verhängnisvollen Abend ihr Leben gelassen haben. Durch alles, was danach passiert ist, hatte ich nicht einmal Gelegenheit, anständig um sie zu trauern.

»Und wann genau ziehen wir das durch?«, hakt mein Bruder nach. Seine Miene ist düster geworden.

»Das ist der Part von Elio und den anderen. Sie sollen die Lage des de Luca-Gebiets auschecken. Und dein Job ist es, Kontakt mit Richie aufzubauen. Wir brauchen mindestens noch eine Woche für alle Vorbereitungen.«

»Eine Woche ist verdammt lang.«

Ich beiße mir auf die Wange. Nein, sieben Tage sind sehr kurz, wenn darauf ein Abschied für immer folgt. »Sie werden Arianne nichts tun«, versichere ich ihm. »Dafür ist sie als Fracht zu kostbar. Mach ihm nochmal klar, dass wir sie unversehrt wiederhaben wollen.«

»Dir ist bewusst, dass Arianne an *diesem* Tag dann auch nicht bei uns sein wird?«, hakt Alessio nach.

*Dieser Tag.* Ich weiß sofort, welchen er meint.

»Ja. Das wird für sie vermutlich ebenfalls nicht leicht, doch da müssen wir durch.«

Alessio nickt nur und tippt etwas in sein Handy, er lässt sich nicht anmerken, was er davon hält. Schließlich gleitet sein Blick wieder zu mir hoch. »Und was wirst du Mason sagen?«

Meine Mundwinkel zucken, dann hebe ich das Handgelenk und deute auf die Uhr, die ich trage. Es ist jene Uhr, die Mason erst in mein Leben gebracht hat. Hätte er sie mir nicht von meinem Nachttisch geklaut, wäre ich niemals hinter ihm her gewesen, er hätte niemals de Lucas Zorn auf sich gezogen und ich wäre nicht so verrückt nach ihm geworden. »Es wird Zeit, dass Mace erfährt, was an dieser Uhr so besonders ist.«

Alessio schmunzelt. »Das hast du ihm nie gesagt? Warum hat er sich dann die Mühe gemacht, sie von Emilio zurückzustehlen?«

Ein Grinsen verzieht meine Mundwinkel. »Für mich.«

Er schnaubt. »Das glaubst du doch wohl selbst nicht.«

»Doch.« Ich streiche mit zwei Fingern über das Gehäuse der Uhr. »Ich kann sehr überzeugend sein.«

»Ich weiß«, erwidert mein Bruder nur und lässt den Blick über mein Gesicht schweifen. »Aber geh es ruhig an. Du bist verletzt und du brauchst deine Kräfte, wenn es in einer Woche richtig losgeht.«

Er hat recht. Doch das sollte mich nicht daran hindern, Mason zu genießen, solange er noch da ist.

Mace liegt wie ein Kätzchen zusammengerollt im Bett, einen Arm unter das Kissen geschoben, die Augen geschlossen.

»Doch müde, *Micino*?«, frage ich laut in den Raum hinein und ziehe die Vorhänge zu. Dafür knipse ich die Nachttischlampe an und setze mich neben ihn an die Bettkante.

»Ich bin hellwach«, lügt er und blinzelt mehrmals. Er streckt die Hände über den Kopf und unterdrückt ein Gähnen.

»Hilfst du mir beim Verbandswechsel?«

»Immer wieder gerne.« Er springt aus dem Bett und hechtet ins naheliegende Badezimmer, um den Verbandskasten zu holen. Ich lege mich derweil langsam auf den Rücken und beginne damit, mein Hemd aufzuknöpfen. Mason kommt zurück, als ich schon zur Hälfte fertig bin.

»Lass mich«, verlangt er und übernimmt die restlichen Knöpfe. Dann streicht er mit den Fingerspitzen federleicht über meinen Bauch, unterhalb des Pflasters entlang. Meine Bauchmuskeln zucken und ich seufze leise.

»Foltere mich nicht«, bitte ich heiser und schließe die Augen, um ihn nicht auch noch ansehen zu müssen. Schlimm genug, dass er über mich gebeugt ist und mich so behutsam berührt, seinen sehnsuchtsvollen Blick muss ich mir dabei nicht antun. Das lässt sonst sämtliches Blut in untere Regionen wandern.

»Foltern ist ein gutes Stichwort.« Vorsichtig entfernt er das Pflaster und ich zucke leicht zusammen, als ein frischer Luftzug an meine Wunde kommt. »Was genau hat Brant dir erzählt?«

Ich schweige, während seine Hände von meinem Körper verschwinden, woraufhin ein stechender Schmerz durch meine Eingeweide fährt. Obwohl ich mir denken kann, dass er die Verletzung nur desinfiziert, hebe ich trotzdem ruckartig den Kopf und öffne die Augen.

Mit einem halben Grinsen sieht Mace zu mir auf. »Ganz ruhig, mein großer, furchtloser Mafiaboss, das ist nur Desinfektionsmittel.«

»Brant hat mir erzählt, wie Richie dich behandelt hat«, fange ich unvermittelt an. »Und wie die anderen mit dir umgesprungen sind.«

Masons Miene versteift sich, er weicht meinem Blick aus und konzentriert sich darauf, die Stelle um die Schusswunde herum abzutupfen.

»Aber ich bin nicht der Einzige, der vergewaltigt wurde«, sagt er leise.

»Worauf willst du hinaus?«

Er erwidert meinen Blick, das Braun seiner Augen wirkt im Halbschatten unglaublich dunkel und verführerisch, auch wenn das die unpassendste Zeit ist, daran zu denken. Aber die Art, wie seine Wimpern Schatten auf seine Wangen werfen und er so konzentriert und gleichzeitig verletzlich dreinschaut, macht mich total an.

»De Luca hat dich ebenfalls missbraucht.«

Seine Worte sind wie ein Kübel Eiswasser auf meine Libido. Ich lasse den Kopf auf das Kissen fallen und starre gen Decke.

»Woher weißt du das?«

»Alessio hat es mir erzählt.«

Mein Bruder? Das sieht ihm gar nicht ähnlich. Aber vielleicht war es nicht bloß eine Floskel, als Mason behauptete, Ace würde ihm vertrauen.

»Und was willst du jetzt von mir hören?«

Er antwortet nicht direkt, sondern platziert ein neues Pflaster und fixiert es vorsichtig. Dann rutscht er neben mich auf die Matratze, legt sich ebenfalls auf den Rücken und blickt gemeinsam mit mir an die Zimmerdecke. Nur noch unsere Schultern berühren sich.

»Hätte ich das gewusst, hätte ich es zu Ende gebracht«, murmelt er. »Egal wie.«

Etwas in meiner Brust wird so warm, dass ich den ziehenden Schmerz fast vergesse.

»De Luca wird seine gerechte Strafe bekommen«, versichere ich ihm. »Genauso wie Richie.«

Mason tastet nach meiner Hand und schiebt seine Finger zwischen meine. Ich lasse es zu, erwidere den Druck und presse die Lippen aufeinander. Das erinnert mich an den Moment, kurz bevor mein Mercedes gecrasht wurde. So viel hat sich in der Zwischenzeit geändert, dabei waren es kaum zwei Tage, die seitdem vergangen sind.

»Ich mag es, wenn nur wir beide da sind«, flüstert Mason. Er führt unsere ineinander verschränkten Hände zu seinen Lippen und küsst meine Knöchel. Dann dreht er sich zur Seite und vergräbt die Nase an meinem Hals. »Keine Mauern. Nur du und ich.«

Eine Weile ist es nur still zwischen uns. Seine Worte hängen in der Luft und brauchen ihre Zeit, bis sie wirklich zu mir durchdringen. Bis ich verstehe, welche Mauern er meint. Es fällt mir schwer, sie aufzubauen, wenn wir so nah beieinander sind, wenn wir einen Atem und einen Herzschlag zu teilen scheinen. Wenn es still wird und es nur noch die elektrisch flimmernde Luft zwischen uns gibt.

Ich drehe den Kopf und finde seine Lippen für einen sanften, unschuldigen Kuss. Mason seufzt langgezogen, lässt meine Hand los und rollt sich halb auf mich. Sein Gewicht drückt dabei genau auf meine Schusswunde, aber im Moment ist es mir egal. Ich schlinge einen Arm um ihn und strecke den Kopf, um seinen Lippen entgegenzukommen.

Mace vergräbt die Finger in meinem Haar und intensiviert den Kuss, seine Zunge gleitet zwischen meine Lippen und empfängt meine. Gott, fühlt sich das gut an. So gut, dass ich fast vergesse, was ich eigentlich mit ihm vorhatte. Meine Hand gleitet an seinen Hinterkopf, dann ziehe ich sie zurück und unterbreche den Kuss.

»Warte kurz, *Tesoro*«, murmle ich. Er rutscht von mir und ich richte mich auf, löse den Verschluss der Uhr und lege sie auf den Nachttisch.

»Ach, diese Uhr«, sagt Mason mit einem gespielt vorwurfsvollen Unterton. »So besonders, dass du sie sogar beim Rummachen abnehmen musst?«

»Du hast keine Ahnung, wie wertvoll sie wirklich ist«, erwidere ich salopp und streife das Hemd endgültig von den Schultern. Es landet achtlos auf dem Boden.

»Ach ja?« Mace neigt interessiert den Kopf. »Ist sie aus Kryptonit und das Einzige, was dich umbringen kann?«

»Ich bin nicht Superman«, meine ich trocken und nehme die Uhr wieder vom Nachttisch. Ich halte sie ihm direkt vor die Nase. »Wenn du sehr genau hinsiehst, erkennst du die SD-

Karte. Auf der sind viele wichtige Infos gespeichert. Drogenrouten, Händler, Cops, die ich schmiere, all die Dinge, die nur ich weiß, aufbewahrt für den Fall meines Todes.«

»Deswegen war de Luca so scharf darauf«, meint Mason bewundernd. »Aber dann weiß er jetzt alles oder nicht?«

»Vermutlich nicht, die Verschlüsselung ist zu gut und de Luca hatte nicht genug Zeit, um sie zu knacken. Du hast sie rechtzeitig wieder zurückgeholt.« Noch während ich spreche, rutsche ich vom Bett und entledige mich der Hose.

»Wie auch immer.« Nur in Boxershorts steige ich zurück ins Bett und angle nach der Decke. »Ich versuche zu schlafen, solange die Schmerzen nicht unerträglich sind. Du musst nicht bleiben.«

»Ich will aber«, gibt Mason zurück und rutscht von hinten an mich. Er schlingt einen Arm um mich und haucht mir Küsse zwischen die Schultern. Genau an die Stelle, an der seine Initialen prangen. Ich knipse die Nachttischlampe aus und starre in die Dunkelheit, die über uns hereinbricht.

*Sieben Tage.*

## 15. MASON

Heute fühlt sich Einschlafen neben Dom ganz anders an.

Sein warmer Körper, der sich gegen meinen schmiegt, seine festen Rückenmuskeln, die sich mal anspannen, mal geschmeidig und weich unter meinen Fingern werden. Sein kräftiger Herzschlag, der gegen meine Hand tuckert, sein betörender Duft, der intensiver wird, wenn ich die Nase fest gegen seinen Nacken presse.

Ich schlafe nicht mehr als letzte Nacht, dennoch fühle ich mich erholter, als der Morgen anbricht.

Dom wird noch vor dem Sonnenaufgang wach. Seine Schmerzmittel scheinen nicht mehr zu wirken, denn er wälzt sich unruhig hin und her und stöhnt laut. Ich rutsche näher an ihn heran und drücke ihn fest an mich.

»Willst du Kaffee?«, frage ich ihn raunend. Er umfasst mein Handgelenk und schiebt meine Hand tiefer, bis sie auf seinem Schritt liegt.

»Schmerzmittel, Kaffee und einen Blowjob«, gibt er rau zurück.

Meine Lippen, die an der Stelle hinter seinem Ohr liegen, verziehen sich zu einem Lächeln. »So viele Ansprüche, Domenic Marino.«

»Bitte, Mace.« Seine Stimme klingt erstickt, er formuliert die Worte mit so viel drängender Bitte dahinter, dass es unmöglich ist, ihm diesen Wunsch abzuschlagen. Zumindest *fast.*

»Bitte Mace, *was?*«, hake ich nach.

»Blas mir einen, reite mich, irgendetwas.« Er dirigiert meine Hand in seine Unterwäsche und seufzt laut, als ich die Finger um seine Erektion schließe.

»Mit *irgendetwas* gibst du mir aber sehr viel Spielraum«, hauche ich in sein Ohr und knabbere an seinem Ohrläppchen. »Vertraust du mir, Dom?«

»Nein.«

Seine Antwort lässt mich kurz stocken.

»Sag ja«, bitte ich ihn. Und dann wieder: »Vertraust du mir?«

»Verdammt, Mason«, knurrt er. »Ich bin zu verschlafen und zu zugedröhnt für solche Konversationen. Lass uns endlich Sex haben, bevor ich zur Vernunft komme und das für eine schlechte Idee halte.«

Seine Worte sind nicht nur eine Eisdusche für meine Libido, sondern fühlen sich auch an wie ein dumpfer Schlag in den Magen.

Meine Finger verharren, ich ziehe die Hand zurück und schiebe mich von ihm weg. »Eine schlechte Idee«, echoe ich nüchtern. »Na, wenn das so ist.«

Mit diesen Worten lasse ich ihn allein im Bett zurück und verschwinde ins angrenzende Badezimmer, um eine kalte Dusche zu nehmen. Sie hilft gegen meine Erregung, nicht jedoch gegen das schale Gefühl der Zurückweisung. Vor ein paar Tagen noch hätte es mir nichts ausgemacht, aber nach der Sache mit Brant und dem anschließenden Gespräch in seinem Zimmer habe ich geglaubt ...

Ach, scheiße, ich weiß selbst nicht, was ich gedacht habe. Aber was zur Hölle sollte das Rummachen gestern in dem Bett? Diese ganze Sache fuckt mich so ab. Domenic ist der einzige, bei dem ich meine eigenen Gefühle nicht unter Kontrolle kriege.

Als ich fertig angezogen ins Gästezimmer trete, erwarte ich, dass Dom schon längst verschwunden ist, aber er liegt zwischen den zerwühlten Laken, genau so, wie ich ihn zurückgelassen habe. Dem schweren Atem nach zu urteilen ist er wohl noch einmal eingeschlafen.

Ihn anzusehen tut so weh, dass ich mich abwende und den Raum verlasse.

»Kann ich mit Roy eine Runde raus?«

Alessio, der mit einem Laptop am Esstisch sitzt, hebt eine Augenbraue. »Glaubst du ernsthaft, ich lasse dich einfach so herumspazieren?«

»Dann geh doch mit«, meine ich salopp. Ich will nur weg von Dom, alles andere ist mir egal.

Fuck, es sollte mich nicht einmal kümmern. Aber das brennende Gefühl in meiner Brust bringt mich fast um. Es ist nicht Schmerz. Es ist etwas anderes, das ich weder richtig benennen, noch greifen kann.

*Vielleicht doch Schmerz. Nur viel intensiver.*

»Reg dich ab, Mace«, sagt Ace nur und fokussiert sich wieder auf seinen Bildschirm. »Mach dir einen Kaffee und weck danach Dom, bitte.«

»Ich hasse es, eingesperrt zu sein«, erwidere ich. Es macht mich wütend, dass Alessio mein Bedürfnis nach Freiheit einfach mit einem Schulterzucken abtut und es tut auf gewisse Weise gut, die negativen Gefühle in meiner Brust mit Wut aufzuwiegeln.

»Das ist nunmal deine Realität, finde dich damit ab.«

Ich mache auf dem Absatz kehrt und stapfe in Richtung Garten. Roy bellt erfreut und kommt mir entgegen, froh darüber, einen Spielpartner zu haben. Da mir sonst nichts anders übrig bleibt, nutze ich zumindest das Stückchen grüne Freiheit, um mich gemeinsam mit dem Hund auszutoben.

Das hilft. Eine Stunde später komme ich verschwitzt, mit Gras und Erde beschmutzt, schwer atmend zurück ins Haus.

»Wasch ihm die Pfoten, bevor er reinkommt!«, ruft Alessio aus irgendeiner Ecke des Hauses. Zu diesem Zeitpunkt stehen wir jedoch schon in der Küche und Roy mampft die teuren Leckerlis, die ich in einem Schrank gefunden habe.

»Wir sollten lieber Mason die Pfoten waschen.« Domenic steht neben der Kaffeemaschine an die Küchenzeile gelehnt da und sieht demonstrativ an mir auf und ab.

Flüchtig sehen wir uns an, dann konzentriere ich mich auf den Hund, lasse ihn Sitz und Platz machen, bevor er weitere Leckerchen aus meiner Hand frisst.

»Wenigstens einer von euch hört«, kommentiert Domenic.

»Guter Junge«, lobe ich den Hund leise und knie mich hin, um ihn zu streicheln. Treue dunkle Augen sehen mir entgegen, während er sich die Schnauze leckt.

»Ignorierst du mich jetzt?«, will Dom halb amüsiert, halb skeptisch wissen.

Ich hebe den Blick und begegne seinem. »Du hast mir keine Frage gestellt oder etwa doch?«

Domenic legt den Kopf schief. »Heute Morgen warst du nicht so frech. Was ist in der Zwischenzeit passiert?«

»Nichts.«

»Und was nervt dich dann so sehr?«

»Diese ganze beschissene Situation«, erwidere ich knapp. Dom stellt seine Tasse auf die Anrichte und streckt einen Arm nach mir aus.

»Komm her«, verlangt er.

Etwas in meiner Brust schmilzt, wird weich und warm. Es ist dieses Gefühl, das mich dazu veranlasst, von Roy abzulassen und die Distanz zwischen Dom und mir zu überbrücken.

Ich schlinge die Arme um ihn und vergrabe das Gesicht an seinem Hals, schließe die Augen. Er umarmt mich seinerseits fest. Eine Weile stehen wir nur so da, ich atme seinen Geruch ein und ignoriere die Stimmen in meinem Kopf, die mir sagen, wie unglaublich dämlich das ist. Ich verbanne sie in die hinterste Ecke meiner Gedanken und vergrabe die Finger fester in seinem Shirt.

»Besser?«, fragt Dom schließlich.

»Nein.«

»Hm.« Er streicht mir über den Rücken und senkt den Kopf, sodass ich seinen warmen Atem nun unmittelbar an meinem Ohr spüre. »Du hättest vorhin einfach weitermachen sollen, dann würde es uns beiden im Moment besser gehen.«

Die Wärme in meinem Magen wird abgelöst von elektrischer Hitze, die durch meinen ganzen Blutkreislauf kribbelt. *Fuck.*

»Warum hast du aufgehört?«, hakt er leise nach.

Ist das nicht offensichtlich? »Weil du es nicht wolltest.«

»Das hat *mich* bei dir auch nie gestört und *dir* hat es gefallen.«

»Ich bin aber nicht du.« Seufzend löse ich mich von mir und bin fast ein wenig enttäuscht, als Dom es einfach zulässt. Unsicher trete ich zwei Schritte zurück, Dom greift nach seiner Tasse.

Es ist komisch, ihm jetzt wieder in die Augen zu sehen. Sein dunkelgrünäugiger Blick liegt ruhig, aber wachsam auf mir. Er scheint nicht so recht zu wissen, was ich als Nächstes vorhabe.

Ich weiß es selbst nicht. Eigentlich wollte ich ihn ignorieren, aber eigentlich wollte ich ihm auch nie wieder so nah kommen wie heute Morgen. Meine eigenen Gefühle verwirren mich so sehr, wie sie es noch nie getan haben. Seit wann ist es so schwer, herauszufinden, was man will?

»Scheiße, Mason«, flucht Alessio, als er in die Küche tritt. »Das kannst du jetzt sauber machen.«

»Ich habe etwas anderes mit ihm vor«, grätscht Dom dazwischen, bevor ich etwas erwidern kann. Er nickt mir zu. »Aber zumindest solltest du dir dafür frische Klamotten anziehen.«

»Okay.« Was auch immer er vorhat, ich bin dabei, wenn es mal etwas Spannung verspricht.

Ich schnappe mir frische Anziehsachen, springe nochmal unter die Dusche und bin fünfzehn Minuten später zurück bei Domenic. Er trägt einen dunkelblauen, dreiteiligen Anzug und sieht darin so makellos aus, dass ich mir in den Chucks und dem Nike-T-Shirt ziemlich unpassend vorkomme.

»Du siehst gut aus«, sagt Dom zu mir, obwohl sein Blick einmal mehr skeptisch über mich geglitten ist.

»Ich kann mich auch umziehen, du musst mir nur sagen, was wir vorhaben«, schlage ich deshalb vor.

Er schüttelt den Kopf und tritt einen Schritt nach draußen. »Komm.«

Gemeinsam treten wir auf den Parkplatz vor der Villa, nehmen dieses Mal nicht den Mercedes, sondern einen Geländewagen, dessen Fenster von außen verdunkelt sind.

»Kugelsicher?«, rate ich.

»Ja.« Domenic schnallt sich an und richtet den Rückspiegel neu ein. »Solange die unhöflichen Amerikaner die Rangordnung auf Sizilien ignorieren, bleibt mir nichts anders übrig, als Sicherheitsmaßnahmen zu ergreifen.«

Obwohl die Begegnung mit Brant Stoff für Albträume ist, muss ich schmunzeln. »Verstehe.«

Dom setzt ein Grinsen auf und sieht kurz zu mir. »Du bist auch Teil des Problems, aber du hast Glück, dass ich dich gerne ficke.«

»Teil des Problems?«

»Ein frecher Amerikaner, der seinen Platz nicht kennt«, erläutert er fachmännisch und lenkt das Fahrzeug auf die Straße.

Ich schnaube, verschränke die Arme vor der Brust und blinzle durch die Windschutzscheibe. »Dafür, dass du mich gerne fickst, tust du es ziemlich selten«, murmle ich.

Das darauffolgende Schweigen ist so erdrückend, dass ich weiß, dass er mich gehört hat, darauf jedoch nichts erwidert. Das macht es schlimmer. Warum sagt er nicht etwas dazu? Irgendetwas? Sonst hat er doch auch immer eine Antwort parat.

»War das eine Aufforderung, Mason?«, fragt er schließlich leise. Keine Wertung in seiner Stimme, aber auch keine Verlockung, nur Leere.

»Nein, das war nur ein dummer Spruch«, rudere ich zurück, ohne ihn anzusehen.

»Du hörst selten auf das, was ich dir sage, doch ich gebe dir trotzdem einen Tipp«, rät er mir, die Tonlage immer noch ruhig. Ich spüre, dass er mich ansieht, aber ich halte den Blick weiterhin auf die kurvige Straße vor uns gerichtet. »Heute solltest du aufpassen, was du zu wem sagst.«

Christian erwartet uns in seiner Tiefgarage.

»Das ist Romano«, sagt Mason überrascht. In dem Augenwinkel sehe ich, wie er mit beiden Händen seinen Gurt umklammert, als wolle er sich daran festhalten.

»Exakt.«

Ich werde langsamer, halte schließlich ganz an und dimme die Lichter.

»Was tun wir hier?«, will Mace misstrauisch wissen. Ich schnalle mich ab und drehe mich vollends zu ihm herum.

»Du weißt, dass ich Geschäfte mit Christian mache, also kannst du auch bei unserer Besprechung dabei sein.«

Etwas flackert in Masons Augen auf, es ist so schnell wieder vergangen, dass ich es nicht benennen kann. »Wenn du meinst, dass das eine gute Idee ist«, kommentiert er nur, löst den Gurt und will aus dem Wagen steigen. Meine Hand schnellt vor und umfasst seinen Unterarm, hält ihn auf. Unsere Blicke kreuzen sich.

»Willst du mein Halsband tragen?«

Seine Antwort lässt sich innerhalb einer Sekunde von seinem Gesicht ablesen.

»Willst du, dass ich dich schlage?!«, fragt er im Gegenzug aufgebracht.

Mir war eigentlich klar, dass er das Lederband nach meiner letzten Aktion mit de Luca auf keinen Fall mehr um den Hals tragen will, dennoch flackert leichte Enttäuschung in meinem Bauch auf.

»Also nein. Dann solltest du aber höflich zu Romano sein, sonst kann ich für nichts garantieren.«

»So höflich wie immer«, meint Mace trocken.

Christians lautes Pfeifen verhindert, dass ich darauf etwas erwidern kann.

»Marino!«, ruft er mir zu. »Komm schon, Flirten kannst du später.«

Augenrollend steige ich aus dem Wagen, Mace tut es mir gleich. Auf Romanos Gesicht erscheint ein breites Grinsen.

»Du hast ihn mitgebracht«, stellt er mit einem langen Blick auf Mason fest.

»Du sagtest, ich soll in Begleitung kommen«, erwidere ich simpel.

»Ja, aber ich dachte, du greifst auf Ricardos Jungs zurück.« Christian läuft uns entgegen, wendet sich halb von mir ab und streckt Mason die Hand hin. »Wir hatten noch nicht offiziell das Vergnügen. Christian Romano.«

Mason schlägt lässig ein, erwidert den Blick fest. »Mason Roberts, aber das dürftest du schon wissen.«

»In der Tat. Du erregst viel Aufsehen. Scheint, als warst du noch nicht bereit für Sizilien.«

Mace lächelt. »Scheint, als war Sizilien noch nicht bereit für mich.«

Es fällt mir schwer, mein Lachen zu unterdrücken, doch Christian findet das nicht so lustig. Er lächelt zwar weiterhin, verengt nun aber die Augen. »Ich lade dich in meinen Club ein, Kleiner. Sobald du einen Fuß da reingesetzt hast, wirst du die Regeln dort beachten. Kein Blickkontakt, kein ungefragter Körperkontakt und du wirst mich mit Sir ansprechen. Klar soweit?«

Trocken lacht Mace auf. »Klar soweit«, meint er. Oh, er wird sich nicht daran halten und Christian wird ihn auspeitschen wollen. Ich weiß schon, worauf das hinausläuft. Vielleicht war es doch nicht so eine schlaue Idee, ihn hierhin mitzunehmen.

»Gehen wir.« Schwungvoll fährt Romano herum und läuft zielstrebig zu dem Aufzug, der uns nach oben bringt.

Dicht neben Mason folge ich ihm, stelle mich im Fahrstuhl zwischen die beiden und sehe Christian direkt in die Augen. Seine Mundwinkel kräuseln sich.

»Erhebst du heute Abend Anspruch auf ihn?«, fragt er mich offen.

»Wenn ja, würde er mein Halsband tragen.«

Christian schielt kurz an mir vorbei zu Mace, blinzelt zweimal und fokussiert mich wieder.

»Gefährlich«, sagt er nur ruhig.

Gefährlich für Mason? Womöglich. Aber vor allem gefährlich für jeden, der sich ihm ungefragt nähern wird.

Das *Butterfly* schillert mal wieder in den buntesten Farben. Eine melancholische Frauenstimme besingt den Tod, während flackerndes Licht das Ambiente preisgibt.

Wir laufen durch einen gut besuchten Barbereich, in dem schon die sexuell aufgeladene Stimmung deutlich zu spüren ist. Die Möbel sind alle aus dunkelrotem Samt, an jeder Ecke gibt es kleine Tuben Gleitgel, Kondome und Lecktücher zur freien Verfügung. Die Leute hier sind größtenteils leicht bekleidet: Attraktive, freizügige Menschen, wo man nur hinguckt und dennoch kann ich meinen Blick nicht von Mason nehmen.

Er sieht sich mit großen Augen um, die Augenbrauen misstrauisch zusammengezogen, aber das faszinierte Glitzern kann er nicht verbergen. Ein hochgewachsener Mann mit einem verführerischen Grinsen läuft uns entgegen, seine Augen kleben förmlich an Mason.

»Hey Süßer«, raunt er ihm zu, bleibt einfach vor ihm stehen und zwingt ihn damit zum Anhalten. Und mich ebenfalls, da ich sicher nicht von Masons Seite weichen werde. Ich will dem Fremden auf Anhieb eine reinhauen, kann mich aber gerade noch beherrschen.

»Ich will dich näher kennen lernen«, sagt der Fremde unverhohlen, dabei ist klar, dass er nur auf Sex aus ist. Mason sieht zu ihm auf, die Lippen einen Spalt geöffnet, der Blick immer noch misstrauisch.

»Nein, Danke«, lehnt er ab und macht einen Schritt zurück.

»Wieso?«, bohrt der Kerl weiter. »Bist du nicht frei heute Abend?«

»Ist er nicht«, antworte ich für Mace, greife nach seinem Oberarm und ziehe ihn mit mir mit.

Christian, der zwei Meter weiter auf uns gewartet hat, grinst mir entgegen. »Dein Spielzeug darf sich gerne austoben, wenn du ihn schon nicht für dich beanspruchst.«

»Das habe immer noch ich zu entscheiden«, gebe ich gereizt zurück.

Christian hebt eine Augenbraue. »Das war kein Befehl, nur ein Vorschlag.«

Ein dämlicher Vorschlag, wenn es nach mir geht.

Ich behalte meinen Griff um Masons Oberarm und dirigiere ihn durch die Menge hinter Romano her.

Der Herr des Hauses führt uns in einen privaten Teil des Clubs. Ein Raum, der jedoch nicht durch eine Tür, sondern durch schwere, rote Vorhänge von dem Geschehen im Club abgeschirmt ist. Hier gibt es zwei Sofas, die sich gegenüberstehen. Romano nimmt auf dem links von uns Platz, Mason und ich auf dem anderen. Zwischen uns steht ein niedriger Tisch aus Marmor.

»Ein Glas Weißwein?«, schlägt Christian vor und greift bereits nach der Flasche, um sie zu entkorken.

»Solange er gut ist.«

»Ich serviere keine schlechten Weine, Dom«, erwidert Romano fast schon entrüstet. Er deutet mit dem Kinn auf Mace. »Kriegt er auch was?«

»Ja.«

Drei Gläser werden gefüllt, ich schnappe mir meins und probiere. Süßlich-herb wärmt der Alkohol meine Kehle und ich muss zugeben, dass es wirklich ein guter Weißwein ist.

»Eure Beziehung erschließt sich mir nicht ganz«, merkt er an, sein Blick gleitet zwischen Mace und mir neugierig hin und her. »Bei deiner kleinen Party mit de Luca trug er noch dein

Halsband und kniete in der perfekten Haltung vor dir.«

»Ich zwinge niemandem mein Halsband auf, der es nicht will«, erwidere ich schlicht.

Offen sieht Christian zu Mason. »Und warum willst du es nicht tragen, Kleiner?«

Mace ballt die Hände zu Fäusten, seine Knöchel treten weiß hervor. »Ich will es nicht, wenn ich nicht entscheiden kann, wann ich es wieder abnehme.«

Christian hebt eine Augenbraue. »Es ist nicht die Aufgabe eines Subs, zu entscheiden-«

»Ich bin niemandes Sub«, unterbricht Mason ihn.

Humorlos lacht Christian auf. »Du lehnst dich ganz schön weit aus dem Fenster.«

»Ich hatte schon Ärger mit de Luca, mit Marino, ein weiterer sizilianischer Mafiaboss kann mir keine Angst machen«, erwidert Mace salopp. Ungewollt verziehen sich meine Mundwinkel zu einem Grinsen.

Christian atmet sichtbar tief ein und aus, er senkt das Kinn und nippt an seinem Wein, ohne Mason aus den Augen zu lassen.

»Ein weiteres Wort und ich fessle dich an mein Kreuz, Kleiner.« Christians Stimme ist ganz ruhig, aber sein Blick brennt. »Du bist *niemandes Sub*? Dann werde ich dich zu meinem Sklaven machen, wenn du mich noch einmal in meinem eigenen Haus mit so viel Respektlosigkeit behandelst.«

Ich lehne mich in meinen Sitz zurück und drücke Masons Schulter fest. Er ist schlau genug, darauf nichts mehr zu erwidern und nur den Blick zu senken. Tja. Ich habe ihn davor gewarnt, unhöflich zu Romano zu sein.

»Ein Wunder, dass er noch lebt«, meint Christian an mich gewandt. »Wie oft musst du ihn ficken, bevor er endlich tut, was du verlangst?«

»Ich lasse es dich wissen, sobald ich es herausgefunden habe.«

Mein Gegenüber lacht auf und dieses Mal klingt es wieder aufrichtig. »Ein Full-Time-Job, also. Schade, dass du ihn abgeben musst.«

»Ich bin kein Haustier, das man ins Tierheim zurückbringen kann«, mischt Mason sich gereizt ein.

»Stimmt, im Tierheim wird man zumindest gut behandelt.« Christian macht eine bedeutungsschwere Pause. »Aber was wird dir bei de Luca und seinem neuen Freund aus Amerika passieren?«

»Dort werde ich weniger gut behandelt«, antwortet Mason tonlos. Bei seiner so simplen Antwort zieht sich mein Magen schmerzhaft zusammen. Fühlt sich an wie ein dumpfer Tritt.

»Hast du Angst?«, fragt Romano.

»Nein.«

»Lügst du mich an?«

Schweigen. Schließlich ein leises »Ja« von Mason.

Meine Hand rutscht von seiner Schulter, ich trinke aus meinem Glas und versuche krampfhaft, mich auf meine Atmung zu konzentrieren.

»Solltest du wohl, ja.« Christian legt den Kopf leicht schief. »Es entwickelt sich allerdings zu einem Problem, dass du gewisse Dinge weißt, die de Luca nichts angehen.«

»Und was willst du dagegen tun?«

»Ich würde dir die Zunge rausschneiden, aber du gehörst Marino, also liegt es in seinem Ermessen«, meint Romano ruhig.

»Und was wirst du tun?« Diese Frage richtet Mason direkt an mich, er dreht den Oberkörper halb zu mir und blinzelt mich an.

»Du weißt, was du weißt. Das können wir nicht mehr rückgängig machen«, erkläre ich ihm. »Aber auch wir haben einen Vorteil, wenn wir Arianne zurückbekommen.«

»Du wirst deine Schwester nicht foltern«, sagt Mace mit gerunzelter Stirn.

»Natürlich nicht. Aber sie wird mir die Wahrheit sagen.« Richie mag sie auf die widerwärtigste Weise manipuliert haben, doch Alessio und ich werden ihr den Kopf waschen.

»Wie kannst du dir da so sicher sein?«

»Sie wird es sich ansehen müssen. Das, was Brant mir erzählt hat. Danach wird sie einen anderen Blick auf ihren *Jason* haben.«

Zuerst scheint Mace die Bedeutung meiner Worte gar nicht zu realisieren, doch zwei Herzschläge später werden seine Augen groß. »Du hast ... es aufgenommen?«, fragt er leise. Ein knappes Nicken von mir genügt. Ich bemerke, wie Mason hart schluckt, ehe er den Blick wieder von mir abwendet.

»Was genau hat er dir erzählt?«, hakt Christian, neugierig geworden, nach.

»Viel Privates, wenig Brauchbares.« Ich stelle mein Weinglas auf dem Tisch ab und reibe die Handflächen an meiner Jeans. »Kommen wir zum geschäftlichen Teil?«

Ein breites Grinsen zeichnet sich auf Christians Gesicht ab. »Willst du mich etwa schnell abhandeln, Dom?«

»Würde mir im Traum nicht einfallen.« Ungeduldig nicke ich ihm zu. »Aber jetzt mal ehrlich, lass es uns schnell abhandeln.«

Mein Gegenüber schnaubt belustigt. »Na schön. Isabella!«

Fast zeitgleich zu dem Ruf taucht eine hübsche junge Frau zwischen den Vorhängen auf. Sie reicht Christian ein iPad und verschwindet wieder, ohne etwas zu sagen. Wie ein Geist.

Schweigend tippt Christian darauf herum, dann reicht er es mir.

»Das Übliche.«

»Du hast wohl nichts dagegen, wenn ich es mir dennoch vorher durchlese?«, frage ich mit hochgezogener Augenbraue.

»Niemals, mein Goldstück.«

Ich werfe ihm einen spöttischen Blick zu. »Versuchst du, mich mit schmeichelnden Worten vom Wesentlichen abzulenken?«

»Wirkt es denn?«

»Wir werden sehen«, murmle ich und vertiefe mich in die Lektüre, die unsere gemeinsame Kooperation in einen Rahmen bringt. Hier werden ein paar Zehntausend Euro verschoben, dort werden ein paar Ländereien abgegeben. Unsere Zusammenarbeit soll sich immerhin auch finanziell lohnen und wie es aussieht, hat Romano alles so niedergeschrieben, wie vereinbart.

»Verhandelt oder flirtet ihr miteinander?«, fragt Mason mit einem unzufriedenen Unterton in der Stimme.

»Wer sagt, dass wir nicht beides zu gleichen Zeit können?«, antwortet Christian mit einer Gegenfrage.

»Gefällt mir nicht unbedingt.«

Masons Antwort lässt mich kurz unkonzentriert werden, ich lese zwar weiter, vergesse aber, mich wirklich auf die Worte zu fokussieren.

»Dann wird dir das Nächste gleich noch weniger gefallen«, prophezeit Romano. Das bringt mich endgültig aus dem Konzept, ich hebe den Kopf und sehe fragend zu Christian. Dieser lächelt.

»Lies zu Ende. Danach habe ich zur Feier des Tages eine Überraschung für dich.«

Christians *Überraschung* besteht aus drei Subs, die sich mir nacheinander vorstellen.

Sie alle sind attraktiv, leicht bekleidet und mehr als gewillt, für einen Abend lang mein Bett zu teilen. Wir haben den Raum gewechselt, befinden uns nun in der oberen Etage, in der sich die Separees zum Vögeln befinden. In den Gängen hallen Stöhnen und Lustschreie wider, ansonsten ist es ruhiger als unten im Barbereich.

»Sie waren alle ganz begierig darauf, Domenic Marino kennenzulernen«, erzählt Christian mit schmeichelnder Stimme und streicht einem der Jungs, Ruby, sanft durch die Haare. Dieser neigt demütig den Kopf und schließt genießerisch die Augen. Wirkt fast so, als würde er jeden Moment anfangen zu schnurren wie ein Kätzchen.

Nun, *mein* Kätzchen ist alles andere als begeistert von alledem. Mit verschränkten Armen und zusammengezogenen Augenbrauen steht er neben mir und betrachtet die Jungs argwöhnisch.

»Eine exzellente Auswahl«, beginne ich.

»Danke, Sir«, kommt es fast unisono von den Subs.

Mein Blick bleibt an dem hübschen jungen Mann ganz links hängen. »Elio«, spreche ich ihn an. »Begleitest du mich?«

Seine dunklen Augen beginnen zu strahlen. »Ja, sehr gerne, Sir.«

Er macht ein paar Schritte vor und ich strecke die Hand nach ihm aus, die er sofort ergreift.

»Gute Wahl. Viel Spaß mit ihm. Ich passe in der Zwischenzeit auf Mason auf«, säuselt Christian.

Humorlos lache ich auf. Das hätte er wohl gerne. Ich weiß schon, wie gerne Christian Mason für seine frechen Aussagen heute Abend bestrafen will.

»Mason leistet mir Gesellschaft.«

Unzufrieden kräuselt Christian die Lippen, protestiert aber nicht, als ich mit beiden Männern an ihm vorbeilaufe und in eines der Zimmer verschwinde.

Dieses ist, wie jeder Raum im *Butterfly*, mit einem großen Bett und einem Andreaskreuz versehen. Die Wände sind in einem dunklen Navyton gehalten, an der Decke glitzern etliche kleine Sterne, die dank des indirekten Lichts das Gefühl vermitteln, bei Abenddämmerung unter freiem Himmel zu stehen.

Ich ziehe die Tür hinter uns zu und öffne den ersten Knopf meines Hemdes. Elio sieht zwischen Mason und mir hin und her, er leckt sich die Lippen, lächelt dann.

»Meine Safewords sind Gelb und Rot, Sir«, klärt er mich auf.

»Okay, nehme ich zur Kenntnis.«

Mason schnaubt. »Was denkst du, wirst du mit ihm tun?«, fragt er mich. Ohne den Blick von ihm zu nehmen, öffne ich auch den zweiten Knopf und mache einen Schritt auf Elio zu.

»Ich beginne erstmal damit, ihn zu ficken, dann werden wir weitersehen.«

»In deinen Träumen vielleicht.« Mace löst seine verschränkten Arme, aber nur, um die Hände zu Fäusten zu ballen.

»Ich wüsste nicht, dich um Erlaubnis gebeten zu haben.« Demonstrativ wende ich mich ab, überbrücke die letzte Distanz zu Elio und lege die Hände in seinen Nacken.

»Sieh mich an«, weise ich ihn an, als er demütig den Blick senken will. Seine braunen Augen sind fast genauso dunkel wie Masons, aber sonst haben sie nichts gemeinsam. Elios Gesichtszüge sind sanft, der Ausdruck in seinen Iriden scheu. Keine Tattoos, nur makellose, weiche Haut. Ich vergrabe eine Hand an seinem Hinterkopf und lege meine Lippen auf seine.

Bereitwillig streckt der Kleine sich mir entgegen, öffnet den Mund für mich und seufzt leise, lechzt nach mehr. Er küsst gut und schmeckt fantastisch, aber da ist nicht dasselbe Feuer wie bei Mason. Natürlich nicht. Elio ist nur ein Sub, der sich mir hingibt, weil er von meiner Macht angezogen wird. Mace hingegen …

*Mace* packt meine Schulter und wirbelt mich herum. Abrupt löse ich mich von Elio, hebe eine Augenbraue und blinzle zu Mason.

»Fuck, Domenic.« Er verpasst mir eine Ohrfeige, nicht besonders fest, aber es geht ihm wohl mehr um die Geste an sich. »Hör auf, mir durch ihn wehzutun, sonst werde ich *ihm* wehtun.«

»Dir wird nichts passieren«, versichere ich an Elio gerichtet, der erschrocken die Augen aufgerissen hat, dann wende ich mich wieder an Mace, umfasse sein Gesicht mit einer Hand und sehe ihm fest in die Augen.

»Was erlaubst du dir? Ich ficke, wen ich will und du wirst mich nicht davon abhalten können.«

»Dann zwing mich wenigstens nicht, dabei zuzusehen, du Bastard.«

Trocken lache ich auf. »Willst du lieber zu Christian und von ihm ausgepeitscht werden?«

Und da, da ist das Feuer, das ich bei Elio gerade noch vermisst habe. Zwischen uns sprühen wahrhaftige Funken, dabei sehen wir uns nur an.

»Ich würde lieber eine Session mit Christian machen, als dir bei deiner zuzusehen!«, entgegne Mace verärgert.

»Dann geh doch.«

Abrupt schlägt er meine Hand weg, befreit sich damit aus meinem Griff und stapft zur Tür. Als er mir den Rücken zuwendet, reißt etwas in meinem Inneren und Adrenalin peitscht durch meine Adern.

*Sicher nicht, Mason. Nicht so.*

Ich folge ihm, er hat schon die Hand auf dem Türgriff, als ich die Faust gegen das Holz schlage und ihn daran hindere, den Raum zu verlassen. Wieder kreuzen sich unsere Blicke, wieder sind da Funken.

Natürlich will ich nicht, dass er geht. Natürlich werde ich ihn nicht gehen lassen.

»Wir ... sollten einen Kompromiss schließen«, sage ich sachlich.

»Er soll verschwinden«, verlangt Mason mit einer harschen Kopfbewegung in Elios Richtung.

»Und was wirst du mir im Gegenzug geben?«, hake ich nach.

»Alles, Domenic.« Seine Stimme wird heiser, sein Blick weicher. »Alles, was du willst.«

Gott, allein seine Worte lassen mich hart werden, dabei habe ich ihn noch nicht einmal berührt.

»Guter Deal«, befinde ich und wende mich endgültig von ihm ab. Ich laufe auf Elio zu, der uns mit scheuem Blick beobachtet hat.

»Elio.« Ich beuge mich vor und küsse seine Wange, bevor ich ihm zuflüstere: »Du hast nichts gesehen und nichts gehört, verstanden?«

»Ja, Sir.«

»Gut. Jetzt geh.«

Er gehorcht ohne zu Zögern. Mason öffnet die Tür für ihn und lässt sie hinter ihm zuknallen.

Jetzt sind es nur noch wir beide. Nur noch Mace und ich, sein feuriger Blick und mein glühendes Herz.

Er setzt sich in Bewegung, nimmt mehrere große Schritte, bis er unmittelbar vor mir steht. Stürmisch vergräbt er die Hände in meinen Haaren, zieht mich ein Stück zu sich herunter und küsst mich.

Seufzend lasse ich mich in die Gefühle fallen, komme seiner Zunge entgegen und vergrabe die Finger in seinen Klamotten. Mace drängt mich Schritt für Schritt zurück, bis ich auf das Bett falle und ihn gleich mitziehe. Er setzt sich rittlings auf meinen Schoß, lässt von meinen Lippen ab, küsst jetzt meinen Kiefer und Hals.

Stöhnend lege ich den Kopf in den Nacken und stützte die Hände hinter mir auf der Matratze ab. Ich bin so scharf auf ihn. Liegt entweder an dem Ambiente, an Masons Verhalten oder einfach nur daran, dass ich es verdammt nochmal lange genug ausgehalten habe. Ich habe mich so lange von ihm ferngehalten, viel zu lange, zu schnell, zu abrupt.

Ich lege eine Hand an seine Wange, halte ihn fest, während ich nun damit dran bin, über seinen Hals zu lecken, die salzige Haut zu schmecken, seinen Geruch zu inhalieren. Er riecht fantastisch nach Mason und ein bisschen nach mir, die perfekte Mischung.

Heiser lacht Mason auf. »Elio hat dich ganz schön scharf gemacht, was?«, fragt er angriffslustig. »Du stehst ja auf süße Twinks, die nichts außer *Ja, Sir* sagen können.«

Als Strafe für diese dumme Aussage beiße ich ihn etwas zu fest in den Hals und höre ihn zischen. Er greift in mein Hemd und rutscht näher an mich heran, wir beide stöhnen auf, als er über meinen Schritt reibt.

»Red kein Schwachsinn«, warne ich ihn und lecke versöhnlich über den Biss.

»Warum nicht?« Mason verschränkt die Hände in meinem Nacken und ich lege den Kopf leicht zurück, um ihm in die Augen sehen zu können. »Stimmt doch. Mich wolltest du nicht anrühren, aber kaum kommt Elio daher, bist du plötzlich ganz scharf.«

»Verdammt, Mace, du verstehst überhaupt nichts.«

Bei meinen Worten schiebt er die Finger in meine Haare und zieht daran. Der Schmerz beflügelt meine Lust nur und ich muss mich zusammenreißen, um mich nicht einfach zu vergessen.

»Dann erklär es mir doch, Domenic«, verlangt Mason mit heiserer Stimme.

»Ich kann dich nicht gehen lassen«, beginne ich und balle die Hände um sein Shirt zu Fäusten. »Ich kann nicht. Aber ich muss, weil mir nichts anderes übrig bleibt. Und wenn ich weiterhin mit dir schlafe, wenn ich dich jede Nacht zu dem Meinen mache, dann wird es unmöglich, okay? Und es darf nicht unmöglich werden. Ich darf dich nicht über das Wohl meiner Familie stellen. Das ist nicht, was ich tue. Das ist nicht, was ich bin.«

Das Braun seiner Iriden wird sanfter, weniger stürmisch, nachgiebiger, weniger kämpferisch.

»Nur noch dieses eine Mal, Domenic«, sagt er heiser. »Wir sind nicht in der Villa, nicht in Alessios Gästezimmer, nicht mal in deinem Teil von Sizilien. Wir sind in einem anonymen BDSM-Club und wenn wir ihn wieder verlassen, ist nichts hiervon passiert.«

Ich neige den Kopf und finde seine Lippen. Wir teilen einen intensiven, langsamen Kuss, den ich überall in meinem Körper spüre. Das

Kribbeln ist so übermächtig, dass mir schon klar ist, dass ich dazu nicht Nein sagen kann.

Ich bin so schwach, wenn es um Mason geht.

»Steh auf und zieh dich aus«, flüstere ich ihm zu. Mason klaut sich noch einen schnellen Kuss, dann rutscht er von meinem Schoß und beginnt damit, sich zu entkleiden.

Zuerst fällt das Shirt zu Boden, offenbart seinen gebräunten, muskulösen Körper, die vielen Tattoos, die teilweise im Bund seiner Boxershorts verschwinden.

»Und du gehst noch als Twink durch?«, frage ich scherzhaft, als ich an unsere erste Begegnung zurückdenken muss. Damals habe ich nicht gesehen, was für ein attraktiver, heißer Mann vor mir stand, habe nicht das störrische Funkeln in seinen Augen bemerkt, nicht seine stolze Haltung, sein verdammt verführerisches Lächeln, seine Stärke, die er mit jedem Wort und jeder Geste ausstrahlt.

Aber all das sehe ich jetzt und verliebe mich in jede einzelne Nuance seiner Züge.

»Nenn mich noch einmal Twink und ich kneble dich«, warnt Mason spielerisch, öffnet den Knopf seiner Jeans und zieht auch diese aus.

»Mit was denn?«, gehe ich auf sein Spielchen ein.

»Damit.« Nur in Boxershorts bekleidet macht er einen Schritt auf mich zu und greift nach meiner Krawatte. Er löst den Knoten und nimmt sie zwischen die Hände. Ein verruchtes Lächeln zeichnet sich auf seinen Zügen ab.

»Fühlt sich toll an.«

»Ach ja?« Ich nehme ihm die Krawatte ab und erhebe mich von dem Bett, dränge ihn damit ein Stück zurück. Sein Blick bleibt an meinem kleben, wir sind uns nun so nah, dass ich seinen warmen Atem spüren kann. »Dreh dich um.«

Mason beißt sich auf die Wange. »Ich ... Nur heute, Dom.«

»Nur heute *was*?«

»Nur heute werde ich deinen Sub spielen, klar?«

Feuer schießt durch meinen Blutkreislauf und meine Mundwinkel ziehen sich nach oben. Gott, ist er heiß. Ich brauche keinen Sub in meinem Bett, aber dass Mason es anbietet, macht die ganze Sache viel aufregender.

»Wirst du mich mit *Sir* ansprechen und demütig den Kopf senken?«

Mace verzieht das Gesicht und schüttelt den Kopf. Bei seinem unwilligen Ausdruck muss ich lachen. »Hätte ich auch nicht gedacht.«

Er erwidert nichts mehr, folgt aber endlich meiner Aufforderung und dreht sich herum.

»Kreuz die Hände hinter dem Rücken«, befehle ich, er gehorcht sofort. Ich straffe die Krawatte und fessle seine Handgelenke. Fest genug, um ihn leicht aufkeuchen zu lassen. Er drückt die Schulterblätter zusammen. Mit gespreizten Fingern fahre ich über seine nackte, warme Haut, streichle seinen Rücken, bis seine angespannten Muskeln sich lockern.

»So ists gut«, lobe ich und drücke ihn ein paar Schritte vor. »Wird Zeit, den Rest des Stoffes ebenfalls loszuwerden, hm?«

»Was immer du sagst.«

Wieder muss ich lachen. »Nach den vielen *Fick dichs* klingt das ja wie Musik in meinen Ohren.«

Ich knie mich hin, lasse dabei die Fingerspitzen seinen Körper entlanggleiten, bis ich sie unter den Bund der Shorts hake und sie herunterstreife. Mace kickt sie weg und dann, endlich, steht er vollkommen nackt vor mir. Sofort vergrabe ich die Nase in seinem Nacken, inhaliere seinen vertrauten Geruch, lasse die Nase weiterwandern, küsse seine Schulter, zeichne mit der Zunge den kleinen Vogel nach, der dort seine Haut ziert.

So mache ich weiter, nehme mir Zeit, gehe wieder zurück, wenn ich das Gefühl habe, einem Tattoo nicht genug Aufmerksamkeit geschenkt zu haben, beiße und lecke, sauge und küsse, immer weiter, bis Mason frustriert stöhnt.

»Fuck, Dom«, keucht er und wirft den Kopf in den Nacken. Seine Beine zittern, er ist schon lange hart, doch er hält still und lässt es über sich ergehen. Ich lasse mich nicht hetzen. Nicht, wenn das hier und heute das letzte Mal ist.

Fest sehe ich ihm in die Augen, stelle mich auf die Füße und überrage ihn damit wieder um einige Zentimeter. Sanft tippe ich gegen sein Kinn. »Dein Körper ist ein Kunstwerk, also beschwer dich nicht, wenn ich ihn entsprechend würdige.«

Ein halb schiefes Lächeln zeichnet sich auf seinen Zügen ab. »Dieses Kunstwerk möchte, dass du es ins Laken drückst und fickst.«

»Nun, das hast du im Moment nicht zu entscheiden, *Tesoro*.« Ich senke meine Lippen auf seine und schiebe die Zunge in seinen Mund. Mace stöhnt, reckt sich mir entgegen, aber ich beende den Kuss schnell wieder.

»Dom ...«

Ich umrunde ihn, greife nach seinen gefesselten Händen und ziehe ihn mit. Mason entkommt ein überraschtes Glucksen, er lässt sich von mir bis zu dem Andreaskreuz führen. Dort entferne ich die Krawatte und drücke ihn mit dem Gesicht voran gegen das Kreuz.

»Oh«, macht er. Scheint, als habe er noch mehr dazu zu sagen, aber er verkneift es sich. *Guter Junge.*

»Hände über den Kopf«, befehle ich. Er gehorcht und ich lege die Manschetten um seine Handgelenke, ziehe sie fest. »Jetzt spreiz die Beine.«

»Dass du auf Fesseln stehst, überrascht mich jetzt nicht besonders«, kommentiert er, als ich mich hinknie und seine Füße ebenfalls an dem Kreuz befestige. Beim Aufstehen spüre ich meine Schussverletzung ziemlich deutlich, aber ich ignoriere den Schmerz. Im Moment will ich mich nur auf Mason konzentrieren.

»Es ist nicht meine Aufgabe, dich zu überraschen«, erwidere ich und stelle mich wieder dicht hinter ihn. »Es ist deine Aufgabe, mir Lust zu verschaffen.«

Mace lacht trocken und dreht den Kopf zur Seite, will mich über die Schulter ansehen, aber dafür ist seine Bewegungsfreiheit zu sehr eingeschränkt. »Lass die Machosprüche, mein Schatz.«

Ich küsse seinen Nacken und verziehe die Lippen dort zu einem Lächeln. »Ich mag dich gefesselt, weil du mir so nicht weglaufen kannst.«

Für einen Augenblick senkt Mace die Lider. Dann sagt er leise: »Ich will dir gar nicht mehr weglaufen, Domenic.«

Seine Worte lassen meine Selbstbeherrschung endgültig bröckeln. Verdammt, ich will ihn. *Jetzt.* Ein letzter Kuss auf seine Schulter, ehe ich mehrere Schritte zurück mache und ihn in seiner vollen, nackten Pracht betrachte.

»Hey, lass mich nicht allein«, beschwert Mason sich und zieht an den Fesseln.

»Geduld, *Tesoro.*« Langsam öffne ich die letzten Knöpfe meines Hemdes und lege es auf einem der Stühle ab. Ich nehme einen tiefen Atemzug, mit dem ich das warme Kribbeln in meinem Magen überdeutlich wahrnehme. Auf dem Weg zurück zu Mason greife nach einer Packung Gleitgel und nehme etwas davon auf Zeige- und Mittelfinger.

»Jetzt sei ein guter Junge und entspann dich für mich«, raune ich ihm zu.

»Ja«, wimmert er als Antwort, als ich schon in ihn eindringe. Er wimmert, ich knabbere an seinem Nacken und ficke ihn langsam mit zwei Fingern. Mace stöhnt abgehackt und ballt die Finger um die Manschetten zu Fäusten.

Auch hier nehme ich mir Zeit. Stoße erst langsam, dann schneller, schließlich mit drei Fingern in ihn.

»Gott, Domenic«, presst er zwischen zusammengebissenen Zähnen hervor. »Du bist so verdammt talentiert darin.«

Überrascht lache ich auf. »Danke, schätze ich.«

»Aber dein Schwanz kann das noch besser.«

Wieder muss ich grinsen, beiße in seine Schulter und nehme mit Genugtuung wahr, wie er erschauert.

»Du willst meinen Schwanz?«

»Ja, bitte«, keucht er.

Ich entferne die Finger, greife nach einem Tuch und wische das Gleitgel ab. Dann entledige ich mich der Hose, nehme noch ein Tütchen von dem Gel und verreibe es auf meiner Härte. Gott, das letzte Mal ist so lange her. So viel ist in der Zwischenzeit passiert. Aber ich will mich nicht schnell in ihm verlieren, ich will es langsam, will jede Sekunde, jeden Zentimeter genießen.

»Ja, ja, ja«, stöhnt Mace, als ich mit der Spitze in ihn eindringe. Seine Muskeln zittern vor Anspannung, Schweiß perlt seinen Rücken entlang, er hat die Wange flach auf das Holz gelegt, seine Lider sind geschlossen, flattern jedoch immer wieder.

Er ist so furchtbar schön. So einzigartig.

Ich werde niemals wieder jemanden wie ihn finden. Das will ich auch gar nicht.

Ich will nur ihn.

Langsam schiebe ich mich vor, genieße das warme Rieseln auf meinem Rücken, das Kribbeln, die Sehnsucht und die Erfüllung mit jedem weiteren Zentimeter.

Als ich komplett in ihm versenkt bin, vergrabe ich die Finger in seinem Fleisch und schließe ebenfalls die Augen. Diese Verbindung habe ich noch nie zuvor verspürt. Das ist mehr als bloß Sex. Das ist der absolute Himmel.

Ich öffne die Lider wieder, nehme einen tiefen Atemzug und beginne endlich damit, ihn zu ficken. Wir beide stöhnen, Mason vor Erleichterung, ich vor unglaublicher Lust.

»Fuck, ja«, keucht er.

Ich ficke ihn nicht mehr langsam, aber mit Bedacht, spüre ihn mit jedem Stoß, genieße ihn mit jedem weiteren Mal ein kleines Stückchen mehr.

Wir sind uns ganz nah, nichts passt zwischen uns, nichts wird jemals mit diesem letzten Mal vergleichbar sein.

Irgendwann weiß ich selbst nicht mehr, wo oben und wo unten ist, verliere mich in dem Gefühl, darin, in ihm zu sein, bin wie im Rausch. Aber ich weiß, dass ich so nicht kommen will. Ich will ihn noch näher spüren, will alles.

Als ich langsamer werde und schließlich aufhöre, wimmert Mason protestierend.

»Bitte mach weiter«, keucht er.

»Gleich, *Tesoro*.« Ich löse erst seine Füße, dann seine Handgelenke, trage ihn zu dem großen Bett und lasse ihn darauf nieder.

»Domenic«, flüstert er, als ich mich über ihn beuge. Seine Finger streichen sacht über meinen Bauch. »Überanstreng dich nicht.«

Meine Verletzung ist sehr weit in den Hintergrund gerückt, ich spüre sie kaum noch.

»Ist okay«, versichere ich ihm und positioniere mich neu. Wie von selbst spreizt er die Beine und ich dringe wieder in ihn ein. Wir stöhnen beide, seine Lider flattern.

»Sieh mich an«, bitte ich ihn und bewege mich einmal vor und zurück. Wir sehen uns in die Augen, ich spüre seinen Herzschlag, seine Wärme, seine Finger, die sich in meinen Oberarmen vergraben.

*Sag mir, dass du mich liebst.* Die Worte liegen mir auf der Zunge, aber ich würge sie herunter. Kann nicht nochmal darum bitten, wenn er nicht bereit ist, es auszusprechen.

Stattdessen vergrabe ich die Nase an seinem Hals und verliere mich in dem Gefühl von Haut auf Haut. Ein weiteres Mal. Ein letztes Mal, für immer.

Ich streiche mein T-Shirt glatt und gehe durch die Tür, die Dom mir aufhält. Kaum haben wir den Flur des *Butterfly* betreten, färbt die kühle Stimmung auf uns beide ab. Dom räuspert sich und fährt sich durch die Haare, ehe er mit schnellen Schritten vorangeht.

»Wir müssen nochmal kurz zu Christian«, informiert er mich über die Schulter knapp.

Wir finden den Herrn des Hauses in einem offenen Raum, der keine Türen, sondern nur dichte Samtvorhänge hat. Dahinter ist Romano mit einer jungen Frau zugange, sie räkelt sich genüsslich auf seinem Schoß und er hat eine Hand an ihrem Hintern. Als er uns erblickt, schlägt er ihr darauf und schiebt sie weg.

»Später, meine Liebe«, höre ich ihn flüstern, woraufhin die Blondine ihr Kleid vom Boden rafft und sich davonstiehlt.

»Hattest du Spaß mit Elio?«, fragt Christian, seine Stimme dabei so provokant, dass er sicher weiß, dass Dom seinen Sub nach fünf Minuten aus dem Zimmer geschickt hat.

»Könnte man so sagen«, weicht Domenic aus und setzt sich auf eine Couch, die Christian direkt gegenüber steht. Ich bevorzuge es fürs Erste zu stehen und stelle mich daher hinter

Domenics Lehne. Mir entgeht nicht, wie Dom sich die Hand auf den Bauch legt. Ich hoffe, seine Schmerzen sind nicht allzu schlimm.

»Interessant«, kommentiert unser Gastgeber mit einem dreckigen Grinsen in meine Richtung. »Schwierigkeiten beim Sitzen, Mason?«

»Gib mir ein Doppel der Vereinbarung, dann sind wir weg«, fällt Domenic ihm ins Wort.

»Einen Moment noch, ich sage Lorenzo Bescheid.« Romano tippt etwas auf seinem Handy, dann sieht er wieder auf. Direkt zu mir.

»Ich vertraue dir nicht, kleiner Amerikaner.«

»Musst du nicht, ich bin ja nicht *dein* Sub.«

Christian verengt die Augen. »Wenn du zu mir gehören würdest, hättest du schon lange nicht mehr so ein vorlautes Mundwerk. Oder du wärst bereits tot.«

»Sprich nicht mit ihm, sprich mit mir«, meint Domenic kühl. »Wirst du morgen anwesend sein?«

»Der Form halber, ja.« Christian verschränkt die Hände, sein Blick ist so intensiv auf Domenic gerichtet, als wolle er ihn studieren. »Meinst du, de Luca traut sich hin?«

Trocken lacht Dom auf. »Sicher nicht.«

Wovon zur Hölle reden sie?

Leider kann ich das nicht herausfinden, da in dem Moment Lorenzo auftaucht und den Vertrag in Papierform vorbeibringt. Dom blättert ihn nochmal durch, nickt und packt ihn ein. Er erhebt sich von seinem Platz und hält Christian die Hand hin. Sie schlagen ein. Und besiegeln damit ihren Pakt, was auch immer sie da ausgemacht haben.

»Eine Schande, dass du ihn an die Amerikaner ausliefern musst.« Wieder landet Christians Blick auf mir. »Ich würde eine Menge für ihn bezahlen. So voller Widerstand.«

»Vergiss es, Christian.« Domenic steht auf und stellt sich zwischen uns. Ich bemerke seine angespannten Rückenmuskeln. »Bis morgen.«

Auf dem Weg nach Hause herrscht dieselbe angespannte Atmosphäre wie in den Fluren des *Butterfly*.

Ich beiße die Zähne aufeinander und sehe durch mein Seitenfenster nach draußen, wie die Landschaft an mir vorbeizieht. Kurz bevor wir Alessios Villa erreichen, kann ich mir eine Frage doch nicht verkneifen.

»Was ist morgen?«

Dom dreht kurz den Kopf zu mir, bevor er sich auf die Straße konzentriert. Eine Furche bildet sich in seiner Stirn. »Der Todestag meines Vaters.«

»Oh.«

Domenic war es, der ihn umgebracht hat, weshalb eine Beileidsbekundung wohl nicht angebracht ist.

»Es wird einen Trauermarsch auf dem Friedhof und ein Essen danach geben«, erzählt Domenic weiter. »Wie jedes Jahr. Ein Tag, an dem die sizilianischen Mafiabosse ihre Waffen niederlegen und unsere *Familia* trauern lassen.«

»Trauerst du denn um ihn?«, hake ich leise nach.

Er lenkt den Wagen schwungvoll in den Hof. »Nur darum, ihn nicht viel früher getötet zu haben.«

Wer kann es ihm verdenken, nach allem, was ich bisher erfahren habe? Und ich bin sicher, dass das nur die Spitze des Eisbergs ist.

»Dein Vater hat ganz Sizilien geprägt, hm?«

»Ja, er hatte viel Macht und viele Freunde. Nur hat er den Fehler gemacht, sich Feinde in seinen eigenen Kindern zu machen.« Dom schnallt sich ab, steigt jedoch noch nicht aus, sondern dreht sich zu mir herum. »Es war eine unsichere Zeit nach seinem Tod. Alle haben versucht, seinen Platz einzunehmen. Ich habe gehofft, mit Einigungen und gegenseitigen Absprachen Frieden wahren zu können, aber de Luca hat andere Pläne.«

»Romano und du habt euererseits Pläne geschmiedet, ihn umzubringen«, halte ich dagegen. Dom setzt ein schiefes Lächeln auf.

»Es wird Zeit für diesen alten Bastard, abzudanken. Wir sind an der Reihe. Siehst du das anders, *Micino*?«

Ich neige den Kopf, beuge mich vor und hauche ihm einen Kuss auf die Lippen. »Ich will nur, dass du überlebst, mein Schatz.«

Etwas in seinen dunkelgrünen Augen verändert sich, wird weicher, sanfter, bis es sich mit einem Schlag wieder verhärtet.

»Du bist verdammt gut darin, Leute zu manipulieren, kleiner Amerikaner. Was willst du von mir?«

Unschuldig blinzle ich ihn an. »Nur dein Herz.«

Humorlos lacht Dom auf, lehnt sich zurück, behält mich aber weiterhin fest im Blick. »Sag es mir gleich, dann bekommst du es vielleicht.«

»Lass mich morgen dabei sein«, bitte ich ihn. »Es wird ein Tag des Friedens, oder nicht? Das bedeutet, dass weder de Luca noch Richie mich töten werden, also kann ich in Ruhe die Lage checken.«

»Du wirst gar nichts *checken*, du wirst daheim im Gästezimmer auf mich warten.«

»Domenic ...«

Er verdreht die Augen und seufzt laut. »Ich überlege es mir, okay?«

Das ist so gut wie ein Ja. »Okay.« Ich will ihn nochmal küssen, aber Dom dreht sich weg.

»Nein«, beschließt er und steigt aus dem Wagen. Ich unterdrücke ein Grinsen und folge ihm ins Innere des Hauses.

»Da seid ihr ja.« Alessio erwartet uns bereits ungeduldig. Sein Blick gleitet wie ein Scanner einmal über mich und ich bin mir sicher, dass er in meinen Gedanken sehen kann, was für schmutzige Dinge ich mit seinem Bruder gemacht habe. »Ich habe versucht, dich zu erreichen, Dom. Talina sucht schon nach dir.«

»Es ist ihr Job, alles zu organisieren, warum muss ich ständig etwas absegnen?«, fragt Domenic genervt. Alessio hebt eine Augenbraue.

»Willst du sie das selbst fragen?«

Dom ist so klug, den Kopf zu schütteln. »Ich fahre direkt zu ihr. Passt du auf Mason auf?«

»Ja, geh.«

Das klang jetzt nicht halb so widerwillig wie sonst, ich schätze, Alessio fängt an, mich zu mögen.

»Bis später. Mach Ace keine Probleme«, weist Dom mich zum Abschied an, bevor er ohne ein weiteres Wort verschwindet. Kein letzter, feuriger Blick, kein hitziger Kuss, nicht einmal eine flüchtige Berührung.

Die Enttäuschung pocht dumpf in meinem Magen, dabei haben wir uns auf genau das geeinigt: Der Sex im *Butterfly* ist nie passiert.

Innerlich seufzend schlucke ich das schmerzhafte Gefühl in mir herunter.

»Können wir etwas essen?«, frage ich Alessio.

»Ich wärme dir was auf.«

»Danke«, erwidere ich überrascht und lasse mich an den Küchentisch sinken, während Alessio damit beginnt, in der Küche herumzuhantieren.

»Morgen ist ein besonderer Tag, habe ich gehört«, fange ich an, nachdem mehrere Minuten nur Geschirrklappern und das blubbernde Wasser zu hören war. Ace wirft mir einen Seitenblick zu und hebt eine Augenbraue.

»Wird Dom dich mitnehmen?«

»Wenn ich ihn noch ein bisschen nerve, vielleicht.«

Seine Mundwinkel verziehen sich zu einem Grinsen, aber das hält nicht lange. »Dieser Tag ist immer schwer, für alle von uns. Dass Arianne dieses Mal nicht dabei sein wird, macht es nicht besser.«

Nachdenklich lege ich den Kopf schief. »Bist du Dom dankbar dafür, dass er ihn umgebracht hat?«

»Ja, natürlich.« Alessio blickt konzentriert auf das Essen, das in der Pfanne vor sich hin brutzelt. »Aber ich wünschte mir, er hätte es nicht tun müssen.«

»Wieso?«

»Weil es mein Job gewesen wäre.« Ace kann mich immer noch nicht ansehen und in meiner Brust wird etwas weich und warm.

»Nur weil du älter bist, heißt das nicht, dass die ganze Last auf deinen Schultern liegt.«

»Nicht unbedingt, aber Dom hat schon immer die Verantwortung übernommen, für alles.« Alessio nimmt die Pfanne vom Herd und verteilt das Essen auf einem Teller. Diesen stellt er mir vor die Nase und setzt sich mir gegenüber, endlich findet sein Blick wieder meinen. Der herrliche Duft steigt mir in die Nase und lässt meinen Bauch knurren, aber noch will ich das Gespräch nicht beenden.

»Was meinst du damit?«

»Unser Vater hat ... Bestrafungen vergeben. Dom hat sie die meiste Zeit für Ari und mich auf sich genommen, ist an unserer Stelle angetreten.«

Mein Magen krampft sich zusammen. »Bestrafungen für was?«, frage ich leise.

»Alles Mögliche. Falsche Klamottenauswahl, unhöfliche Antworten, unpassende Fragen. Dom hat alles ertragen, auch für uns.«

Ich beiße mir auf die Wange und versuche, die Beklommenheit in mir zu verdrängen. Fuck, wenn ich das höre, will ich nichts lieber, als diesen Bastard aus seinem Grab zu holen und ihn nochmal umzubringen.

Jetzt bin ich fast dankbar für meinen kokainsüchtigen Vater und meine desinteressierte Mutter, die zwar nie für mich da, aber zumindest auch nicht grausam waren.

»Hat eure Mutter nie etwas unternommen?«, frage ich mit heiserer Stimme. Alessio sieht mich so ungläubig an, als hätte er das Wort »*Mutter*« zum ersten Mal gehört.

»Wir alle stammen von unterschiedlichen Frauen. Alle versklavte Prostituierte, die nur die ersten zwei Jahre unseres Lebens bei uns waren. Dom hat Arianne immer erzählt, Vater hätte sie nach diesen zwei Jahren in die Freiheit entlassen, aber die Wahrheit ist vermutlich, dass er sie einfach umgebracht oder weiterverkauft hat.«

Mein Magen krampft sich zusammen bei der Vorstellung. Dass er so emotionslos darüber reden kann, zeigt nur, wie viel Schlimmes er bereits durchstehen musste.

»Na ja.« Alessio atmet tief durch und nickt in Richtung meines Tellers. »Ich wollte dir nicht den Appetit verderben. Iss.«

»Danke fürs Zubereiten.« Ich greife nach der Gabel und probiere von meiner Mahlzeit.

»Hungern war eine Zeit lang auch eine effektive Bestrafung meines Vaters. Das will ich niemand anderem antun müssen.«

Humorlos lache ich auf. »Ich war in der Villa wohl etwas dramatisch, was meinen Hunger angeht. Dom hat mich angemessen versorgt.«

Ein halbes Lächeln zupft an Alessios Mundwinkel. »Lassen wir es nicht darauf ankommen.«

Eine Weile schweigen wir, ich esse und Alessio hängt ganz offenbar seinen eignen Gedanken nach.

»Danke, das war super«, sage ich, nachdem mein Teller leer ist. Ich stelle ihn in die Spülmaschine und wische über den Tisch. »Wo ist Roy? Er hat Dom und mich gar nicht an der Tür empfangen.«

»Ich habe ihn mit Dario mitgeschickt«, erklärt Alessio. »Roy muss sich mal auspowern, dafür habe ich im Moment keinen Kopf.«

»Ah.« Ich setze mich wieder ihm gegenüber an den Tisch. »Kann ich dir eine Frage stellen?«

Alessio runzelt die Stirn. »Bringt es denn was, wenn ich Nein sage?«

»Nicht wirklich«, gestehe ich. »Bist du gerne Teil der sizilianischen Mafia? Oder würdest du lieber etwas anderes machen, wenn du Gelegenheit dazu hättest?«

»Es ist ein Teil von mir. Es liegt in meinem Blut.« Alessio mustert mich intensiv. »Aber ich würde niemals freiwillig einer Mafia beitreten. Wenn ich wie du die Chance hätte, dem allem den Rücken zuzukehren, würde ich es tun.«

Ja, nur leider klappt das manchmal nicht so, wie man es sich vorstellt. Ich bin aus Nashville geflüchtet, bin direkt in de Lucas Fänge geraten und habe mich schließlich in der Marino-Familia verloren.

Es ist wie ein Fluch, der mich verfolgt, egal wohin ich gehe.

## 20. MASON

Domenic kommt erst am späten Abend wieder. Er wirkt unzufrieden und gestresst, verschwindet gleich unter die Dusche und lässt mich allein im Wohnzimmer zurück.

»Wirst du bei Dom im Gästezimmer schlafen?«, hakt Alessio nach. Er sieht so müde aus wie Dom gerade und will vermutlich nichts lieber, als ins Bett zu fallen.

»Mal sehen«, weiche ich aus. Weiß der Teufel, was Dom vorhat.

»Er soll auf dich aufpassen«, beschließt Alessio und erhebt sich schwerfällig.

»Gute Nacht«, wünsche ich ihm. »Bis morgen.«

Er brummt nur etwas Unverständliches, ehe er verschwindet. Auch ich hieve mich hoch und gehe in das Gästezimmer, um dort auf Domenic zu warten. Er braucht nur fünf Minuten, ehe er mit einem Handtuch um die Hüften das Zimmer betritt. Sein Blick ist düster.

»Hast du schon eine Entscheidung getroffen?«, frage ich ihn direkt.

»Ich habe andere Sachen im Kopf als dich, Mason«, erwidert er gereizt und lässt die Schultern kreisen. »Geh und penn woanders, ich brauche für morgen genug Schlaf.« Er läuft zum Kleiderschrank und scannt den Inhalt, wobei er mit einer Hand seinen Nacken massiert.

»Komm her, ich kümmere mich um dich«, biete ich an.

»Hör auf dich anzubieten wie eine Nutte, *Micino*.«

Jetzt bin ich derjenige, der genervt die Augen verdreht. Ich stehe auf und laufe auf ihn zu, schlage seine Hand weg und beginne damit, seine Schultern zu massieren.

»Du bist verspannt, dagegen kann ich etwas tun«, stelle ich klar. Dom seufzt laut, lässt den Kopf sinken und entspannt sich merklich.

»Das ... tut gut«, gesteht er leise.

»Leg dich auf den Bauch, dann mache ich weiter.«

Dieses Mal protestiert Dom nicht, lässt nur das Handtuch fallen und legt sich, nackt wie er ist, in das Bett. Ich klettere zu ihm, setze mich rittlings auf ihn und lasse meine Hände über seinen muskulösen Rücken wandern.

»Warum bist du so angespannt?«, frage ich ihn in die Stille hinein. Seine Verspannung löst sich unter meinen knetenden Händen, aber ich kann die vielen Gedanken, die ihn nach wie vor beschäftigen, förmlich hören.

»Warum sollte ich dir das erzählen?«

»Domenic«, seufze ich. »Sag es mir einfach, wir sind hier nicht auf dem Kampffeld.«

Er stemmt die Hände in das Laken und will sich aufhieven, aber ich drücke ihn zurück und fixiere ihn.

»Bleib liegen«, weise ich an. »Ich bin noch nicht fertig.«

»Verschwinde besser«, bittet er mit leiser Stimme. »Ich bin heute Abend keine gute Gesellschaft.«

»Bist du das jemals?«, ziehe ich ihn auf und beginne wieder mit dem Massieren. Dom seufzt langgezogen.

»Wir müssen nicht reden«, beschwichtige ich. »Schweigen ist auch okay.«

Und das tun wir. Ich knete seine Schultern, massiere seinen Rücken und hauche ihm schließlich einen Kuss in den Nacken. Dom hat die Augen geschlossen, aber seine flatternden Lider verraten mir, dass er noch nicht schläft.

Trotzdem steige ich aus dem Bett, beuge mich herunter und küsse seinen Hals. »Gute Nacht«, flüstere ich ihm zu, bevor ich ihm seinen Wunsch erfülle und ihn allein lasse.

»Mason.« Domenics Stimme hält mich kurz vor der Tür auf. Fragend drehe ich mich zu ihm herum. Er liegt immer noch auf dem Bauch, hat den Kopf aber angehoben und sieht mir entgegen. »Bleib.«

Ein Wort mit so viel Macht.

Es lässt etwas in meiner Brust schmelzen wie Eis an einem heißen Sommertag. Ich lasse den Türgriff los und laufe zurück zum Bett, Dom macht mir Platz und so lege ich mich neben ihn. Er schlingt einen Arm um meine Mitte und ich vergrabe die Nase an seinem Hals.

»Der Tag morgen wird anstrengend«, sagt Dom leise. »Willst du wirklich dabei sein?«

»Ja.«

»De Luca wird vielleicht da sein. Oder er schickt seine Handlanger, aber jedenfalls werden alle Augen der sizilianischen Unterwelt auf uns gerichtet sein«, erklärt Dom weiter. »Ich kann dich nicht mitnehmen, deine Hand halten und dich rumführen wie meine Trophäe.«

Bei dem letzten Teil seines Satzes muss ich auflachen. »Lass mich als dein Angestellter gehen. Gib mir irgendeine Aufgabe, ich mache alles.«

Dom lässt seine Hand zögerlich über meinen Rücken streichen. »Zieh dich bitte aus«, sagt er unvermittelt. Das *Bitte* ist eine ganz neue Wendung in seiner Aufforderung, weshalb ich nicht lange fackle, mich aus der Umarmung winde und die Klamotten loswerde. Ebenso nackt wie er schmiege ich mich wieder an ihn.

»So fügsam«, schnurrt Dom in mein Ohr und fährt mit gespreizten Fingern über meinen Rücken, bis zu meinem Nacken. »Daran könnte ich mich gewöhnen.«

»Wenn du mich immer so nett bittest«, erwidere ich und drücke mich enger an ihn, will ihn näher an mir spüren, will alles von ihm. Halb richte ich mich auf, lege eine Hand an seine Wange und drehe sein Gesicht zu mir, um ihn zu küssen. Dom lässt zu, dass ich die Führung übernehme, ihn schmecke, mir nehme, was ich will, was ich brauche. Meine Hand rutscht von seiner Wange zu seinem Hals. Mit dem Daumen streiche ich sanft über seine Kehle.

»Du wirst nicht als Angestellter gehen«, raunt er mir zwischen zwei Küssen zu. Ich lasse von ihm ab und blinzle ihn an. »Man würde dich erkennen.«

»An was hast du sonst gedacht?«

»An etwas anderes.« So etwas wie Schmerz blitzt in seinen dunkelgrünen Augen auf.

»Das wird mir nicht gefallen, oder?«, rate ich.

»Vermutlich nicht.«

Ich lasse die Hand von seinem Hals bis zu seiner Brust gleiten, an die Stelle, an der sein Herz kräftig und warm schlägt.

»Und dir?«

»Mir gefällt das noch weniger.« Er hebt den Kopf an, um sich einen Kuss zu klauen. Mit einem Seufzen fällt er zurück ins Kissen. »Wenn ich dich mitnehme, muss ich dir Handschellen

anlegen und man muss dir Verletzungen ansehen. De Luca und Richie müssen glauben, dass
du mein Gefangener, nicht mein Liebhaber
bist.«

Das ergibt Sinn, aber Dom hat recht: Das gefällt mir ganz und gar nicht. Ich muss an Alessios Erzählungen denken, an die Verletzlichkeit
in seinen Augen, an de Lucas gehässige Worte
über die Marino-Geschwister bei unserem letzten Treffen. Ich will Domenic und Alessio damit
nicht allein lassen, mit all den Erinnerungen,
dem Schmerz.

»Du wirst tun, was du tun musst«, meine ich
ruhig.

»Verdammt, ich will das nicht tun!« Dom
drückt mich fester an sich, seine Finger vergraben sich fast schmerzhaft in meine Seite.
»Zwing mich nicht dazu, *Tesoro*. Bleib hier und
warte auf mich. Das wird einfacher für dich.«

»Ich nehme selten den einfachen Weg.«

Dom seufzt langgezogen und drückt einen
Kuss auf meinen Kopf. »Ich weiß, Mason. Deshalb sind wir hier, nicht wahr?«

Ich habe vergessen, wie schmerzhaft ange-
knackste Rippen sind.

*Jesus Christ*, auf eine Erinnerung daran hätte ich liebend gerne verzichtet.

»Geht's?« Zumindest tut es gut, in Domenics
Augen zu blicken. In dem Dunkelgrün erkenne
ich Bedauern, das wie Balsam für meine Seele
ist.

»Mach dir darüber keine Gedanken, mein
Schatz«, bitte ich ihn und strecke mich für einen flüchtigen Kuss.

Es war Dom, der mir die Verletzungen zugefügt hat und ich bin dankbar dafür. Nur er darf
das. Nur bei ihm habe ich den Drang unterdrücken können, zurückzuschlagen.

Dom streicht über meine Wange, dann lässt
er von mir ab und tritt zurück. »Ich ziehe mich
um, bin gleich wieder da.«

Nickend sehe ich ihm nach, ehe ich das Gästezimmer verlasse und in die Küche trete. Dort
treffe ich auf Alessio. Er sieht nicht so aus, als
ob er letzte Nacht viel geschlafen hat.

»Oh«, kommentiert er und lässt seinen Blick
einmal über meinen Körper schweifen. Über all
die blauen Flecke, die Schürfwunden und das
hübsche Veilchen auf meiner Wange. »Gut zu

wissen, was die Geräusche gestern Abend aus dem Gästezimmer zu bedeuten hatten.«

Ich verziehe das Gesicht. »Kannst du mir einen Kaffee machen?«, bitte ich ihn und lasse mich an den Küchentisch fallen.

»Willst du gar nichts dazu sagen?«, hakt Alessio nach, während er sich an die Kaffeemaschine begibt. »Sag mir bitte nicht, dass Dom noch schlimmer zugerichtet ist.«

»Dom geht es gut«, beschwichtige ich ihn.

Mit einem skeptischen Blick serviert Alessio mir meine Tasse Kaffee und ich nicke ihm dankbar zu. Er lässt sich mir gegenüber auf einen der Stühle sinken.

»Was ist passiert?«

»Das war Doms Bedingung, um mich heute mitzunehmen«, kläre ich ihn auf. »Er legt mir später noch Handschellen an.«

Erkenntnis breitet sich auf Alessios Gesicht aus. »Du gehst als sein gefolterter Gefangener.«

»Exakt.«

»Eine Botschaft für de Luca und auch für Arianne, sollte sie das mitbekommen«, schlussfolgert er.

»Ja«, stimme ich zu.

»Nicht die schlechteste Idee.«

»Aber die schmerzhafteste«, meine ich und reibe mir über meine angespannte Schulter, bevor ich an meinem Kaffee nippe.

Fünfzehn Minuten später stößt Dom zu uns an den Esstisch, er trägt, ebenso wie Alessio, ein schwarzes Hemd und eine blutrote Krawatte.

»Wir müssen los«, drängelt er. Ich nehme den letzten Schluck aus meiner Kaffeetasse, ehe ich mich erhebe.

»Ich habe dir Klamotten rausgesucht«, sagt Dom an mich gerichtet. Seine ganze Haltung ist angespannt, er wirkt für alles bereit. »Zieh dich bitte um und beeil dich.«

Gerne würde ich ihm sagen, wie gut er in seinem Aufzug aussieht, aber das wäre mehr als unpassend zu diesem Zeitpunkt. Deshalb verschwinde ich schweigend in dem Gästezimmer und sehe mir an, was er für mich bereitgelegt hat.

Eine dunkle Jeans, ziemlich eng, dazu ein schwarzes Hemd, kurzärmlig, damit man die Blutergüsse überdeutlich sehen kann. Ohne zu Murren ziehe ich alles an und begebe mich zurück zu den Marino-Brüdern, die bereits im Eingangsbereich auf mich warten. Doms Blick huscht einmal über mich.

»Steht dir gut«, befindet er.

»Du hast ein Faible für enge Jeans, schätze ich«, kommentiere ich. Der Anflug eines Lächelns zeichnet sich auf seinen Zügen ab, er wird jedoch schnell wieder ernst.

»Gib mir deine Hände«, befiehlt er und ich strecke sie ihm hin. Kurz, aber fest, sieht Dom mir in die Augen, während er meine Handgelenke umschließt.

»Letzte Chance für einen Rückzieher.«

»Rückzieher sind so gar nicht mein Ding«, erkläre ich.

»Tu, was ich dir sage«, rät Domenic mir. Wieder kreuzen sich unsere Blicke. »Sonst werde ich dich bestrafen müssen.«

»Ich kenne meinen Platz«, verspreche ich ihm. »Für heute.«


Einer von Marinos Leuten fährt uns in dem Geländewagen zum Friedhof. Ich bin so angespannt wie lange nicht mehr, jeder meiner Muskeln ist zum Zerreißen gespannt, aber wenn ich mich so umsehe, geht es sowohl Domenic als auch Alessio ähnlich.

Beide Brüder reden kein Wort, sie starren aus dem Fenster, jeder scheint seine eigenen Sorgen und Probleme im Kopf zu haben. Ich sitze wortwörtlich zwischen ihnen, halb gegen Dom gelehnt, der besitzergreifend eine Hand auf meinen Oberschenkel gelegt hat. Ich selbst atme gegen den Schmerz und die aufkommende Nervosität an.

Schließlich ist es soweit, wir kommen an unserem Ziel an, der Fahrer verlangsamt sein Tempo.

»Wir sind da, Boss«, verkündet er.

Dom drückt ein letztes Mal meinen Oberschenkel, dann öffnet er die Tür und steigt aus. Mit klopfendem Herzen sehe ich auf seinen Rücken, habe einen Moment panische Angst davor, dass er mit einem einfachen Schuss niedergestreckt wird. Das Gefühl vergeht auch nicht, als er sich herumdreht und nach meinem Arm greift, um mich rauszuziehen.

Stolpernd komme ich auf die Beine, lehne mich gegen den Wagen und versuche, mein Gleichgewicht zu halten. Kurz tanzen schwarze Punkte vor meinen Augen, ehe ich alles klar sehe. Automatisch strecke ich die Schultern durch und entspanne meine Handgelenke, die hinter meinem Rücken gefesselt sind.

Strahlend blauer Himmel empfängt den Tag, kein Wölkchen ist zu sehen und passt so gar nicht zu der düsteren Stimmung, die sich über den Platz gelegt hat. Etliche Menschen stehen bereits auf dem Schotterweg vor den Toren des Friedhofs.

Dom gibt einem seiner Männer ein Zeichen, dann kehrt er mir den Rücken zu und läuft voraus.

»Los«, befiehlt Ricardo und gibt mir einen Stoß, damit ich Domenic folge. Er selbst bleibt hinter mir. Er ist der einzige Bodyguard für die Marinos, ansonsten schreiten Alessio und Dom ganz ungeschützt auf die Menschenmenge zu.

Man macht ihnen Platz und die Schneise vergrößert sich, die Leute tuscheln hinter vorgehaltener Hand, aber niemand traut sich, sie anzusprechen. Wachsam sehe ich mich rechts und links um, versuche, vertraute Gesichter auszumachen, doch es sind nur Fremde für mich. Vielleicht sogar interessierte Besucher, die sich dem Nervenkitzel hingeben, wohlwissend, dass heute ein Tag des Friedens ist.

Als wir den großen Metalltoren des Friedhofs näherkommen, höre ich die Musik, die der Wind zu uns herüberträgt. Leise italienische Worte, gesungen von einer rauchigen Männerstimme, melancholisch, die Sätze kaum zu verstehen, und dennoch löst die Melodie ein wehmütiges Ziehen in meiner Brust aus.

Mein Blick bleibt an Domenics Rücken hängen, seine Schultern spannen sich unter dem schwarzen Hemd, weil er so angespannt ist.

Vertraut er nicht darauf, dass heute alle ihre Waffen niederlegen, oder macht ihn etwas anderes nervös? Ich wünschte, ich könnte ihn das fragen, wünschte, ihn zur Seite ziehen zu können und für einen Moment vergessen, wo wir uns gerade befinden. Wie gerne würde ich ihn umarmen, seine Schultern massieren und ihm versichern, dass alles gut ist.

Aber natürlich tue ich nichts davon.

Die Musik wird lauter, je tiefer wir ins Innere des Friedhofs gelangen. Wir passieren Gräber und Grabstätten, überall zwischen ihnen stehen Leute, beobachten, schweigen, tuscheln. Und schließlich kommen wir zum Herzen des Friedhofs, zum Grab von Domenico Marino, Doms Vater, seinem Peiniger, den er unter eben diese Erde gebracht hat.

Der Grabstein ist aus schlichtem schwarzem Stein, doch es ist das große Jesuskreuz dahinter, das die Aufmerksamkeit auf sich zieht. Es ist aus Stein gemeißelt, die Details so fein und klar, dass man selbst blutige Tränen erkennen kann.

In meinem Magen liegt inzwischen ein eisiger Klumpen, der alles in mir kalt werden lässt. Wenn ich daran denke, was dieser Bastard Domenic alles angetan hat, will ich nichts lieber tun, als die Statue mit einem Vorschlaghammer zerstören, will alles von seinem Andenken vernichten, nur, weil er Hand gegen meinen Dom erhoben hat.

Dabei kenne ich nur einen Bruchteil dessen, was vorgefallen sein muss.

Ricardo greift nach meinen Handschellen und zieht mich zurück, wir drängen uns in die Menge, unmittelbar neben den Grabstein. Hier stehen auch die anderen Leute aus der Marino-Familia, ich erkenne sie wieder. Talinas Blick bleibt einen Moment länger an mir hängen, dann tupft sie sich die Tränen weg und blickt zu ihren Cousins.

Dom und Alessio bleiben direkt vor dem Grab stehen, beide haben die Hände vor dem Körper verschränkt. Sie beten. Oder verfluchen ihren Vater, der hoffentlich in der Hölle schmort.

Dasselbe Lied beginnt von vorne, wieder besingt die rauchig-sinnliche Stimme die Jugend und die Zeit, die viel zu schnell verfliegt. Ich schlucke angespannt und sehe erneut durch die Menge.

Hier im vorderen Bereich stehen nicht nur Marinos Leute, ich erkenne zu meinem Entsetzen auch welche von de Lucas Bodyguards. Flach atme ich gegen die aufkommende Panik an und balle die Hände in meinen Fesseln zu Fäusten.

Meine Aufmerksamkeit wird zurück auf die Brüder gelenkt, als Dom nach der Kreuzkette an seinem Hals greift und sie bedächtig auszieht. Er kniet sich hin und hängt die Kette um den schwarzen Grabstein. Sein Gesicht ist eine emotionslose Maske, als er mit den Fingern über die eingravierten Buchstaben fährt. Dann erhebt er sich wieder und gemeinsam mit Alessio tritt er zur Seite. Sie beide stehen mir nun schräg gegenüber, doch keiner von ihnen würdigt mich eines Blickes.

Ich war so abgelenkt von Domenic, dass ich nicht gemerkt habe, dass Emilio de Luca sich den Weg durch die Menge gebahnt hat.

Er trägt, im Gegensatz zu allen anderen, einen Anzug komplett in Weiß, Schweißflecken haben sich bereits auf seinem Jackett gebildet. Mit einer Handbewegung wischt er sich den Schweiß von der Glatze, ehe er seinen Hut wieder aufsetzt und an das Grab tritt.

Er nickt Domenic zu, ehe er sich mit verschränkten Händen dem Grab zuwendet. Seine Lider schließen sich, während seine Lippen stumme Worte sprechen.

Mein Körper ist so gespannt wie eine Feder. Ich vertraue ihm nicht. Wie kann er es überhaupt wagen, einfach aufkreuzen und gute Miene zum bösen Spiel machen? Dieser Heuchler. Ich wünschte, meine Hände wären frei, damit ich ihn eigenhändig umbringen kann.

Er beendet sein Gebet und dreht sich vollends zu Domenic um.

*Fass ihn nicht an.*

Wenn er ihn berührt, werde ich ihm umbringen.

*Fass ihn bloß nicht an.*

»Wie kannst du es wagen, einen Gefangenen zu so einem heiligen Tag mitzubringen?«, zischt Emilio de Luca, laut genug, damit die Umstehenden es hören können, einschließlich mir.

Fuck, was hat dieser Bastard vor?

»Wichtige Gefangene behält man besser im Blick«, erwidert Domenic ruhig. Ich könnte ihm nicht so gefasst gegenüberstehen, ich wäre schon längst ausgeflippt, allein de Lucas Anblick reicht dafür aus.

»Du solltest besser ein für alle Mal einen Schlussstrich ziehen«, rät de Luca scharf.

Domenic legt den Kopf leicht schief. »Sagst du mir, ich solle Blut vergießen, ausgerechnet an diesem Tag?«

Damit hatte Emilio offenbar nicht gerechnet, denn er gerät kurz ins Stocken. Schließlich schnaubt er. »Nicht doch, mein Junge. Heute nicht.«

»Gut.« Dom wendet demonstrativ den Blick ab und de Luca gibt sich nicht die Blöße, dreht sich ebenfalls weg und geht zurück zu seinen Leuten.

Weitere Menschen treten vor, aber ich achte nicht mehr auf ihn, sondern behalt de Luca aus dem Augenwinkel im Blick.

Schließlich verebbt die Musik und es kommt Bewegung in die Menge. Scheinbar ist dieser Teil des Tages vorbei.

Ricardo gräbt die Finger in meinen Arm und zieht mich zurück. »Du kommst mit mir mit«, verkündet er. »Wir geben den Söhnen noch ihren privaten Moment, um Abschied zu nehmen.«

Ich will nicht weg von Domenic, will ihn nicht aus den Augen verlieren, aber Ricardo lässt mir keine andere Wahl.

Das Traueressen findet in einem Restaurant nah des Friedhofs statt. Talina hat es vorgeschlagen und mir war es ehrlich gesagt egal.

Die Gaststätte wurde für diesen Tag geräumt und die Küche von unserem privaten Catering übernommen, sodass wir uns keine Sorgen über solch unwichtige Sachen wie Vergiftungen machen müssen.

»Check die Küche, überprüfe dort alles«, weise ich Talina dennoch an, ehe ich vortrete und gemeinsam mit Alessio zu einem der runden Tische am Ende der weitläufigen Fläche gehe. Von unserem Platz aus haben wir einen guten Überblick über die knapp hundert exklusiven Gäste, die zu diesem Essen eingeladen wurden.

Der linke Platz neben mir bleibt leer, er wäre für Arianne reserviert, aber wie erwartet taucht sie nicht auf. Weder sie noch Richie. Nur de Luca hat sich hergetraut und läuft nun selbstgefällig auf uns zu. Ja. Er hat einen Platz an unserem Tisch, sein Name steht geschwungen auf dem kleinen Kärtchen direkt neben Aris leeren Platz. Er hat Vanessa mitgebracht, die er sogleich auf den Platz neben sich zieht. Sie sitzt mir gegenüber, die Augen noch leerer als bei unserer letzten Begegnung.

»Wo ist deine liebreizende Schwester?«, fragt de Luca scheinheilig.

»Sie hat sich den Magen verdorben«, sage ich und lasse den Blick wachsam über die Leute schweifen, die nach und nach ihren Platz einnehmen. »Sie wird den Festlichkeiten heute nicht beiwohnen.«

»Wie schade.« Seine Stimmlage ist neutral, dennoch würde ich ihm für diese zwei Worte am liebsten die Faust ins Gesicht rammen.

Ich zügle mein Temperament und nicke nur. »Nun. Das passiert, wenn man nicht auf seinen großen Bruder hört.« Demonstrativ sehe ich Emilio in die Augen. »Ich habe ihr gesagt, sie soll die Finger davon lassen. Jetzt muss sie leiden.«

De Lucas Mundwinkel kräuseln sich nach oben. »Wir sprechen von verdorbenen Meeresfrüchten, oder nicht?«

»Natürlich. Wovon sonst?«

Inzwischen haben sich alle ihren Platz gefunden. Am anderen Ende des Raumes stehen mehrere meiner Leute und behalten das Geschehen im Blick. Unter ihnen ist Mason. Immer noch mit hinter dem Rücken gefesselten Händen, das schwarze Hemd spannt sich verführerisch um seinen sehnigen Körper. Blutergüsse und Schnitte zieren seine Oberarme und den Hals, er kaut auf seiner aufgeplatzten Lippe und sieht immer wieder unruhig hin und her. Bei jeder Bewegung von Ricardo zuckt er leicht zusammen.

Er spielt seine Rolle gut. Oder macht ihn tatsächlich etwas nervös?

Ich erhebe mich von meinem Platz und räuspere mich. Alle Blicke liegen nun auf mir, einschließlich Masons. »Vielen Dank für euer Kommen«, beginne ich. »Heute jährt sich der Todestag meines Vaters. Er hat mir mit seinem Tod ein Vermächtnis hinterlassen und sein vergossenes Blut hat uns diesen Tag des Friedens geschenkt, ein Tag, an dem die Waffen niedergelegt werden. Ich danke euch allen dafür. Und nun genießt das Mahl, exklusiv zubereitet von den Topchefs Italiens.«

Reges Klatschen erfüllt die Gaststätte und wie aufs Kommando öffnen sich die Türen der Küche und die Kellner bringen die Speisen zu den Tischen.

»Eine schöne kleine Rede.« De Luca mustert mich mit schiefgelegtem Kopf. »Und doch höre ich kein Bedauern heraus, dass du derjenige warst, der das Blut vergossen hat.«

»Es gibt nichts zu Bereuen. Alles lief, wie es laufen musste.«

Emilio schnaubt, aber ich beachte ihn nicht mehr, beobachte stattdessen die Kellner, die Buscetta an den Tisch bringen und von jedem

Gast die Bestellung des Hauptganges aufnehmen.

»Und was ist mit dem kleinen Amerikaner?« Emilio macht eine abfällige Geste zum anderen Ende des Raumes. Zu Mason. Emilio sitzt schräg, sodass er ihn nur aus dem Augenwinkel sehen muss, dennoch scheint ihn seine Anwesenheit mächtig zu stören. *Gut so.* »Warum zur Hölle lebt er noch?«

»Was ich mit meinen Gefangenen mache, geht dich nichts an.«

»Ein Gefangener.« Emilio macht ein gespielt nachdenkliches Gesicht. »Er sieht eher aus wie ein Pitbull. Ein dämlicher Köter, der aufspringt, um sein Herrchen zu beschützen.«

Blinzelnd sehe ich in de Lucas blutunterlaufene Augen. Erst jetzt fällt mir auf, wie müde er aussieht. Als habe er wochenlang nicht geschlafen. Da hilft auch sein gehässiges Grinsen nichts.

»Achte nicht auf mich, achte auf deinen kleinen Köter. Wenn ich die Hand ganz beiläufig an die Innenseite meines Jacketts gleiten lasse, als würde ich nach einer Waffe greifen, ist Mason jederzeit bereit, einzugreifen. Habe ich recht?«

Ja, tatsächlich. Ricardo muss ihn sogar festhalten, damit Mason nicht einfach losstürmt, seine Muskeln sind angespannt, sein Blick auf mich fokussiert.

Alessio neben mir, der bisher ganz still gewesen ist, wird unruhig, aber ich habe für de Lucas Beobachtung nur ein Schulterzucken übrig.

»Früher oder später wird Sizilien ihn brechen«, gebe ich schlich zurück.

»Oh nein, Domenic.« De Luca beugt sich ein Stück zu mir, in seinen Augen blitzt purer Hass auf. »Früher oder später werde *ich* ihn brechen. Irgendwann werde ich an ihn rankommen und dann werde ich all die aufgestaute Wut an ihm herauslassen. Er hat mich mehr als nur einmal betrogen, hat einen meiner Männer auf dem Gewissen und mir eine Narbe zugefügt. Dein kleiner Köter wird auf die qualvollste und grausamste Weise sterben, das verspreche ich dir, mein Junge.«

Ruhe. Gelassenheit. Abgebrühtheit.

All die Dinge, die ich mir schmerzlich antrainieren musste bei den Bestrafungen meines Vaters. Ich dachte, sie perfektioniert zu haben, aber nun scheinen sie mir abhandenzukommen. Die Vorstellung, dass Mason bei de Luca landet, völlig schutzlos, sprengt alle Grenzen in mir.

Ich weiß, dass ich das auf keinen Fall zulassen darf und gleichzeitig werde ich Mason in wenigen Tagen vollkommen freiwillig an ihn übergeben.

Verdammt.

Warum habe ich nur in Christians Club mit ihm geschlafen, warum habe ich gestern das Bett mit ihm geteilt, warum zur Hölle habe ich jemals zugelassen, dass wir uns so nahe kommen?

Der Hauptgang wird serviert, dabei hat niemand an unserem Tisch die Vorspeise angerührt. Ich umfasse Gabel und Messer und widme mich meiner Cannelloni, Alessio neben mir tut es mir gleich. An den anderen Tischen wird geredet und hin und wieder gelacht, was die angespannte Stille an unserem Tisch noch überdeutlicher werden lässt.

Ironischerweise hilft es meinen Nerven, immer wieder zu Mason sehen zu können, seinen Blick aufzufangen, meinen über ihn gleiten lassen zu können. Es ist wie Balsam auf meiner Seele.

Alessio hingegen kann seine Unruhe kaum verbergen.

Ich weiß, wie schwer es meinem Bruder fallen muss, in de Lucas Nähe zu sein. Im Gegensatz zu mir hat er nicht regelmäßig mit ihm zu tun, hat sich nicht schon längst daran gewöhnt, seine Stimme und sein widerliches Lachen zu hören, hat sich nicht damit abgefunden, mit ihm klarkommen zu müssen.

Ich wünschte, ich könnte ihm all das erspa-
ren, könnte dieses Essen einfach vorspulen bis
zu diesem Moment, in dem ich Emilio de Luca
endgültig die Lichter auspuste.

So müssen wir beide abwarten und leiden.
Leiden, bis dieser Moment endlich vorübergeht.

»Wenn ich dir noch einen Tipp geben darf«,
verabschiedet de Luca sich am frühen Abend.
Sein stechender Blick gleitet zu Alessio, der
sich daraufhin anspannt. »Masons Blut ist
nicht das einzige, das vergossen werden muss.
Du hattest kein Problem damit, deinen Vater
umzulegen, um an die Macht zu kommen.
Dann solltest du gottverdammt nochmal endlich den Mut aufbringen, auch deinen älteren
Bruder ins Grab zu bringen.«

Er hat unrecht, mit allem.

Ich habe meinen Vater nicht umgebracht, um
an seine Macht zu kommen. Ich habe ihn getötet, weil er meinen Geschwistern wehgetan hat.

Und ebenso wie der Bastard, der nun hoffentlich in der Hölle schmort, liegt auch de
Luca in diesem Punkt daneben. Die Liebe zu
meinen Geschwistern macht mich nicht
schwach.

Sie macht mich stärker, als er jemals sein
kann.

Dieser Gedanke hallt in meinem Inneren wider, als ich gemeinsam mit Alessio die Gast-

stätte verlasse und einen letzten Blick zurück in das nun leere Gebäude werfe. Genau diese Liebe hat mir immer geholfen, alles zu überstehen. Sie wird mir auch helfen, Mason gehen zu lassen, weil ich weiß, für was ich das tue. Für Arianne. Nicht nur für meine *Familia*, sondern für meine wahre kleine Familie, die mir schon immer alles bedeutet hat.

Ich werde das überstehen. Auch wenn sich allein der Gedanke daran, Mace zu verlieren, unvorstellbar anfühlt.

Mason erwartet uns bereits in Alessios Zuhause. Er hat das Hemd gegen einen schwarzen Pullover getauscht, der seine Verletzungen und all die Tattoos verdeckt, was ihn fast unschuldig wirken lässt.

»Alles okay?«, fragt er und lässt den Blick zwischen Ace und mir hin- und herwandern.

»Es lief alles reibungslos«, erkläre ich. »Ich muss unter die Dusche.« Ich will nichts lieber, als mir den heutigen Tag vom Körper zu waschen.

»Ich ebenso. Hast du schon was gegessen?«, fragt mein Bruder. Er sieht genauso müde aus, wie ich mich fühle.

»Ich habe keinen Hunger«, meint Mason, woraufhin Alessio nickt und sich in Richtung Badezimmer verziehen will. Ich komme ihm jedoch zuvor, greife nach seinem Arm und halte ihn fest. Überrascht fährt er zu mir herum, aber ich sage nichts, sondern schließe ihn nur in die Arme.

Einen Moment versteift er sich, dann lässt er sich gegen mich fallen und hält mich ebenso fest, wie ich ihn.

»Danke«, flüstert er mir zu. Mein Herz ist warm und schwer und tut so höllisch weh, dass ich es mir am liebsten selbst aus der Brust schneiden will. Tage wie heute reißen alte Wunden auf, von denen ich dachte, sie schon längst überwunden zu haben. Aber nun stehe ich wieder da und wieder muss ich mich mit altem Schmerz abfinden. Wird das jemals vergehen?

Schwerfällig lasse ich Alessio los und blinzle ihm hinterher, ehe ich mich tief durchatmend zu Mason herumdrehe.

»Keinen Hunger, hm?«, frage ich matt. »Was ist passiert?«

»Nichts Besonderes. Ricardo hat mich nur beim Transport ziemlich heftig getroffen und mein Magen schmerzt noch von seinem Tritt.«

Zugegeben, ich habe Ricardo angewiesen, grob zu Mason zu sein, aber jetzt bin ich wütend darüber. Verdammt, wenigstens einem von uns sollte es gut gehen.

»Komm mit mir unter die Dusche«, bitte ich ihn und laufe voraus, Mace folgt mir sogleich. Schweigend durchqueren wir das Gästezimmer und entkleiden uns im Bad. Ich drehe das Wasser auf und warte kurz, bis es warm genug ist, ehe ich darunter trete. Mason folgt mir, der Blick huscht fast schon scheu zu mir.

»Mach noch einen Schritt näher«, weise ich an und richte den Duschkopf so aus, dass auch er warmes Wasser abbekommt. Dann greife ich nach dem Duschgel und verreibe es in meinen Händen. Vorsichtig beginne ich damit, Masons Schultern einzuseifen, lasse die Hände sacht über seine Blutergüsse und Verletzungen gleiten.

War das alles umsonst? De Luca zumindest hat etwas anderes gesehen. Hat bemerkt, wie Mason mich im Blick behält.

Er war in Handschellen gefesselt, verletzt, ein Gefangener und dennoch hat er nur darauf geachtet, ob ich in Gefahr bin.

Dieser Gedanke lässt den Kloß in meinem Hals wachsen. Ich senke den Kopf, spüre das Wasser nun warm in meinem Nacken, und küsse seine Stirn. Überrascht hebt Mace den Kopf, seine Lider flattern, er streckt sich weiter zu mir, aber ich kann ihn jetzt nicht auf den Mund küssen.

Nicht jetzt und vielleicht nie wieder. Unsere gemeinsame Zeit läuft unaufhörlich ab.

Stattdessen drehe ich ihn herum, nehme noch mehr von dem Duschgel und reibe seinen Rücken damit ein, streiche mit dem Finger über meine Initialen.

»Domenic«, wispert Mace, seine Stimme in dem prasselnden Wasser kaum zu verstehen. Meine Finger kneten seinen Hintern, während meine Lippen seinen Nacken liebkosen. Mit einem zufriedenen Seufzen entspannt Mason die Schultern und lässt sich gegen mich sinken.

Ich könnte ewig so mit ihm stehen. Nichts tun, nichts sagen, nur fühlen, wie warm seine Haut sich unter meinen Lippen anfühlt.

Aber irgendwann wird das Wasser kalt und wir verlassen die Dusche. Ich reibe mir mit dem Handtuch die Haare trocken und lasse mich seufzend auf das Bett fallen. Mason, der sich ebenso wie ich wieder halb bekleidet hat, setzt sich im Schneidersitz neben mich. Ich stützte den Oberkörper auf die Hände und neige den Kopf zu ihm. Sein Blick brennt sich auf meine Haut.

»Was geht dir durch den Kopf?«, fragt er.

Tief atme ich durch. »Jedes Jahr wird dieser Tag schwerer. Dabei sollte es leichter werden, oder nicht? Ich sollte es verdammt nochmal endlich hinter mir lassen können.« Ich sollte nicht immer noch die Stimme meines Vaters im Kopf haben.

»Sei nicht so hart zu dir«, sagt Mace leise. »Es darf schwer sein. Es darf besser und schlechter werden und manche Dinge dürfen auch niemals überwunden werden. Das ist okay. Dir sind schlimme Dingen passiert, Dom. Lass es okay sein.«

Humorlos lache ich auf. »Woher kommen diese weisen Worte?«

»Fuck, ich will eigentlich gar nichts sagen, ich versuche nur, mich davon abzuhalten, dich zu küssen.« Das klingt schon eher nach meinem Mason.

»Versuch es weniger.«

Das Braun in Masons Augen wird weich wie flüssige Schokolade. Er befolgt meinen Rat, leckt sich über die Lippen und küsst mich endlich. Vergessen sind meine guten Vorsätze, ich weiß nur noch, dass ich nichts lieber will, als ihn zu schmecken.

Sanft, fast neckend, umspielt er meine Zunge mit seiner, umfasst mein Kinn mit einer Hand und fixiert meinen Kopf.

Wir lösen uns voneinander und ich drehe den ganzen Körper zu ihm, um mir nicht den Hals zu verrenken. Mason küsst meine Wange, meinen Kiefer, rutscht dichter zu mir und macht sich an meinem Hals zu schaffen, während er immer noch mein Kinn festhält. Er kommt mir noch näher, setzt sich schließlich rittlings auf meinen Schoß und presst sich an mich.

Meine Augen fallen zu, ich schlinge einen Arm um ihn und lasse zu, dass er sanfte Küsse auf meinen Hals und das Schlüsselbein haucht. Das fühlt sich so gut an. Er fühlt sich gut an. Seine Nähe, sein Geruch, seine Fingerkuppen auf meiner Haut.

Mason lässt mein Gesicht los und legt die Finger sanft an meine Kehle, sein Daumen streicht federleicht über meinen rasenden Puls. Mit der Zunge fährt er von meinem Hals bis zu meinem Ohr und ich neige den Kopf, seufze zufrieden.

»Du schmeckst so gut«, raunt Mason gegen meine Haut. »Fuck, ich hätte niemals gedacht, so süchtig zu werden.«

»Nach Sex?«, hake ich nach.

»Nach dir«, konkretisiert er und knabbert an meinem Ohrläppchen. »Nach deiner Nähe. Nach diesem Gefühl, das du in mir auslöst.«

»Welches Gefühl?«

Mason lässt von mir ab und lehnt den Oberkörper zurück, damit er mich ansehen kann, die Hand nach wie vor an meinem Hals. Der leichte Druck, den er dabei ausübt, lässt meine Nerven flattern. Irgendwie mag ich dieses aufregende, nervöse Herzklopfen, das ich dabei verspüre.

»Die Wärme, die mir bewusst macht, dass mein Herz immer noch schlägt.« Mace lehnt die Stirn gegen meine und für einen Moment atmen wir dieselbe Luft. »Die mir bewusst macht, wofür es sich lohnt, weiterzukämpfen.«

Das Kribbeln, ausgehend von meinen Lippen, auf die sein warmer Atem trifft, breitet sich über meinen ganzen Körper aus. Dann geht alles ganz schnell.

Ich wechsle die Positionen, drücke ihn nun in die Matratze und beuge mich über ihn. Wie von selbst kreuzt Mace die Hände über dem Kopf und ich fixiere sie dort, während ich ihn stürmisch küsse. Sein Körper bäumt sich unter mir auf, er spreizt die Beine und schlingt sie um meine Hüften. Ich stöhne in den Kuss hinein.

»Gott, Domenic.« Mason lächelt zu mir auf. »Alles, was du tust, macht mich so an.«

Ich lasse seine Hände los, um sein Gesicht zu umfassen. Bedächtig wandert mein Blick über seine Züge. Vor wenigen Wochen noch hätte ich niemals erahnen können, dass ich ihn so gerne ansehe. Dass ich gar nicht genug von ihm bekomme. Ich habe ihn schon gefühlt eine Million Mal berührt und doch ist es nie genug. Niemals.

Mace nutzt die Freiheit seiner Hände, mobilisiert seine Kräfte und wechselt unsere Position wieder. Jetzt sitzt er auf meinen Hüften und lässt die Hände langsam über meinen Oberkörper wandern.

»Ich hatte so Angst um dich«, flüstert er, beugt sich vor und küsst mein Kinn, dann meinen Hals.

»Um mich?«

»Ja. De Luca war dir so nah. Diesem Bastard traue ich alles zu.«

Ein halbes Lächeln zieht an meinen Mundwinkeln. »Was hättest du getan, wenn er versucht hätte, mich umzubringen?«

Mace hebt den Kopf und sieht mir fest in die Augen. »Fuck, allein die Vorstellung macht mich wütend, Dom. Niemand fasst mein Eigentum an.«

*Mein Eigentum.*

Ich richte mich halb auf, komme ihm damit näher. Wir lassen beide den Blick über das Gesicht des jeweils anderen gleiten, meiner bleibt schließlich an seinen Lippen hängen. »Du gehörst mir, Mace. Nicht andersherum«, stelle ich klar.

»Rede dir das gerne weiter ein, mein Schatz«, neckt er mich. Spielerisch beiße ich ihm in die Lippe und küsse ihn dann. Schnell wird unser Kuss hitziger, Mason drückt gegen meine Brust und zwingt mich, mich wieder hinzulegen. Seine Lippen wandern weiter, machen halt an meiner Brust, wo er erst den einen, dann den anderen Nippel mit der Zunge umspielt.

Stöhnend sinke ich tiefer in die Matratze und schließe die Augen. Er küsst und leckt über meinen Bauch, seine Finger schlüpfen unter den Bund der Boxershorts. Er schiebt sie herunter und ich hebe die Hüften, damit er sie abstreifen kann. Ich seufze gedehnt, als er meinen Schwanz in den Mund nimmt.

»Deine Blowjobs werden immer besser«, sage ich, als er mich tief aufnimmt, den Mund geschickt vor- und zurückbewegt. Er lässt von mir ab, leckt einmal um die komplette Länge, bevor er wieder zu mir hochrutscht. Sein warmer Atem trifft meine Lippen und ich öffne die Augen.

»Heute darfst du wählen«, raunt er mir zu. »Was willst du? Was *brauchst* du?«

Einen Moment lang sehe ich in das Braun seiner Iris. »Fick mich«, sage ich dann rau.

Mason stockt, Unglauben huscht über seine Züge, doch das verschwindet schnell wieder. Er umfasst meine Wangen mit beiden Händen und sieht mir fest in die Augen. In seinen Iriden lodert ein Feuer. »Das lasse ich mir normalerweise nicht zweimal sagen, aber ich bin so fair wie du und gebe dir Gelegenheit, deine Meinung innerhalb der nächsten fünf Sekunden zu ändern.«

Ich will meine Aussage nicht revidieren, ganz im Gegenteil. De Luca hat mich missbraucht, als ich sechzehn Jahre alt war, auf die Anweisung meines Vaters hin. Damals habe ich mir geschworen, mich niemals wieder auf diese Weise von einem Mann berühren zu lassen, aber ich habe es satt, mit den Schatten meiner Vergangenheit zu leben.

Ich will weder de Luca noch meinem Vater die Macht geben, mein jetziges Leben zu bestimmen.

Und es ist Mason, verdammt. Es ist Mason und das ist die einzige Tatsache, die wichtig ist.

»Fick mich«, wiederhole ich.

»Gut, denn deine Zeit ist auch um«, raunt er und küsst mich. Seine Hände wandern fiebrig über meinen Oberkörper, kneten und streicheln, während seine Zunge stürmisch meinen Mund erobert.

Jetzt ist er dran. Jetzt übernimmt er die Führung und so wie er sich mir all die Male untergeordnet hat, tue ich es nun bei ihm. Er dreht mich auf den Bauch, angelt nach dem Gleitgel und küsst meinen Nacken. Ich stützte die Unterarme auf der Matratze ab und schlucke, als seine Finger meinen Hintern kneten.

»Einmal tief durchatmen«, flüstert er mir zu, seine Worte kitzeln warm meine Ohrmuschel. »Entspann dich. Lass dich fallen.«

Viel einfacher gesagt, als getan, aber als er einen Finger einführt und dann genau den richtigen Punkt trifft, lösen sich auch die letzten Zweifel auf. Damals hatte Mason mir zugesichert, sanft zu mir zu sein, und dieses Versprechen löst er nun ein, küsst immer wieder meine Haut, massiert mit der freien Hand meinen Nacken und verwöhnt mich währenddessen weiter unten mit den Fingern.

»Lass dir nicht zu viel Zeit«, keuche ich und kralle die Hände um das Laken. »Komm schon, Mace, ich halte einiges aus.«

»Das weiß ich, Domenic.« Erneut trifft er diesen bittersüßen Punkt der ultimativen Lust in mir und lässt mich stöhnen. Unglaublich. Niemals hätte ich gedacht, dass es sich so gut anfühlen könnte. »Aber im Moment gebe ich das Tempo an, mein Schatz.«

Frustriert seufze ich und drücke das Gesicht ins Kissen. Mace schiebt eine Hand in mein Haar, verwuschelt es noch mehr und zieht leicht daran, sodass ich den Kopf wieder anheben muss.

»Du bist ein Monster«, stöhne ich, meine Hüften zucken, als er den Druck erhöht.

»Bettel doch drum«, zieht er mich auf. Fest beiße ich die Zähne zusammen, will etwas erwidern, aber die Worte verlieren sich, als Mason meinen Hals küsst und mir zuflüstert: »Ich liebe dich, Dom.«

Eine Gänsehaut kriecht heißkalt über meinen ganzen Körper. Ich schlucke hart und drehe den Kopf. Mason versteht und kommt mir entgegen, um mich zu küssen.

»Vergiss das nie«, sagt er heiser. »Versprich mir, dass du es niemals vergessen wirst.«

Ich kann ihm gar nichts mehr versprechen, da er inzwischen die Finger zurückgezogen hat und sich langsam in mich schiebt. Brennende Leidenschaft erfüllt jeden Winkel meines Körpers, mein Kopf schaltet ab und ich konzentriere mich nur noch auf ihn. Auf das, was er mit mir macht.

Mace umfasst meine Hüften, seine Finger krallen sich fast schmerzhaft in mein Fleisch, während er sich tiefer in mich schiebt. Immer weiter. Ein Stoß. Ein weiterer. Quälend langsam, bedächtig, genießerisch.

»Du hattest Recht«, stöhnt er. »Es ist verdammt verführerisch, meine Initialen auf deinem Rücken zu sehen, während ich dich ficke.«

Mir entkommt ein heiseres Lachen, welches in einem Stöhnen untergeht, als er sein Tempo beschleunigt.

Mit jedem weiteren Stoß füllt er mich aus, nicht nur körperlich, sondern auch auf anderer Ebene. Es ist, als würde sein Geruch, seine Hände, sein Atem auf meiner Haut all die schlimmen Erinnerungen überdecken. Wie frische Farbe auf einem alten Holzzaun. Ja, sie sind noch da, aber sie werden unwichtiger, hallen nicht mehr wie ein Echo bis in die Gegenwart.

Und während wir beide uns in den Wellen der Lust verlieren, habe ich für einen Augenblick, für ein paar himmlische Minuten lang, tatsächlich das Gefühl, dass alles gut werden kann.

# 24. MASON

Neben Domenic aufzuwachen fühlt sich heute so bedeutend an, dass mein Herz ganz schwer und voll ist.

Er schläft noch, seine Gesichtszüge vollkommen entspannt, sein Atem geht gleichmäßig. Keine Albträume, die ihn heimsuchen, er strahlt pure Ruhe aus. Ich drehe mich zur Seite, um ihn besser betrachten zu können, und strecke den Arm aus, um eine Hand an seine Wange zu legen.

»Domenic«, wecke ich ihn sanft und streiche mit dem Daumen über seine stoppelige Haut. Seine Lider flattern und der ausgestreckte Arm zuckt leicht. Ich beuge mich vor und hauche ihm federleichte Küsse aufs Gesicht. »Aufstehen, *Sleeping Beauty*.«

»Ist es schon Morgen?«, fragt er mit rauer, schlaftrunkener Stimme.

»Alessio hat schon zweimal gegen die Tür geklopft, ich glaube, das bedeutet, wir sollen rauskommen«, informiere ich ihn mit einem Schmunzeln.

»Hm.« Dom verzieht unzufrieden das Gesicht, aber er reißt sich zusammen und wird endgültig wach. Er rollt sich aus dem Bett und streckt sich, bevor er sich frische Klamotten überzieht.

Ich hingegen bleibe liegen und beobachte ihn, was nicht so klug ist, da ich sofort Lust auf ihn bekomme. *Jesus*, warum muss er auch so heiß sein?

»Willst du kein Frühstück?«, fragt er mit einem Seitenblick auf mich.

»Doch.«

»Dann solltest du dich besser auch anziehen, *Tesoro*.« Dom streicht seinen Pullover glatt. »Oder soll ich dich wieder ans Bett fesseln und dich füttern?«

Murrend erhebe ich mich ebenfalls. »Das werde ich dir niemals verzeihen.«

Dom greift nach mir, als ich zum Schrank laufen will, und zieht mich ruckartig näher zu sich. Er schlingt einen Arm um meine Mitte und vergräbt die Nase an meinem Nacken. »Beschwer dich nicht über Sachen, die dir insgeheim gefallen«, raunt er mir zu.

»Und was ist mit dir?« Ich streiche mit den Fingern über seinen muskulösen Arm, der mich festhält. »Hat es dir gestern gefallen?«

Dom lacht leise. »Du kannst ja Alessio fragen, er hat sicher gehört, wie ich deinen Namen gestöhnt habe.«

Meine Lippen verziehen sich zu einem Grinsen, ich will ihn gerade bitten, das zu wiederholen, als es erneut gegen die Tür donnert.

»Eine Minute, sonst komme ich rein!«, droht Alessio, bevor seine Schritte wieder verklingen.

Dom seufzt und lässt mich los. »Zieh dich an, sonst wird Ace wirklich wütend.«

Er läuft voraus und überlässt es mir, mich zu bekleiden. Sobald ich ebenfalls das Zimmer verlasse und in die Küche trete, verspüre ich sofort die Veränderung. Es ist, als habe man eine Schwelle überquert von der harmonischen Traumwelt in die knallharte Realität.

»Trink einen Kaffee und iss etwas«, weist Alessio mich an und deutet auf einen Stuhl.

»Ja, Daddy.«

Er hebt eine Augenbraue und mustert mich einmal von oben bis unten. »Hast du inzwischen nicht gelernt, besser nichts zu sagen, was du nicht so meinst?«

»Oh«, entfährt es mir und ich schmunzle amüsiert. »Das wird ja richtig interessant.«

»Nicht für mich«, meint Domenic nüchtern, woraufhin ich den Blickkontakt mit Alessio unterbreche und mich zu ihm an den Tisch setze.

»Ist für heute etwas geplant?«, frage ich, wieder ernst, während ich nach der Kaffeekanne greife.

»Ja, Ricardo hat mir gerade geschrieben, er will mir etwas zeigen. Auf unserem Revier wurden mehrere verbrannte Leichen abgelegt, das kann kein Zufall sein.«

Alessio fährt bei dieser Info ruckartig herum. »Du glaubst doch nicht ...«

Er spricht den Satz nicht zu Ende, doch wir alle wissen, was er meint. *Arianne.* Ist Richies Frist schon abgelaufen und reagiert er nun entsprechend?

»Unwahrscheinlich«, beschwichtigt Domenic. *Aber nicht ausgeschlossen.* Ich erkenne, dass auch er angespannt ist, er trommelt unruhig mit den Fingern gegen sein Knie.

»Was ist mit diesem Ricardo?«, hake ich nach, um das Thema nicht zu vertiefen. Solange es keine Gewissheit gibt, lebt Ari. »Ich habe ihn bis gestern noch nie gesehen.«

»Er ist schon länger Teil der *Familia*«, erzählt Domenic. »Jetzt hat er Rescos Platz eingenommen und ist damit in meinen inneren Kreis eingekehrt.«

Unruhig rutsche ich auf meinem Platz herum. Der Appetit ist mir vergangen. »Lass mich mitkommen«, bitte ich ihn.

»Nein, ich werde mir das allein ansehen.«

»Vielleicht sind es welche aus Richies Clan. Ich könnte sie wiedererkennen.«

Domenic sieht mich von der Seite an. »Sie sind verbrannt. Man kann an ihnen gar nichts mehr erkennen.«

»Was ist mit ihren Klamotten oder Gegenständen, die sie bei sich getragen haben? Komm schon, lass mich nicht allein zurück und mich langweilen.«

»Könnte nicht schaden, ihn mitzunehmen«, meint Alessio. »Außerdem muss ich gleich auch weg und er kann nicht allein hierbleiben.«

»Na gut«, seufzt Domenic. »Dann ist es vielleicht gut, wenn du nichts isst. Das wird kein schöner Anblick.«

Dom behält Recht. Aber der süßliche Geruch, der überall in der Luft hängt, ist noch viel schlimmer. Wir sind an einen abgelegenen Teil Siziliens gefahren, hier gibt es weniger Häuser und mehr von der grünen, felsigen Natur, die Sizilien so einzigartig macht.

Das Bild von verkohlten Körperteilen zerstört die idyllische Panorama-Landschaft deutlich.

Ricardo wartet an dem Tatort bereits auf uns. Er nickt Domenic respektvoll zu und schenkt mir einen langen Blick.

Dario, Alessios Schützling wie es aussieht, und ein weiterer Mann sind an Domenics Seite. Sie beide haben ihre Hand an dem Kolben ihrer Knarre und beobachten die Umgebung wachsam.

»Ich habe noch nichts angefasst, Boss«, erklärt Ricardo.

»Gut«, meint Dom knapp und zieht sich Handschuhe über. Mir wirft er auch ein Paar zu. »Ich hoffe, du hast nichts dagegen, dir die Hände schmutzig zu machen.«

»Niemals«, bestätige ich und streife mir das Latex ebenfalls über. »Ich folge deiner Anweisung, schätze ich?«

»So habe ich es am liebsten.«

Trotz der angespannten Situation muss ich lächeln, aber das vergeht mir, als ich wieder zu Ricardo blicke.

»Hier scheint alles ruhig zu sein«, sagt Domenic an seine beiden Bodyguards gewandt. »Geht und checkt die Umgebung. Bis gleich.«

»Ja, Boss«, kommt es unisono zurück, ehe sie ausschwärmen. Domenic kneift die Augen zusammen und lässt den Blick über den Tatort schweifen, als wüsste er nicht, wo er zuerst anfangen soll.

Ein schweres Seufzen seinerseits, dann setzt er sich in Bewegung, direkt auf die Leichen zu. Doch soweit kommt er gar nicht. Ricardo, der schräg neben den verkohlten Überresten steht, holt aus und schlägt Dom den Ellenbogen ins Gesicht. Dieser stolpert perplex zurück, in meine Richtung.

»Ricardo, was-«, setzt er an, aber wie erwartet reagiert er nicht schnell genug. Er versteht nicht, was passiert, greift nicht rechtzeitig nach seiner Waffe, realisiert nicht früh genug, dass Ricardo ihn gerade angegriffen hat.

Und das gibt mir Gelegenheit, nach dem Kolben seiner Waffe zu greifen, die aus seinem Hosenbund hervorlugt, und sie ruckartig herauszuziehen.

»Mace.« Mein Name aus seinem Mund klingt so ungläubig und überrascht, dass ich fast ein schlechtes Gewissen habe, ihm mit der Waffe in der Hand einen heftigen Kinnhaken zu verpassen. Das Metall, das gegen seinen Kiefer kracht, muss höllisch wehtun.

»Verdammt!«, ruft Domenic aus.

»Weg hier, Roberts«, sagt Ricardo sofort, wohlwissend, dass Doms Bodyguards immer noch in der Nähe sind.

»Stopp.« Domenic macht einen Satz vor und greift nach mir, aber Ricardo verpasst ihm einen Tritt und bringt ihn damit aus dem Gleichgewicht. Uns bleibt genug Zeit, um die Beine in die Hand zu nehmen und zu laufen.

Ricardos Fiat steht zum Glück nur einen Hechtsprung entfernt, ich reiße die Tür auf und schmeiße mich auf den Beifahrersitz. Ricardo startet hektisch den Motor und fährt mit quietschenden Reifen los. Mein Herz donnert laut und schnell in meinem Brustkorb. Ich kralle mich in den Gurt und widerstehe dem Drang, zurückzublicken.

»Wir müssen es nur raus aus diesem Teil Siziliens schaffen«, sagt Ricardo schwer atmend. Ich nicke steif.

»Wo wird Richie auf uns warten?«, frage ich und konzentriere mich auf die Straße vor uns. Alles fühlt sich an wie im Tunnelblick.

»In de Lucas Anwesen. Er hat es zu seinem Hauptsitz gemacht.«

Trocken lache ich auf. »Typisch Richie.« Er nimmt sich alles, was er will.

»Noch sind wir nicht am Ziel«, bemerkt Ricardo und sieht nervös in den Rückspiegel. »Aber wenn jetzt nichts mehr schiefläuft, bringe ich dich zurück nach Hause.«

*Nach Hause.*

Alles in mir ist wie betäubt. Als hätte jemand den Pausenknopf gedrückt und meine Gefühle angehalten.

Dabei ist so viel in den letzten zwei Stunden passiert. So viel Hektik, Befehle, Handlungen. Dario und Enzo haben sich an Ricardos Fersen geheftet, ich habe die verkohlten Leichen eingetütet und Verstärkung gerufen, um sie abzutransportieren. Ich habe alle möglichen Leute kontaktiert, habe eine Großfahndung nach Ricardos Fiat rausgegeben und mich in diesem Zuge auch mit Romano kurzgeschlossen.

Doch jetzt, wo ich in Alessios Wohnzimmer sitze, fühlt es sich an, als wäre Mason mir erst durch meine Finger geglitten. Ich habe noch nach ihm gegriffen, habe den Saum seiner Klamotten an meinen Fingerspitzen gefühlt, aber er ist mir entkommen.

»Wir haben sie verloren, Boss.«

Dario muss mir die schlechte Nachricht überbringen und an seiner zitternden Stimme erkenne ich, wie schwer es ihm fällt. Alessio steht hinter ihm, mit verschränkten Armen und zusammengebissenen Zähnen. Ich sehe seinen aufeinandergepressten Kiefer selbst aus dieser Entfernung.

»Verloren«, echoe ich und erhebe mich. Darios Augen weiten sich kaum merklich. »Wie kann man ein Auto verlieren, nach dem halb Sizilien sucht?«

»T-tut mir leid«, stammelt Dario. »Enzo war ihnen auf den Fersen, aber ein anderes Auto hat uns von der Straße gedrängt.«

»Und was ist mit den anderen? Lucy und Al? Grey und Vin? Verdammt, Dario, ihr wart doch direkt hinter ihnen!«

»Geh jetzt, Dario«, weist Alessio an und schiebt ihn bereits Richtung Ausgang. Scheint, als wolle er ihn aus der Gefahrenzone bringen, ehe ich meiner Verärgerung Luft machen kann.

»Ich hab Neuigkeiten«, sagt mein Bruder, nachdem die Tür hinter seinem kleinen Schützling zugefallen ist. »Unsere Leute konnten mit Ricardos Schwester reden. Sie hat erzählt, dass er behauptet hat, in letzter Zeit große Geschäfte gemacht zu haben. Er hat seiner Mutter ein Haus in Italien gekauft und mehrere Millionen Euro von einem Konto zum anderen transferiert.«

»Sind unsere Leute jetzt schon käuflich?«, frage ich zwischen zusammengepressten Zähnen. Auf Sizilien wird Loyalität großgeschrieben. Niemals würde ich jemanden aus de Lucas Clan für meine Zwecke abwerben, denn Verrat steht für Tod. Aber diese Amerikaner aus Nashville brechen alle ungeschriebenen Regeln.

»Ricardo war mit Mason allein«, stelle ich fest und reibe mir die Stirn. »An Vaters Todestag, nachdem wir vom Friedhof zur Gaststätte gefahren sind. Dort müssen sie den Plan besprochen haben.«

Alessio verschränkt die Hände hinter dem Rücken, seine Schultern sind angespannt. »Ich habe ihm vertraut«, sagt er leise.

»Ich auch«, erwidere ich bitter. »Und nun haben sie Mason *und* Arianne.«

»Und was tun wir jetzt?«, fragt mein Bruder.

»Wir schlagen zurück. Es wird Zeit, dass ich dich in ein kleines Geheimnis einweihe: Ich arbeite seit über einem Jahr mit Romano zusammen. Wir haben geplant, de Lucas Clan ein für alle Mal auszulöschen und seine Ländereien untereinander aufzuteilen.«

»Was?« Alessio schüttelt verwirrt den Kopf. »Romano und du? Ihr seid euch doch nie einig.«

»Das ist nur Show. Wird Zeit, dass wir diese Partnerschaft öffentlich machen.«

»Bist du sicher? Wenn Romano wirklich zu uns steht, können wir dieses Geheimnis zu unserem Vorteil nutzen«, wendet Ace ein.

Tief atme ich durch. »Nicht mehr. Mason weiß es, weshalb Richie es auch bald weiß.«

Alessio löst die Verschränkung und hebt eine Augenbraue. »Du hast es Mason erzählt und nicht mir?« Er wirkt ernsthaft gekränkt, aber wir haben im Moment wichtigeres zu tun, als ihm das zu erklären.

Diese betäubte Leere in mir macht mich verrückt. Es fühlt sich so an, als wäre ich festgefroren in dieser Situation, in all den widersprüchlichen Gefühlen.

Es wird verdammt nochmal Zeit, dass wir den Amerikanern zeigen, wo ihr Platz auf Sizilien ist.

# 26. MASON

Nur dank der großzügigen Escorte schaffen wir es, heil an de Lucas Anwesen anzukommen.

»Richie hat ja die ganze Kavallerie auffahren lassen«, bemerke ich und sehe den Autos hinterher, die sich nun zurückziehen. Wir hingegen passieren große Flügeltüren, die sich vor wenigen Sekunden vor uns geöffnet haben. Bereits aus der Ferne konnte man die Villa hinter den dicken Stahlmauern erkennen.

»Rich wollte sichergehen, dass du gut ankommst«, bemerkt Ricardo. Er wirkt erstaunlich ruhig für jemanden, der soeben seine *Familia* verraten hat. Wir haben an dem Todestag von Domenico Marino bereits alles Einzelheiten besprochen, doch dieser Plan kam mir zu verrückt, zu waghalsig vor. Wie sollten wir es schaffen, direkt vor Doms Augen zu verschwinden?

Aber wir haben es geschafft. Ich hoffe nur, dass Ricardo keine Familie in greifbarer Nähe hat, da ich mir ziemlich sicher bin, dass Domenic diese nach seinem Verrat umlegen wird.

Apropos Verrat ...

Ich schlucke trocken und verdränge die Gedanken an ihn, an unsere letzte Nacht, an den heutigen Morgen. Konzentration ist angesagt.

Gleich werde ich auf Richie treffen und ich habe keine Ahnung, was auf mich zukommt. Es ist schon Wochen her, seit wir das letzte Mal gesprochen haben, so viel ist in der Zwischenzeit passiert. Ich war bei den Marinos eingesperrt und er hat offenbar de Lucas Clan infiltriert.

Ricardo hält auf dem Parkplatz vor dem Haus und ich atme tief durch, ehe ich aussteige. Mein Fahrer springt aus dem Wagen und läuft pfeifend zur Eingangstür. Noch bevor er sie erreicht, wird sie geöffnet und zwei Männer tauchen auf.

Mir entkommt ein befreites Lachen, als ich sie erkenne. Blake und Nathan, mit beiden habe ich in Nashville zusammengearbeitet.

»Ihr auch hier?«, frage ich mit einem Grinsen und laufe die wenigen Stufen hoch, um sie mit einem Handschlag zu begrüßen.

»Du bist abgehauen, wir sind dir nur nachgelaufen«, meint Blake, klingt aber amüsiert statt verärgert.

»Nichts für ungut, Mace, wir müssen dir die Waffe abnehmen«, erklärt Nathan hingegen ernst. Ich protestiere nicht und übergebe die Pistole, welche ich Domenic abgenommen habe. Nate übernimmt es auch, mich nach weiteren Waffen abzusuchen, was ich schweigend über mich ergehen lasse. Schließlich darf ich die Villa betreten.

Mit einem anerkennenden Pfiff sehe ich mich in dem Eingangsbereich um. Die ganze Einrichtung besteht fast nur aus Glas, der Boden aus glänzendem Marmor.

»Nicht schlecht, Emilio«, kommentiere ich und blicke zu dem großen Porträt, das beim Treppenaufgang hängt. Das Gemälde zeigt de Luca höchstpersönlich. Nun, darauf wurde er sehr vorteilhaft getroffen.

»Komm, ich zeig dir dein Zimmer«, schlägt Blake vor. »Ricardo, Richie erwartet dich im ersten Stock.«

Ricardo nickt und joggt gleich die Treppen hoch. Ich starre ihm für einen Moment nach und registriere die explosive Mischung aus Gefühlen, die sich in mir zusammenbraut. Richie ist in diesem Haus. Ich werde ihm bald begegnen. Fuck, ich habe keine Ahnung, ob ich darauf vorbereitet bin.

»Komm schon, Mace.« Blake stößt mich an und ich reiße mich zusammen und folge ihm.

*Mein Zimmer* befindet sich im Westflügel der unteren Etage. Es hat ein Schloss mit Zahlenkombination, was mich sehr an die Zeit in Domenics Villa erinnert. Scheinbar darf ich mich nicht frei im Haus bewegen. Von einem Gefängnis ins nächste. Große Klasse.

»Nimm dir Zeit, um anzukommen. Werde die Klamotten los.« Blake lässt den Blick einmal verächtlich über mich schweifen. Alessios geliehene Klamotten. »Ich hole dich dann zum Abendessen ab.«

»Was, brauche ich jetzt einen Babysitter, der mir überall hin folgt?«, frage ich provokant und hebe eine Augenbraue.

Blake schnalzt mit der Zunge und klopft einmal gegen den Rahmen, ehe er nach dem Türgriff greift. »Ist ein großes Haus. Hier verläuft man sich schnell«, sagt er nur und schließt die Tür hinter sich. Überdeutlich höre ich, wie die Tür von außen verschlossen wird.


Wie angekündigt werde ich erst zum Abendessen wieder geholt. Genug Zeit, um zu duschen, mich umzuziehen und viel nachzudenken. Was Domenic wohl gerade macht? Die Marinos sind wahrscheinlich in heller Aufruhr. Wer könnte es ihnen verdenken? Das war eine filmreife Flucht und außerdem ist Ricardo Dom in den Rücken gefallen. Loyalität bedeutet auf Sizilien so viel mehr als damals in Nashville.

»Siehst schon besser aus«, kommentiert Blake, als er mich durch die verwinkelten Räume dieser Villa führt, die alle irgendwie gleich aussehen. Er behält recht, man könnte sich hier leicht verlaufen, wenn nicht überall an den Wänden Gemälde von Emilio de Luca hängen würden. Sie zeigen ihn in verschiedenen Posen, mal mit einem Schwert und einem Tiger, dann wieder vor dem Panorama Siziliens. So ein Angeber. Warum hat Richie sie nicht schon längst abhängen lassen?

Ich bin so damit beschäftigt, mir den Weg einzuprägen, dass ich fast vergesse, wohin ich überhaupt laufe. Wen ich gleich treffen werde.

Erst als ich in einem weitläufigen Esszimmer ankomme und Richie plötzlich gegenüberstehe, wird es mir mit aller Heftigkeit bewusst. Er hat sich nicht verändert, dabei kommt es mir vor, als wäre bereits ein ganzes Leben vergangen, seitdem wir uns das letzte Mal gesehen haben.

Blond, groß, tätowiert. Ein Bad Boy, ein Gentleman. Genau so, wie Arianne ihren *Jason* beschrieben hat. Fuck, es hätte mir schon damals klar sein sollen. Nun, wo ich alles weiß, liegt es auf der Hand.

»Was, vertraust du mir nicht oder warum lässt du mich eskortieren?«, sage ich statt einer Begrüßung und deute mit dem Kopf auf Blake. Uns trennen einige Meter, er steht an einem Ende des langen Esstisches, ich am anderen. Richie reibt sich die Hände und lächelt sein typisches Verführer-Lächeln.

»Du hast mehrere Wochen bei den Marinos verbracht, ich weiß ja nicht, inwieweit dich das beeinflusst hat.« Seine Stimme jagt mir eine Gänsehaut über den Körper. Ihn zu sehen und zu hören, wirklich zu realisieren, dass er in Fleisch und Blut vor mir steht, löst eine Reaktion in mir aus, die ich hoffentlich gut verbergen kann. Scheiße, ich hätte nicht gedacht, dass es so anstrengend wird, ihn wiederzusehen.

»Ich bin hier, oder nicht?«, frage ich mit einem möglichst lässigen Schulterzucken.

Richie lacht mit einem Mal auf und überbrückt die Distanz zwischen uns. »Komm her, du Bastard.« Er zieht mich in eine kurze, brüderliche Umarmung und auch ich klopfe ihm auf den Rücken.

»Bringt mir Mason lebend wieder«, zitiere ich seine Bedingung an Domenic gespielt ernst. »Wie dramatisch.«

Richie klopft nochmal meine Schulter, ehe er an einem Ende des Tisches Platz nimmt. Blake verschwindet, jetzt sind nur noch wir beide da. »Ich wollte nicht riskieren, dass Marino dich in Einzelteilen zurückschickt«, erklärt er amüsiert und deutet mir, mich neben ihn zu setzen. Ich tue es.

»Ach, was. Domenic Marino würde mir kein Haar krümmen. So ein verliebter Vollidiot.«

Überrascht hebt Richie eine Augenbraue. »Wirklich? Darüber will ich alles hören.«

»Erstmal will ich von dir wissen, was zur Hölle in meiner Abwesenheit passiert ist. Du und de Luca? Wie ist das denn zustande gekommen?«

Richie schmunzelt und schenkt uns etwas von dem Whiskey ein. »Es war doch dein Plan, Mace.«

Stimmt. Richie hat mich auf Sizilien gefunden und wollte mich bezahlen lassen für den Verrat und die Schulden, die ich zurückgelassen habe. Aber ich habe ihm einen besseren Deal angeboten, habe ihn von den drei konkurrierenden Clans auf dieser Insel berichtet, von den Machtgefügen und de Lucas großem Vermögen.

Doch dann lief alles anders als gedacht. De Luca hat mir den Auftrag erteilt, Doms Uhr zu stehlen, und ich bin in seine Fänge geraten. Ich habe geglaubt, Richie nie wieder zu sehen. Immerhin war ich auch die ganze Zeit über der festen Überzeugung, dass ich bei Domenic sterben werde und dass Richie sich schon längst aus dem Staub gemacht hat, nachdem ich von der Bildfläche verschwunden bin.

»Es war genauso spielend einfach, wie du gesagt hast. De Luca lechzt nach Unterstützung und weiß, dass er Marino und Romano früher oder später nicht mehr das Wasser reichen kann. Er ließ sich leicht ködern.«

»Die Männer auf Sizilien sind schwach«, stelle ich fest und nippe an meinem Getränk. Der herbe Alkohol brennt in meiner Kehle. »Übrigens haben Marino und Romano eine Allianz laufen. Sie wollen de Luca gemeinsam vernichten.«

»Nun, das wird Emilio nicht gefallen«, lacht Richie.

Bestimmt nicht. Ich nippe noch einmal an meinem Getränk. »Gibt es auch ein richtiges Abendessen? Ich bin am Verhungern.«

»Gleich«, verspricht Richie und lässt seinen eisblauen Blick forschend über mein Gesicht schweifen. »Du hättest schon früher bei mir sein können. Brant sollte dich holen. Was ist schiefgelaufen?«

»Brant kam zum perfekten Zeitpunkt«, sage ich ruhig und lächle spöttisch. »Ich konnte ihn nie besonders gut leiden und Marino hat sich darum gekümmert. Und all die interessanten Dinge, die er Domenic erzählt hat, kamen mir ziemlich gelegen.«

»Was für Dinge?«

»Von unserer Anfangszeit. Die Gangbangs. Marino hat sich danach als großer Beschützer aufgespielt und konnte die Vorstellung kaum ertragen, dass ich gelitten habe.«

Richie lacht auf. »Sag bloß.«

»Sieh dir das an.« Ich drehe mich herum und raffe mein Shirt hoch, damit er die Initialen sieht. D.M. »Die hat er mir an meinem ersten Tag verpasst.« Ich wende mich wieder Richie zu und exe den Rest des Whiskeys. »Nach Brants Erzählungen wollte er dann *meine* Initialen auf *seinem* Rücken.«

»Fuck, Mace«, grinst Richie. »Ich wusste nicht, dass du *so* gut bist.«

Ich falte die Hände auf dem Tisch und beuge mich ein Stück vor. »Ich habe Marino um den Finger gewickelt, du de Luca. Jetzt müssen wir sie nur noch beide umbringen.«

»Hm, wer weiß.« Richie schnalzt mit der Zunge. »Emilio könnte uns noch nützlich sein.«

Das ist nicht unbedingt, was ich hören wollte, aber bevor ich etwas erwidern kann, gleitet Richies Blick an mir vorbei und ein falsches Lächeln erscheint auf seinen Zügen. Mein Kopf schießt zur Seite und mir stockt kurzzeitig der Atem.

Oh, sieh mal an. Wir bekommen Besuch.

Arianne betritt in einem bodenlangen, dunkelblauen Kleid das Esszimmer. Sie trägt ihre blonden Haare offen über beide Schultern, ihr Gesicht sieht aus wie ein Kunstwerk. Die Augen schwarz betont, die Lippen blutrot. Genauso, wie Richie es mag.

»Ah, mia Bella«, sagt Richie und erhebt sich. Er läuft Ari entgegen, nimmt ihre Hand und küsst sie auf die Wangen. »Setz dich zu uns, meine Schöne.«

Auch ich stehe auf, rühre mich jedoch nicht von meinem Platz.

»Arianne.«

Sie wirkt nicht überrascht, dass ich hier bin, presst nur kurz die Lippen aufeinander, ehe sie ein strahlendes Lächeln auflegt. »Mace. Wie schön, dich zu sehen.«

Sind das da dunkelblaue Flecken, die unter den vielen Schichten Rouge hindurch schimmern?

»Komm, setz dich hierher.« Richie führt Arianne auf den Platz mir gegenüber. Er selbst nimmt am Tischende Platz, was mich auf makabre Weise an die Essen in Doms Villa erinnert.

»Wir haben gerade über deinen liebreizenden Bruder gesprochen«, sagt Richie und beobachtet Arianne bei den Worten ganz genau. Diese blinzelt einige Male und schiebt ihre Gabel zurecht.

»Wie geht es Domenic?«, fragt sie mir ruhiger Stimme.

»Jetzt bestimmt nicht mehr so gut«, erkläre ich schnaubend und drehe mich zu Richie. »Domenic wird wütend sein und sofort zuschlagen wollen. Du solltest ihm etwas zurückgeben, damit er sich beruhigt. Zumindest für einen Moment.«

»Was zurückgeben?« Richie grinst ironisch. »Seine Schwester oder dich?«

»Sie.« Ich deute mit einem Nicken in Aris Richtung. »Du hattest eine Vereinbarung mit ihm. Mein Leben gegen Ariannes. Du hast ihm gezeigt, dass du ihm überlegen bist, hast einen seiner Leute abgeworben und mich zu dir geholt. Schick ihm jetzt Arianne zurück. Das sendet eine eindeutige, kraftvolle Botschaft.«

Richie schnalzt mit der Zunge. »Das ist nicht mein Stil. Warum sollte ich etwas hergeben, wenn ich alle Karten in der Hand habe?«

Zwei Kellner betreten den Raum und tischen das Essen auf, weshalb ich kurz schweige und mir dabei genervt auf die Lippe beiße. Es gibt Steak – medium rare. Der Duft ist herrlich.

»Ich weiß, wie die Dinge auf Sizilien laufen«, sage ich schließlich nachdrücklich. »Du hast mir bei de Luca vertraut, also tue es jetzt auch bei Marino.«

»Iss erstmal was, Mace«, winkt Richie ab und knallt mir eines der Steaks auf den Teller. »Du hast wohl vergessen, wie wir die Dinge in Nashville regeln.«

»Entschuldige, Boss. Ich habe übersehen, dass wir nicht auf Sizilien, sondern in Nashville sind«, erwidere ich gespielt ernst.

Richie, der gerade dabei war, sein Stück Fleisch zu zerlegen, hält inne und mustert mich. Mit einer blitzschnellen Bewegung lässt er das Messer auf die Tischplatte knallen, die Spitze bleibt unmittelbar neben meiner Hand im Holz stecken.

»Vorsicht, Mace. Dein verweichlichter Italiener mag dein freches Mundwerk charmant finden, aber ich habe große Lust, dir die Zunge rauszuschneiden. Wir regeln die Dinge auf meine Weise. Und jetzt iss, Kleiner.«

Zähneknirschend nehme ich mein Besteck an mich und beginne schweigend zu essen. Richie beobachtet abwechselnd Arianne und mich, als wolle er keinen Blickkontakt zwischen uns verpassen.

Fürs Erste bin ich froh, eine Mahlzeit einnehmen zu können, all die Ereignisse und die Aufregung des Tages hinter mir zu lassen.

Als Richie mich nach dem Essen zurück auf mein Zimmer schickt, beschwere ich mich nicht. Auch nicht, als ich bemerke, dass Blake wieder hinter mir abschließt. Selten habe ich mich so sehr nach Schlaf gesehnt wie an diesem Abend.

Seufzend falle ich auf die Matratze und schließe die Augen. Meine Gedanken kreisen sofort, ich sehe Doms Gesicht, seine dunkelgrünen Augen, geweitet, schockiert, als ich ihm die Waffe abgenommen habe.

Mein Nacken beginnt zu kribbeln, weshalb ich mich auf den Bauch drehe und das Gesicht im Kissen vergrabe. Ich bilde mir ein, dass es nach Richie riecht, obwohl es vielmehr frisches Waschmittel ist. Dennoch rolle ich mich von dem Bett und laufe zu dem Fenster, um es zu öffnen. Warum wundert es mich eigentlich nicht, dass es von außen vergittert ist?

Im Moment stört es mich nicht, ich brauche nur etwas frische Luft. Leider ist heute eine dieser stickig-warmen Nächte, in denen es auch in der Dunkelheit kaum abkühlt.

Ein Klopfen an der Tür lässt mich zusammenfahren. Verwirrt blicke ich mich um und als es erneut ertönt, wird mir klar, dass es nicht an der Zimmertür geklopft hat, sondern an der Badezimmertür. Ist das Richie, der mir noch einen Besuch abstatten will? Eher unwahrscheinlich, denn er hätte sich bestimmt nicht angekündigt.

Meine Fingerspitzen beginnen zu kribbeln, als ich zur Tür laufe, die Hand an den Griff lege und sie öffne. Ich hätte mit jedem gerechnet, nur nicht mit Arianne.

»Mace, du bist es wirklich«, sagt sie mit deutlicher Erleichterung. »Ich war mir nicht sicher, ob sie dich hierher gebracht haben.«

Die Schminke ist aus ihrem Gesicht verschwunden und hat Platz gemacht für die Augenringe und den Bluterguss auf ihrer Wange. Er ist offenbar schon älter, aber dennoch gut zu erkennen. Der Glanz in den grünen Augen ist abgestumpft, als habe man die Kerze in ihrer Iris ausgepustet.

»Wie kommst du hierher?«, frage ich verwirrt und spähe an ihr vorbei.

»Wir teilen uns ein Badezimmer«, erklärt sie. »Kann ich reinkommen? Bitte.«

Ich habe die weitere Tür, die von diesem Bad abführt, schon bemerkt, sie war jedoch verschlossen. Dahinter liegt also Aris Zimmer.

»Ja«, nicke ich und mache ihr Platz.

Die junge Italienerin seufzt erleichtert und läuft an mir vorbei, während ich die Tür leise zuziehe.

»Es tut mir alles so leid. Ich weiß, du hältst mich wahrscheinlich für die schlimmste Person aller Zeiten und das bin ich ja auch.« Ihre Worte sind schnell und leise geflüstert und mit jeder Silbe schwingt so viel Bedauern mit, dass mein Herz ganz schwer wird. Sie läuft unruhig von einem Fleck zum anderen, die Schultern hochgezogen und den Blick immer wieder hilfesuchend auf mich gerichtet.

»Tja. Deine Brüder waren nicht begeistert.«

Arianne bleibt stehen und sieht mich nun direkt an. »Das ist eine Untertreibung, oder? Hahassen sie mich jetzt?«

»Das musst du schon selbst mit ihnen ausmachen.« Misstrauisch verschränke ich die Arme vor der Brust und lehne mich mit dem Rücken gegen die Tür. Es ist sicher kein Zufall, dass wir uns ein Badezimmer teilen. »Richie ist doch deine große Liebe, also stehe auch zu ihm.«

»Ich habe mich in Jason verliebt«, korrigiert Arianne mit tonloser Stimme. Sie schluckt merklich. »Und ich habe keine Ahnung, wer Richie überhaupt ist.«

Nun, es ist derselbe Mann, für den sie ihre ganze Familie verraten hat, nur ohne seine glatte, perfekte Maske. Angesichts des blauen Flecks in ihrem Gesicht musste sie das schon am eigenen Leib erfahren.

»Bitte sag mir, dass du einen Plan hast, uns beide hier rauszubringen«, fährt sie leise fort.

Ich verenge die Augen. Das ist doch eine Falle. Schauspielert Arianne alles nur, um mich aus der Reserve zu locken? Diese dämliche Masche würde ich Richie zutrauen. Er vertraut mir noch nicht, wird es vermutlich niemals tun, dieser Kerl vertraut nicht einmal seinem eigenen Schatten.

»Sorry, Süße, dass sich deine romantisierten Vorstellungen von Bonnie und Clyde nicht verwirklicht haben«, sage ich zu ihr. »Aber ich bin nicht dein Ritter, ich bin Domenic und Alessio genauso in den Rücken gefallen, wie du es getan hast.«

Tränen sammeln sich in Ariannes Augen. »Du wolltest Richie doch überzeugen, mich gehen zu lassen. Ich dachte, du bist auf meiner Seite.«

»Ich habe Richie einen Tipp gegeben, wie er sich deine Brüder eine Weile vom Hals hält«, korrigiere ich sie kühl. »Nicht mehr und nicht weniger. Ich kann dir nicht helfen, Arianne. Falls du es noch nicht gemerkt hast: In Amerika ist sich jeder selbst der Nächste.«

Nun laufen die Tränen ungehindert über ihre Wangen, sie senkt den Kopf und läuft ohne ein weiteres Wort zurück in ihr Zimmer. Ich sehe ihr nach, bevor ich die Badezimmertür schließe und mich in mein Bett lege.

Die innere Unruhe lässt mich die ganze Nacht nicht schlafen.

*Mein ganzer Körper kribbelt vor Erwartung, Verlangen und so viel Lust, wie ich sie noch nie verspürt habe. Alles in mir brandet wie ein Tsunami zu nur einem einzigen Gefühl auf.*

*»Ich liebe dich, Dom.« Masons Stimme ist fern wie ein Echo und doch so kristallklar, als würde er direkt neben mir liegen. Ich spüre sogar seinen Atem, spüre ihn in mir, auf mir, überall auf meiner Haut. »Vergiss das nie. Versprich mir, dass du es niemals vergessen wirst.«*

Ich öffne die Lider und weiß mit einem Schlag, dass es nur ein Traum war. Die neue Form eines Albtraums, die alle intensiven und positiven Erinnerungen zu einer höhnischen, verzerrten Version werden lässt.

Tief atme ich durch, einmal, zweimal, aber die frische Luft scheint nicht meine Lungen erreichen zu wollen. Eine warme, feuchte Schnauze drückt sich gegen meinen Handrücken. Dieses Mal schicke ich den Hund nicht weg, hebe die Hand und streichle über seinen Kopf.

Alessio hat ihn gestern Abend in mein Zimmer gesperrt. So weit ist es jetzt also schon. Mein Bruder leiht mir seinen Hund aus, damit ich nicht allein schlafen muss. Als könnte er die Dämonen der Nacht vertreiben.

Mit einem schweren Seufzen richte ich mich auf und steige aus dem Bett. Eine weitere Nacht ist geschafft, ein weiterer Tag bricht an, an dem ich endlich etwas tun kann.

Das Duschen, Zähneputzen und Anziehen bringe ich wie in Trance hinter mich und trete schließlich zu meinem Bruder in die Küche. Er hat mir Frühstück gemacht.

»Iss was.«

»Wo ist dein kleiner Schützling?«

»Ich habe Dario nach Haus geschickt. Er war die ganze Nacht hier«, erklärt Ace ruhig. Ich brumme unzufrieden. Eigentlich wollte ich Dario mitnehmen. So wie er meinen Bruder anhimmelt, kann ich mir zumindest sicher sein, dass er mir nicht in den Rücken fällt, wie Ricardo es getan hat.

Mein Innerstes wird kalt, als ich an diesen Bastard denke, dem ich so sehr vertraut habe. Verdammt, Verrat tut weh. Aber er wird dafür büßen.

»Ist Ricardos Schwester schon auf dem Weg?«, hake ich nüchtern nach.

»Ja, es ist alles vorbereitet. Ihre verbrannte Leiche wird zu diesem Zeitpunkt vor de Lucas Villa abgeladen.«

»Sehr gut. Und das Mädchen?«

Alessios Gesicht verzieht sich schmerzerfüllt. »Wie du es befohlen hast, Boss.«

Ich nicke und nehme einen tiefen Atemzug. Vergeblich. Die Last auf meiner Brust ist immer noch schwer. »Danke«, sage ich schließlich. »Dass du dich um alles gekümmert hast. Ich werde mich der Kleinen widmen.«

»Das kann ich übernehmen«, schlägt Ace vor, aber ich schüttle den Kopf.

»Jetzt wird es für dich Zeit, ein bisschen zu schlafen«, befehle ich ihm. »Ich erledige den Rest.«


Ricardos Nichte wartet in einem meiner Safehouses, die ich überall auf Sizilien zum Untertauchen organisiert habe.

»Sie ist verstört und hat Angst«, teilte Mariella mir mit. Ihre dunklen Augen sind voller Mitleid. Ihre Tochter war Teil meiner *Familia*, bevor sie grausam ermordet wurde. Mariella erhält seitdem großzügige monatliche Zahlungen und bietet mir von Zeit zu Zeit ihr Haus an. »Bitte, sei sanft zu ihr. Ich flehe dich an, Domenic.«

»Dafür bin ich nicht da«, erwidere ich, lege ihr aber sogleich beruhigend eine Hand auf die Schulter. »Danke, dass du dich um sie gekümmert hast.«

»Dom, ich weiß, du hast ein gutes Herz. Bitte, lass das Mädchen nicht leiden.«

»Ihr wird kein Haar gekrümmt«, verspreche ich ihr. »Ich brauche nur zehn Minuten mit ihr.«

Einen Moment länger sieht sie mir in die Augen, dann nickt sie und tritt zur Seite, um mir Zutritt zu dem Zimmer zu gewähren. Ich öffne die knarzende Tür und trete in den abgedunkelten Raum. Nur wenige Streifen Licht drängen sich durch die zugezogenen Vorhänge. Ich brauche ein paar Herzschläge, bis ich das Mädchen ausfindig mache. Sie hockt zusammengekauert auf dem schmalen Bett, die Arme um die Knie geschlungen. Lautlose Schluchzer verlassen ihre Kehle.

»Isabella«, spreche ich sie an und trete vor ihr Bett. Langsam lasse ich mich auf die Knie sinken, sodass wir auf einer Augenhöhe sind. »Hi. Ich bin Domenic Marino. Du kannst mich Dom nennen.«

Die Achtjährige verharrt einen Moment, dann hebt sie den Kopf und sieht mich mit großen Augen an. »Du bist der Boss von meinem Onkel«, sagt sie mit dünner Stimme. Ihre Wangen sind tränennass. Sie trägt noch ihren Pyjama, ihre Haare sind zerzaust. Ihre Mutter und sie wurden mitten in der Nacht aus den Betten gezerrt.

»Richtig.« Ich ziehe die schwarzen Lederhandschuhe aus und lege sie auf dem Bett ab. Aus meiner Hosentasche ziehe ich ein Aufnahmegerät heraus und drücke auf *Record*. »Du weißt, dass deine Mutter heute Nacht gestorben ist.«

Bei den Worten beginnt sie wieder zu schluchzen, Tränen rinnen über ihr kleines Gesicht. »Nein«, wimmert sie. »Nein.« Und immer wieder: »Nein.«

»Dein Onkel ist dafür verantwortlich.«

»Nein.« Ihre Stimme ist so zart, dennoch schneiden ihre Worte wie ein Fleischermesser in meine Seele. Verdammt, ich will nicht derjenige sein, der ein junges Mädchen für den Rest ihres Lebens traumatisiert, aber Ricardo hat diese Fehde begonnen. Er hätte sich niemals gegen mich stellen sollen.

»Du wirst ebenfalls sterben, wenn dein Onkel nichts unternimmt«, sage ich ruhig. Isabella weint nun hemmungslos. Sie rutscht von mir weg und drückt sich ganz fest gegen die Wand, als könnte sie damit verschmelzen. »Du kannst deinem Onkel aber eine Nachricht hinterlassen. Er muss nur herkommen und dich abholen, dann wird alles gut.«

»Rici«, schluchzt sie.

»Sprich mit ihm.« Ich halte ihr das Aufnahmegerät hin. »Sag ihm, dass du nicht sterben willst. Das willst du doch nicht, oder?«

Sie schüttelt heftig mit dem Kopf. Ich nicke ihr auffordernd zu. »Dann sag es deinem *Onkel*

*Rici.* Er ist der einzige, der dein Leben jetzt noch retten kann.«

»Fuck, verfluchte Scheiße! Du hattest versprochen, du würdest meine Familie beschützen!«

Ricardo tobt, aber Richie kümmert es kaum. Die zarte Mädchenstimme dröhnt immer noch durch das Handy, die Aufnahme läuft wieder und wieder ab.

*»Bitte, Onkel Rici, ich habe Angst. Sie haben Mamas Herz rausgeschnitten ... ich hab das viele Blut gesehen. Ist Mama jetzt tot? Bitte nicht ...«*

Fest presse ich die Lippen zusammen und versuche mir nicht anmerken zu lassen, wie sehr diese Worte mich treffen. Wie hat Ricardo nur auf Richies Wort vertrauen können? Shit, wenn er schon einen der mächtigsten Mafiabosse auf Sizilien verärgert, hätte er vorher eine Absicherung für seine Schwester und Nichte treffen sollen.

Es ist inzwischen Mittag, ich wurde von Blake gerade zu Richie in ein Arbeitszimmer geführt, aber bevor wir miteinander sprechen konnten, ist Ricardo hinein gestürmt.

»Ich habe niemals etwas versprochen«, stellt Richie ungerührt klar. Er sitzt auf einem Schreibtischstuhl aus Leder, der hinter einem riesigen Mahagonischreibtisch steht. Hinter ihm ist ein Gemälde von Emilio de Luca angebracht, der mit einem Schwert auf einem Hügel thront und über Sizilien blickt. »Ich habe gesagt, ich werde sehen, was ich tun könne. Und ich konnte eben nichts tun.«

Ricardos Gesicht ist mittlerweile vor Wut gerötet, er hat die Hände hilflos zu Fäusten geballt. »Das waren nicht deine Worte«, knurrt er. »Du hast mir versichert, dass du sie beschützt.«

Richie wedelt lässig mit der Hand. »Wie ich das sehe, hast du zwei Möglichkeiten. Entweder du lässt das Mädchen sterben und arbeitest weiterhin für mich, oder aber du gehst zurück zu Marino und tauschst dein Leben gegen das deiner Nichte.«

Domenic wird ihn umbringen, sobald er ihn in die Finger bekommt, das ist jedem von uns klar.

Ricardo stößt einen Fluch auf Italienisch aus, aber dann verändert sich sein Gesicht und er wendet sich mir zu. »Mason. Du kommst an Dom ran. Bitte. Du musst ihn davon überzeugen, meine Nichte gehen zu lassen ...«

Er macht mehrere Schritte auf mich zu, als ein Schuss sich löst und Ricardo beinahe trifft. Richie hat eine Waffe gezogen und den Warnschuss abgefeuert. Ungläubig blickt Ricardo zu ihm. »Was soll das?!«

»Mace wird gar nichts davon tun«, sagt Richie. Endlich stellt er die Aufnahme des weinenden Mädchens aus. »Die Sache ist für mich erledigt. Jetzt geh mir aus den Augen. Mein nächster Schuss könnte dein Herz treffen und dann kannst du deiner Nichte auch nicht mehr helfen.«

»Wir müssen nach der Leiche meiner Schwester suchen«, sagt Ricardo trotz der unmissverständlichen Warnung. »Sie hat es zumindest verdient ...«

Als Richie einen weiteren Schuss abfeuert, kann Ricardo gerade noch rechtzeitig wegspringen. »Du-«

»Du hast dein Geld bekommen, wir sind quitt«, unterbricht Richie ihn leichthin. »Und jetzt geh mir verdammt nochmal aus den Augen.«

Ricardo verschwindet, aber zuvor brennt sich sein Blick voller verzweifelter Wut so fest in meinen, dass ich unwillkürlich die Lider senke. Fuck, ich kann doch auch nichts dafür. Er hat entschieden, für Richie zu arbeiten, er hat das ganze Geld eingesteckt, jetzt sollte er sich um die Konsequenzen kümmern. Würde Domenic der Kleinen wirklich etwas antun? Ich bezweifle es, aber das sage ich lieber nicht laut.

»Also«, beginnt Richie, nachdem wir wieder allein sind. Die Tür ist nur angelehnt und Blake steht davor. Hat Richie etwa Angst, dass ich auf ihn losgehe, sobald wir zu zweit sind? Dieser Gedanke lässt mich innerlich lächeln.

»Also«, wiederhole ich und lege den Kopf schief. »Was hast du vor? Was kann ich tun?«

»Wir werden Marino eine kleine Botschaft zukommen lassen.« Sein Blick brennt sich in meinen. »Wir geben ihm seine Schwester zurück.«

Überrascht hebe ich eine Augenbraue. Er hört auf mich? Nein. Da muss es irgendeinen Haken geben. »Okay. Und was genau hast du vor?«

»Wir veranstalten eine Party. Es wird Zeit, uns endlich offiziell vorzustellen, jetzt, wo du wieder bei mir bist.«

Ein ironisches Lächeln zupft an meinem Mundwinkel. Ja, das mag Richie. Große Auftritte, viel Trubel um sich selbst. »Was sagt de Luca dazu?«

»Was kümmert mich das? Du hattest damals recht. De Lucas Clan ist zerrüttet und er selbst kann kaum die Kontrolle halten. Es war so verdammt einfach, de Lucas Leute zu ködern, zu manipulieren und auf unsere Seite zu ziehen. Selbst wenn Emilio sich gegen mich auflehnen wollen würde, hätte er nicht genug Männer, die sich ihm anschließen. Er hat hier nichts mehr zu sagen.« Richie lächelt weiterhin, doch sein Blick verändert sich, wird lauernder. »Aber wir sollten ihm dennoch einen Knochen zuwerfen. Der nette Nebeneffekt ist, dass es gleichzeitig auch ein *Geschenk* an Marino ist.«

»Was hast du vor?«, frage ich angespannt.

»Nun ja, Emilio hat mir stolz davon berichtet, dass er Ariannes erster Liebhaber war. Er soll die Kleine nochmal bekommen, bevor wir sie zurück zu ihren Brüdern schicken.«

Scheiße, das will er doch nicht wirklich tun. Stirnrunzelnd hebe ich das Kinn und lehne mich gegen die Kommode in meinem Rücken. »Sie ist deine Freundin. Willst du ernsthaft, dass sie von diesem widerlichen Mistkerl vergewaltigt wird?«

»Sie war ein Mittel zum Zweck.« Richie legt seine Waffe auf dem Tisch ab und verschränkt die Hände ineinander. Meint er das ernst und Arianne hat mir gestern Abend doch die Wahrheit gesagt? Keine Ahnung, die beiden könnten auch zusammen unter einer Decke stecken. »Soll sie ihrem Bruder davon berichten, wenn er sie mit nach Hause nimmt. Wird sicher lustig.«

»Deinen Sinn für Humor muss man erstmal verstehen«, schnaube ich, wechsle aber sogleich das Thema: »Und wie willst du das anstellen? Domenic wird mit einer ganzen Kavallerie aufkreuzen.«

»Hab ein bisschen Vertrauen, Mace. Wir werden die Party genau hier veranstalten, in de Lucas Quartier. Wir schicken eine Einladung nur an Marino. Er wird allein kommen müssen. Wir stellen Wachen auf und lassen alle anderen erschießen, die mit ihm kommen.«

Da ist Chaos vorprogrammiert und wir werden diese Aktion hundertfach zurückbekommen. Aber an dem Glanz in Richies Augen erkenne ich, dass es nichts bringt, vernünftig zu argumentieren. Er hat schon Gefallen an seinem Plan gefunden.

»Dann sollten wir mit der Planung loslegen«, beschließe ich und stoße mich ab. »Eine Sache noch, Rich.« Fest sehe ich ihn an. »Was ist mit meinen Schwestern passiert?«

»Du meinst, nachdem sie mir verraten haben, dass du ein Ticket nach Sizilien gebucht hattest und du mir trotzdem am Flughafen entwischt bist, ohne mir mein Geld zu bezahlen?«, fragt er provokant zurück.

Ich nehme einen tiefen Atemzug. »Ja.«

»Das verrate ich dir nach der Party. Du musst erst deine Loyalität unter Beweis stellen.« Er lächelt breit. »Wenn alles glatt läuft, erzähle ich es dir.«

*Mieses Arschloch.*

Ich verdrehe die Augen, ergebe mich jedoch meinem Schicksal. »Alles klar. Dann sag mir, wie ich dir helfen kann.«

*Tut mir leid, Dom.* Ich hätte seiner Schwester gerne geholfen, aber jetzt geht es auch um meine Schwestern.

Bevor ich Mariellas Haus verlasse, drücke ich ihr eine Packung Beruhigungsmittel in die Hand.

»Rühr sie ihr in warme Milch, sie soll schlafen«, weise ich die Hausherrin an.

»In Ordnung.« Mariella zögert, seufzt und traut sich dann doch: »Stimmt es, dass Ricardo die *Familia* betrogen hat?«

»Ja, das stimmt.« Es können ruhig alle wissen. Jeder soll sehen, wie ich mit Verrätern umgehe.

»Dios mio.« Mariella bekreuzigt sich und senkt demütig den Kopf. »Gott gnade ihm.«

»Sie hat niemanden mehr«, sage ich und blicke zu der geschlossenen Tür, hinter der die kleine Isabella immer noch weint.

»Ich werde mich gut um sie kümmern«, verspricht Mariella.

Dankbar neige ich den Kopf und nicke ihr zu.

Dieser Job ist erledigt. Aber der heutige Tag hat erst begonnen.


Nachdem ich Mariellas Haus hinter mir gelassen und Carlo angewiesen habe, das Video zu verschicken, nehme ich mir den Mercedes mit kugelsicheren Scheiben und fahre los. Allein, nur die kurvigen Straßen Siziliens und meine Gedanken. Zum Glück schläft mein Bruder noch und kann sich mir nicht aufzwängen. Er würde es sicher nicht befürworten, dass ich allein losziehe, aber für diesen Ausflug kann ich niemand anderen gebrauchen.

Ich fahre einen Hügel hinauf, lasse die Wohngegend, die Villen mit Strandblick und Ferienhäuser hinter mir. Mein Zielort ist nur durch eine unbefestigte Straße zu erreichen, der Mercedes ist dafür nicht geeignet, weshalb ich ihn an der nächsten Ausbuchtung stehen lasse und zu Fuß weitergehe.

Die schusssichere Weste liegt schwerer als sonst auf meinen Schultern und die Waffe fühlt sich nicht so vertraut und sicher an wie sonst. Aber die Gewissheit, dass alles bald vorbei sein wird, lässt mich leichter atmen. Es ist irgendwie befreiend.

Nach fünf weiteren Minuten kommt das Haus endlich in Sicht und wenig später habe ich es erreicht. Es ist nicht ganz so groß wie meine Villa, keine verglasten Wände, kein Pool auf der Terrasse, keine riesige Parkanlage. Dennoch steht es in seiner Pracht der Villa in Nichts nach. Ich krame den Schlüssel heraus und öffne die Haustür. Es riecht nach Möbelpolitur und frischer Farbe.

Sonnenstrahlen dringen durch die Fenster, ich sehe den Staub in ihnen glänzen. Einen Großputz könnte das Innere nochmal vertragen, aber das stört mich im Moment nicht. Ich streife bedächtig durch die großen, offenen Räume, die noch leer sind und darauf warten, mit Möbeln und Erinnerungen gefüllt zu werden. Schließlich mache ich mich auf den Weg in den zweiten Stock.

Hier gibt es ein Gästezimmer, zwei Bäder und ein Schlafzimmer. In diesem bleibe ich stehen und trete von dort auf die Terrasse. Dieser Ausblick ist einmalig. Man blickt von oben auf ganz Sizilien, auf die Altstadt, das Nobelviertel, die Touristenecken. Und natürlich auf das glitzernde Meer.

Für einen Moment verspüre ich nichts als Ruhe. Ich schiebe die Hände in die Hosentaschen und seufze leise.

»Das ist perfekt«, flüstere ich in die Stille hinein.


Richies Einladung flattert zwei Tage später ins Haus. Sie ist auf demselben Weg gekommen wie mein Video an Ricardo – elektronisch, über einen gesicherten Zugang.

»Du wirst nicht allein hingehen«, brüstet sich Alessio. »Das ist verrückt. Dass er sich das überhaupt traut ...«

»Es geht um Arianne«, gebe ich ruhig zurück. Seine Anweisungen waren unmissverständlich. Ich sollte allein kommen, dann könnte ich Arianne mitnehmen. Wenn ich jemanden mitbringe, ist derjenige tot. Und Arianne ebenfalls.

»Das ist doch eine Falle, Dom. Er wird dich erschießen, sobald du de Lucas Haus betrittst«, erwidert Ace ernst.

»Das glaube ich nicht. Richie weiß, dass sofort ein Nachfolger für meinen Posten da ist und ich mit Romano zusammenarbeite. Er will mich nicht töten, zumindest noch nicht. Er will nur seine Macht demonstrieren. Schon wieder.« Nachdenklich drehe ich die Patronenhülsen zwischen meinen Fingern. Wir sind gemeinsam im Waffenlager und wollten eigentlich nur Munition holen, als Dario mit der Nachricht von Carlo angekommen ist.

Der Kleine steht jetzt unsicher zwischen den Kisten voller Waffen und blickt immer wieder hilfesuchend zu Alessio. Scheinbar wartet er auf ein Zeichen meines Bruders, dass er abziehen kann, aber dieser ist ganz auf mich konzentriert.

»Ich gehe und hole sie«, schlägt er nun vor.

»Dann erschießen sie dich und Arianne«, gebe ich zurück. »Vertrau mir, Ace, ich werde unsere Schwester da rausholen. Sobald wir sie haben, hat Richie kein Druckmittel mehr.«

»Und ist Mason kein Druckmittel für dich?«, fragt mein Bruder und verzieht sogleich das Gesicht. Es tut ihm weh, den Namen auszusprechen, das weiß ich. Er hat ihm genauso vertraut wie ich.

»Nein«, lüge ich und fülle meine Waffe mit der Munition.

»Dann nimm wenigstens welche von Jenkins Männern mit, die dich flankieren.«

»Sie sind käuflich, aber nicht dämlich. Sie werden nicht in ihren sicheren Tod laufen.«

»Ich kann mit dir gehen, Dom«, schlägt Dario vor. Als wir ihn beide ansehen, strafft er die Schultern. »Ich meine, du kannst mir vertrauen und ich werde dir Rückendeckung geben.«

Ich entsichere meine Waffe und richte sie auf ihn. »Soll ich dich gleich erschießen, Dario? Damit würde ich das alles nur verkürzen.«

»Lass das«, zischt Alessio und reißt mir die Waffe aus den Händen, als hätte ich tatsächlich vor, seinen kleinen Schützling umzulegen. »Er hat es nur gut gemeint, sei kein Arsch.«

Ich verdrehe die Augen. »Beschützt du ihn auch in einer Schießerei? *Ach, er hat sich so viel Mühe gegeben, erschießt ihn bitte nicht, er ist mein Liebling, ich habe ihn ausgebildet.* Ja, genau, so wird er niemals sterben.«

Ich sehe meinem Bruder an, dass er mich gerade sehr gerne schlagen würde. »Warum streiten wir jetzt wegen Dario?«, fragt er verärgert. »Es ging darum, dass du eine dumme Aktion im Alleingang erledigen willst.«

»Ich sag ja nur, du solltest ihn nicht so verhätscheln. Schwache Jungs sterben früher oder später.«

Jetzt schlägt Alessio mich wirklich. Mit der Hand, mit der er die Waffe immer noch hält, sodass das Metall meine Wange trifft.

»Sollte ich ihn lieber verprügeln und verletzen, so wie du es bei Mason getan hast? Das hat ja ganz hervorragend geklappt.«

Ich ignoriere die Spitze und grinse stattdessen. »Dann willst du Dario so gerne ficken wie ich Mason? Sag ihm das doch einfach. Los Dario.« Ich wende mich dem Jungen zu, der mit großen Augen zwischen uns hin und her sieht. »Geh vor meinem Bruder auf die Knie. Ich will so gerne dabei zusehen. Gibst du gute Blowjobs? Keine Sorge, ich bringe es dir bei, Mace hat es auch schnell gelernt.«

»Was soll das, Domenic, warum benimmst du dich wie der letzte Idiot?«, knurrt Alessio.

Ich will ihn doch nur so wütend machen, damit er sich die nächsten Tage nicht so sehr um meine Sicherheit sorgt. Das hat früher auch immer geklappt.

»Komm schon, gönn mir ein bisschen Spaß.« Ich neige den Kopf und lächle ihn übertrieben an. »Und gönn *dir* ein bisschen Spaß, indem du Dario-«

Ich werde aus meiner eigenen Waffenhalle geschmissen, bevor ich den Satz beenden kann. Immerhin habe ich meine Waffe und genug Munition, um für den morgigen Abend gewappnet zu sein.

Zumindest waffentechnisch. Denn ich habe keine Ahnung, wie ich es überleben soll, Mason an Richies Seite zu begegnen.

## 31. MASON

Ariannes Gesicht ist eine emotionslose Maske aus Make-up und versteckten Gefühlen. Sie hält meine Hand, was die ganze Sache viel schlimmer macht. Sie drückt meine Finger so fest, als könnte ich sie vorm Ertrinken retten. Dabei habe ich ihr unmissverständlich klar gemacht, dass ich nicht ihr Held bin, dass ich nicht länger auf ihrer Seite stehe.

Es ist grausam von Richie, ausgerechnet mich auszuwählen, um sie zu ihrem Vergewaltiger zu führen. Heute ist sein großer Abend und er fand es gut für die Dramatik, Arianne erst kurz vorher de Luca zu übergeben. Wenn Domenic später auftaucht, um seine Schwester abzuholen, wird er sie gebrochen und benutzt wiederfinden.

»Ich kann dir nicht helfen, Ari«, wiederhole ich zum gefühlt hunderten Mal und will ihr meine Hand entziehen. »Ich find es nicht gut, was Richie macht, aber ich stehe hinter ihm. Er ist mein Boss.«

»Das glaube ich nicht, Mace«, flüstert sie so leise, dass unser Fahrer sie vermutlich nicht hört. Sie blickt mit einem hasserfüllten Blick zu Blake, der den Wagen lässig zum Zielort lenkt.

»Du kannst Dom nicht in den Rücken fallen. Ihr seid doch füreinander bestimmt.«

»Du und deine romantischen Vorstellungen«, schnaube ich. »War die Sache mit Richie nicht augenöffnend genug für dich?«

Als ich meine Hand das nächste Mal wegziehe, lässt sie es zu und senkt den Kopf.

Wir sind da. Blake wird langsamer und nickt mir durch den Rückspiegel zu. »Komm jetzt mit«, sage ich zu Arianne und sehe sie fest an. »Zieh es durch, ein letztes Mal, bevor dein Bruder dich holen kommt.«

Ich steige aus und greife nach ihrem Arm, um ihr heraus zu helfen. Blake beobachtet uns wachsam, steigt jedoch nicht aus. Wir befinden uns vor einer Villa, dessen Türen vor uns offenstehen. Offenbar hat de Luca hier sein Lager aufgeschlagen, nachdem er aus seinem Haus vertrieben wurde.

»Bitte, ich will nicht«, fleht Arianne, aber ich umfasse ihren Arm nur fester und ziehe sie mit.

»Du musst dich zusammenreißen, Arianne«, erkläre ich ihr flüsternd. »Wenn Dom dich später in so einem Zustand sieht, wird er sofort Richie oder de Luca umbringen wollen. Und dann wird *er* umgebracht. Kapierst du das?«

»Mace«, schluchzt sie. Jetzt kann sie ihre Fassade nicht mehr aufrechterhalten, Tränen rinnen über ihre Wangen. Es ist zu spät, hieran führt kein Weg mehr vorbei. Ich führe sie ins Innere des Gebäudes und folge dem Gelächter in ein Wohnzimmer. Das Haus ist lange nicht so pompös wie Richies momentanes Domizil, aber definitiv luxuriös.

»Da sind wir«, mache ich auf uns aufmerksam und sowohl Richie als auch Emilio blicken auf.

»Na, na«, sagt Richie tadelnd und wendet sich Arianne zu. »Nicht weinen, mia Bella. Du bist ein Geschenk, du solltest so hübsch aussehen wie sonst immer.«

»Schon gut. Ich mag es, wenn sie heulen«, grinst de Luca dreckig und leckt sich über die Lippen. Dann gleitet sein Blick zu mir und sein Lächeln fällt in sich zusammen. Er schnalzt unzufrieden mit der Zunge.

»Du bist meinem Rat also nicht gefolgt und vertraust ihm immer noch«, sagt er missfallend. »Mason ist in Dom Marino verliebt, das sieht jeder Blinde. Sie stecken unter einer Decke.«

»Nichts für ungut, Emilio.« Richie lächelt verächtlich. »Wir Jungs aus Nashville können *Liebe* gut vorspielen. Arianne kann dir ein ganzes Lied davon vorsingen. Nicht wahr, meine Schöne?«

Demonstrativ wendet Ari den Kopf ab und schluckt. Zumindest aber scheint sie meinen Rat zu befolgen und reißt sich zusammen.

Emilio reibt die Handflächen aneinander. »Geht jetzt. Ich werde später zu eurer *Party* dazustoßen.«

Richie zieht Arianne am Arm weg von mir und drängt sie in Emilios Richtung. »Komm, Mason.« Er legt mir eine Hand auf die Schulter und führt mich zum Ausgang. Ich muss dem Drang widerstehen, mich herumzudrehen und zurückzublicken. Scheiße, da muss Arianne jetzt allein durch. Hoffentlich klappt alles, wie ich es mir vorgestellt habe.

Richie schiebt mich auf die Rückbank des Wagens, mit dem Blake auf uns gewartet hat, und setzt sich neben mich.

»Emilio hat mir etwas Interessantes erzählt«, beginnt er, als wir von dem Anwesen fahren. Na super, das kann nichts Gutes bedeuten. »Bist du bei eurem ersten gemeinsamen Abend in Marinos Gesellschaft tatsächlich halbnackt und mit einem Halsband an seiner Seite aufgetaucht?«, fragt mein Boss mit einem Schmunzeln auf den Lippen.

Ich erinnere mich an den Abend, als wäre es gestern gewesen. »Ja, das stimmt. Es hat einem höheren Zweck gedient.«

Richie grinst dreckig und lässt den Blick demonstrativ über mein Gesicht und zu meinem Hals gleiten. »Hat es dich angemacht, wie ein Hund vor ihm zu kriechen?«

»So war das nicht.«

»Dann hast du dich nicht von ihm ficken lassen, als du das Halsband getragen hast?«

Mein darauffolgendes Schweigen ist Antwort genug. »Scheiße, Roberts«, lacht Richie. »Hat das auch einem höheren Zweck gedient?«

Ich lecke mir über die Unterlippe. »Nein, da habe ich mich von ihm vögeln lassen, weil es mir gefallen hat.«

Richie rückt ein Stück näher zu mir und ich spanne mich automatisch an. Sein intensiver Blick findet meinen. »Du wirst heute Abend genauso neben mir auftauchen. Mal sehen, wie Domenic das finden wird.«

»Er wird mich killen, wenn er mich auf deiner Party sieht«, gebe ich sofort zurück. »Du hast es bei Ricardo gesehen. Dom fackelt nicht lange, wenn er verraten wurde.«

»Umso besser. Dann habe ich die Erlaubnis, ihn zu töten und all die Gäste sind meine Zeugen, dass er den Krieg begonnen hat.«

»Fuck, Rich, das ist doch nicht dein Ernst?«

Er grinst mich wieder an. »Mach dir nicht ins Hemd, ich pass schon auf dich auf. War nur so ein Gedanke, keine Sorge, dir wird nichts passieren.«

Ich seufze leise und verdrehe die Augen, ehe ich aus dem Fenster blicke. Den heutigen Abend würde ich gerne überspringen. Keine

Ahnung, wie Domenic reagieren wird, aber meine Anwesenheit wird sicher nichts besser machen.

»Nein, ganz bestimmt nicht«, protestiere ich und ziehe an meinem T-Shirt, das Richie eisern umklammert hält.

»Wir hatten doch einen Plan«, beharrt er.

»Es war eine dumme Idee, kein Plan«, halte ich dagegen und beiße die Zähne zusammen. »Ich werde nicht halbnackt neben dir herlaufen.«

»Bei *ihm* hast du es auch gemacht.«

»Richard, lass jetzt den Scheiß.«

Er verengt die Augen, als ich seinen vollen Namen benutze, und zieht noch einmal an dem Stoff, bis ich loslasse und frustriert seufze.

»Kein T-Shirt *oder* ein Halsband«, schlägt Richie mir einen Kompromiss vor. Das gefällt mir beides nicht, aber ich wähle lieber Pest als Cholera.

»Dann kein Shirt«, entscheide ich und trete einen Schritt zurück. Nie wieder trage ich ein Halsband, vor allem nicht Richies.

»Na gut. Noch eine Sache. Ebenfalls eine Vorliebe von Marino, wie ich gehört habe.« Er pfeffert das Shirt in die Ecke und tritt auf mich zu. Automatisch mache ich einen Schritt zurück, doch Richie umrundet mich und bleibt hinter mir stehen. So nah, dass wir uns fast berüh-ren. Ein saurer Geschmack breitet sich auf meiner Zunge aus.

»Halt still«, flüstert er, ehe er den Kopf senkt und die Lippen seitlich an meinen Hals legt. Sofort zucke ich zusammen und will weg von ihm, aber damit hat er schon gerechnet und schlingt von hinten die Arme um mich. Er hält ein Messer in der rechten Hand, dessen Klinge jetzt gefährlich an meiner Brust liegt.

Flach stoße ich den Atem aus und versuche an etwas anderes zu denken, als Richie be-ginnt, zu lecken und zu saugen, um mir einen Knutschfleck zu verpassen.

Da ist kein Feuer, keine Hitze, ganz anders als bei Domenic, nur das schale Gefühl von Ekel, das in meinem Magen rumort.

»Perfekt«, kommentiert Richie sein Werk und wischt mir mit dem Handrücken den Speichel vom Hals. »Blake holt dich in zwanzig Minuten ab.«

»Stehe ich immer noch unter Beobachtung?«, frage ich mit einem genervten Unterton.

»Ein letztes Mal«, verspricht Richie, als er zur Tür tritt. Er wirft mir einen Blick über die Schulter zu. »Wenn heute Abend alles glatt läuft, weiß ich wieder, dass ich dir vertrauen kann.«

## 32. MASON

Zwanzig Minuten können verdammt lang sein, wenn man nichts zu tun hat, außer in dem kleinen Zimmer rumzulaufen. Ich muss mich dazu zwingen, nicht unter die Dusche zu springen und mir Richies Geruch abzuwaschen, was die ganze Warterei schier unerträglich macht.

Als Blake endlich an meine Tür klopft, bin ich richtig erleichtert, auch wenn der schwierige Teil jetzt erst beginnt.

»Wow«, kommentiere ich, als wir gemeinsam durch das Haus treten. Zwar habe ich die Dekoration schon bei Tageslicht gesehen, aber in der Abenddämmerung wirkt sie ganz anders. Die Lichterketten und Lampions bringen eine schummrige, fast gemütliche Atmosphäre hinein. Außerdem fällt mir sofort auf, dass alle Gemälde von de Luca abgehängt wurden.

»Das wird Emilio nicht gefallen«, sage ich, muss aber gleichzeitig grinsen bei dem Gedanken an sein Gesicht, wenn er das später sieht. Auch Blake lacht.

»Was soll er tun? Seinen einzigen Verbündeten umbringen?«

»Tja, wohl eher nicht.«

Die Party findet offenbar in dem riesigen Eingangsbereich statt. Es wurden Stehtische aufgebaut, Whiskey und Zigarren werden verteilt. Auf den ersten Blick erkenne ich nur unsere Männer aus Nashville, aber als ich die Gäste genauer betrachte, fällt mir auf, dass auch einige von de Lucas Leuten da sind. Keine Frauen, anders als bei Domenics Partys.

Ich greife nach dem erstbesten Glas und schenke mir zwei Fingerbreit von dem Whiskey ein, um ihn zu exen. Der Alkohol brennt angenehm in meiner Kehle. »Langsam, Mace. Du bist doch nur noch Wein gewöhnt«, zieht Blake mich auf. Ich zeige ihm den Mittelfinger, ehe ich mir das nächste Glas einschenke.

Nachdem ich den Inhalt herunter gekippt habe, taucht endlich Richie auf. Er trägt ungewohnterweise einen dunkelblauen Anzug mit weißem Hemd, es ist halb aufgeknöpft und offenbart seine tätowierte Brust. Die Schlange, die sich um sich selbst windet, hätte ich fast vergessen. Ihre spitze Zunge zeigt auf seine Kehle.

Alle werden augenblicklich still, als er den Raum betritt.

»Marino ist auf dem Weg. Allein, wie wir es befohlen haben«, sagt er mit einem siegessicheren Lächeln in die Runde. Sofort greifen alle nach ihren Waffen. Ah, Domenic bekommt gleich ein ganzes Empfangskomitee. Fuck, hoffentlich wird das hier nicht in einem Blutbad enden.

»Komm an meine Seite, Mace«, befiehlt Richie und schnipst einmal. Ich verkneife mir ein Augenrollen, lasse mein Glas stehen und dränge mich durch die Menge zu ihm. Er steht in dem Durchgang zum Wohnbereich und hat damit einen guten Blick auf die Eingangstür, ist aber weit genug entfernt. Wenn Domenic eine Waffe zieht, haben fünf Leute ihn erschossen, bevor er richtig zielen kann.

»Na, was meinst du, wann taucht dein Auserwählter auf?«, fragt Richie spöttisch.

»Sag du es mir, du hast doch alles im Blick«, gebe ich zurück und versuche krampfhaft, mir meine Anspannung nicht allzu sehr anmerken zu lassen. Richie zückt sein Handy und blickt darauf.

»Emilio und die kleine Marino sind da«, sagt er laut in die Runde. »Lasst sie rein.«

Keine fünf Sekunden später geht die Tür auf und Emilio betritt mit einem breiten Grinsen im Gesicht den Raum. Dieses vergeht ihm allerdings schnell, da er sofort bemerken muss, dass etwas nicht stimmt: Sein Gemälde im Eingangsbereich ist verschwunden.

»Du hast ein wenig umdekoriert, Richard«, sagt er mit einem verärgerten Unterton und bleibt auf halber Strecke zu uns stehen.

Misstrauisch verengt er die Augen.

»Ja.« Richie sieht ihm fest entgegen. »Es war an der Zeit.«

Ein kurzer Blick in die Runde reicht für Emilio aus, um seine Verärgerung mit einem Lächeln wegzuwischen. Wir sind umgeben von Richies Vertrauten, die auch noch allesamt bewaffnet sind. Und wie es aussieht, ist de Luca selbst heute mal ohne seine Bodyguards unterwegs.

»Schön, es ist *im Moment* dein Zuhause«, erwidert Emilio. »Fühl dich ganz frei, es dir gemütlich zu machen.« Mit diesen Worten überbrückt er die letzte Distanz, wirft mir nur einen abschätzigen Blick zu, ehe er sich an Richies andere Seite stellt.

Arianne betritt hinter ihm den Raum, leise wie eine Katze. Es wirkt so, als würden ihre Füße kaum den Boden berühren, als würde sie schweben. Ihr Kinn ist erhoben, ihr Make-up sitzt wieder perfekt, ihre Lippen sind aufeinandergepresst. Aber ihr leerer Blick entgeht keinem im Raum.

Gut so. Sie befolgt meinen Rat und reißt sich zusammen, für ihren Bruder. Vielleicht auch für die Vorstellung, dass dieser ganze Albtraum für sie bald zu Ende ist. Ich hoffe nur für sie, dass jetzt nichts mehr schiefläuft.

»Hierher, mia Bella«, sagt Richie und schnipst einmal. Arianne stellt sich brav zwischen ihn und Emilio, die Schultern durchgestreckt, aber nun, wo sie mir so nah ist, kann ich das Zittern ihrer Glieder erkennen.

»Dein Bruder ist schon auf dem Weg«, sagt Richie unverfänglich, als wäre das hier ein ganz normales Familientreffen. Er legt ihr eine Hand auf das Steißbein und streicht mit dem Daumen darüber. Er ist wirklich grausam, aber das kenne ich ja bereits.

Ich wende den Blick ab und starre stattdessen auf die Tür und warte darauf, dass diese jeden Moment aufgeht. Alle um mich herum sind angespannt.

Wir müssen uns nicht mehr lange gedulden. In dem Haus ist es so mucksmäuschenstill, dass wir die Stimmen und Schritte von draußen hören. Meine Muskeln spannen sich an, ich verschränke die Arme hinter dem Rücken und halte den Atem an.

Zwei Männer betreten den Raum, sie sind mit halbautomatischen Waffen ausgestattet und tragen dicke Schutzwesten. Ich erkenne sie wieder, Kenny und Jeff, wir haben schon in Nashville zusammen Aufträge erledigt. Hinter ihnen läuft Domenic, den Kopf erhoben wie ein Gott. Wäre diese ganze Situation nicht so beschissen, würde ich schmunzeln über die Tatsache, dass Kenny und Jeff wie zwei Bulldozer nur einen einzigen Mann herführen, der noch nicht einmal bewaffnet ist.

Sie haben Angst vor Domenic Marino und dem Ruf, der ihm vorauseilt. Und verdammt, das sollten sie. Allein mit seiner Präsenz verändert Dom die Stimmung im ganzen Gebäude, jeder der Männer greift nach seinen Waffen und tritt sicherheitshalber einen Schritt zurück, als könnte er sie allein mit seinen Blicken töten.

Lenny und Jeff machen jeweils einen Satz zur Seite, sodass Dom nun unmittelbar vor uns steht, lediglich einen Meter entfernt. Er strahlt pure Ruhe und Überlegenheit aus, selbst in dieser Situation. Mir entgeht nicht, wie Richie unwillkürlich die Schultern durchstreckt, als wolle er sich größer machen. Keine Chance. Dom überragt ihn um einen halben Kopf.

»Richie«, sagt Dom und sein Blick gleitet einmal zu Emilio, bleibt an seiner Schwester hängen, ehe er über Richie und schließlich zu mir gleitet. Meine Welt bleibt kurz stehen, als seine dunkelgrünen Augen meinen Oberkörper mustern und an dem Knutschfleck an meinem Hals hängenbleiben. In der ganzen Aufregung habe ich ihn bereits vergessen, doch nun, wo Dom mich so betrachtet, wünschte ich, mir den Fleck Haut wegätzen zu können.

Er wird verblassen, das weiß ich, aber ich weiß nicht, ob ich das widerliche Gefühl von Richies Zunge an meiner Haut so schnell loswerde. Warum hat es sich bei Domenic nur so viel besser angefühlt?

»Domenic.« Richie grinst falsch. »Oder sollte ich dich schon *Bruder* nennen, jetzt, wo wir verschwägert sind?«

Er nimmt Ariannes Hand und führt sie zu seinen Lippen, um einen Kuss dorthin zu platzieren. Scheiße, ist das da ein Ring an ihrem Finger? Ich versuche, nicht allzu offensichtlich dort hinzustarren, aber dieser Klunker war vorhin noch nicht da.

»Du kannst mich gerne Bruder nennen«, erwidert Domenic leichthin. Er wirkt locker, doch ich merke, dass er angespannt ist. So gut kenne ich ihn immerhin. »Ich bringe auch meine Brüder um, wenn sie sich nicht an die Regeln halten.«

Richie lässt Aris Hand los, legt stattdessen den Arm um sie und zieht sie an seine Brust. »Regeln sind dafür da, um sie zu verändern. Auf Sizilien herrscht nun eine neue Ordnung, Marino. Aber wer so dumm ist, sich auf einen Amerikaner aus Nashville einzulassen, sollte ohnehin nicht eine ganze Insel regieren, findest du nicht?«

Dom lässt sich nicht provozieren von der offensichtlichen Spitze, er hebt nur das Kinn und sieht zu Arianne. »Gib mir meine Schwester zurück, Richie. Das war der Deal.«

»Aber sicher doch.« Er lässt sie los und streicht ihr noch einmal über die Schulter. Wie liebevoll er auf einmal sein kann. »Geh mit deinem Bruder mit, meine Schöne. Wenn du es willst.«

Dom streckt einen Arm nach seiner Schwester aus und für einen Augenblick lang steht ein unübersehbares Flehen in seinen Augen. Denkt er wirklich, Arianne würde nicht mit ihm mitgehen? Er hat ja keine Ahnung, welche Hölle sie hier durchlebt hat.

Arianne zögert nur eine Sekunde, bevor sie auf ihren Bruder zugeht und nach seiner Hand greift, als wäre sie eine Ertrinkende und er ihr rettender Anker. Immer noch schafft sie es, ihre Maske aufrecht zu erhalten.

»Viel Spaß bei eurer Party«, sagt Dom trocken, ehe er einen Schritt rückwärts macht.

»Willst du nicht bleiben und mitfeiern?«, fragt Richie provozierend. »Immerhin warst du schon nicht bei der Hochzeit anwesend.« Er verschränkt die Arme vor der Brust und lächelt siegessicher. »Da dein Vater leider tot ist, habe ich Emilio an seiner Stelle ein Geschenk gemacht. Er hat Arianne das erste Mal zur Frau gemacht, da hat er es verdient, sie ein letztes Mal zu nehmen, findest du nicht auch?«

Scheiße, nicht sein Ernst? Ich hatte Sorge, dass Arianne sich selbst verrät, aber niemals damit gerechnet, dass Richie das einfach hinausposaunt. Mein Blick fällt zu Emilio, dessen Kopf rot anläuft. Für ihn ist das offensichtlich ebenso eine Überraschung.

Domenic hält bei den Worten sofort inne und versteift sich. Kurz starrt er Richie an, dann schellt sein Blick zu de Luca.

»Du hast *was*?«, fragt er gefährlich ruhig.

»Dom, schon gut.« Arianne merkt, dass die Stimmung zu entgleiten droht. Sie umfasst seinen Unterarm und will ihn Richtung Ausgang ziehen, aber er bewegt sich keinen Millimeter.

»Du verdammter Bastard«, presst er an Emilio gerichtet hervor. »Du hast dich an meiner Familie vergriffen. Schon wieder.«

»Dom, bitte.« Jetzt weint Ari richtig, alle Dämme brechen und in meinem Hals bildet sich ein Kloß.

Fuck, mir wird gerade klar, dass das Richies Plan war. Er hat Domenic nicht herbestellt, um ihn zu töten, auch nicht, um ihm friedfertig seine Schwester zu übergeben. Nein, er will Dom nicht töten – er will, dass Dom Emilio de Luca umbringt.

Ja, na klar, man erledigt nicht seinen eigenen Verbündeten, aber wie ich es geahnt habe, will Richie de Luca aus dem Weg räumen, um seinen Clan, seine *Familia*, endgültig unter seine Herrschaft zu bringen. Was ist dabei besser, als den Mord einem gemeinsamen Feind in die Schuhe zu schieben?

»Bleib ruhig, Junge«, gibt Emilio zurück, doch er wirkt nicht halb so lässig, wie er es vermutlich beabsichtigt hat. »Ein Dutzend Waffen sind auf dich gerichtet, mach keine Dummheiten. Nimm deine Hure von Schwester und verschwinde.«

Dom reißt sich von Arianne los und macht bereits einen Schritt auf uns zu, aber Ari schlingt die Arme um seine Brust und zerrt ihn zurück.

»Bitte nicht, lass es sein, bitte Dom, lass uns fahren.«

»Geh raus Ari, sofort«, befiehlt Dom. Sein Blick ist so eisern und fokussiert, dass ich einfach weiß, dass er de Luca hier und jetzt umbringen wird. Er hätte Richies dumme Gequatsche ertragen, aber nicht diese Aktion. Nicht die Vorstellung, dass de Luca seine Schwester vergewaltigt hat. Erneut.

Nichts kann ihn jetzt mehr aufhalten. Nichts – bis auf Ariannes nächsten Worte.

»Hör auf, Dom, er hat mich nicht vergewaltigt, ich schwöre, er hat ja nicht einmal einen hochbekommen!«

Auf ihre Offenbarung hin wird es schlagartig still im Raum und auch Dom hört auf, sich gegen seine Schwester zu wehren. Einen Moment lang könnte man eine Stecknadel fallen hören. Ich verkneife mir ein erleichtertes Ausatmen. Es ist mir zugutegekommen, dass ich bei dem ein oder anderen aus dem Nashviller Clan noch einen Gefallen offen habe. Emilios blaue Pillen auszutauschen war für Laine ein leichtes und er war froh, dass wir damit quitt sind.

Doms Ausdruck verändert sich, er umfasst Ariannes Handgelenk und kehrt uns gemeinsam mit ihr den Rücken zu.

Das ist mutig und sendet eine eindeutige Botschaft. Er könnte auch rückwärts herauslaufen, könnte wachsam bleiben, aber er dreht Richie, unbewaffnet und ohne Personenschutz, den Rücken zu. Erst als Arianne bereits an der Türschwelle steht, hält er inne und wirft einen letzten Blick über die Schulter.

»Wenn du noch einmal mein Eigentum anfasst, führen wir dieses Gespräch auf einer ganz anderen Ebene weiter, Richie.«

Ich bin sicher, er spricht von Arianne. Erst, als er längst aus meinem Blickfeld verschwun-

den ist, begreife ich, dass er damit *mich* gemeint hat. Automatisch fasse ich an den
Knutschfleck an meinem Hals und verspüre
einmal mehr das dringende Bedürfnis, ihn von
meiner Haut zu radieren.

Ich fahre so schnell wie schon lange nicht mehr, der Mercedes saust so flott über die kurvigen Straßen, dass alles um uns herum in verschwommenen Umrissen untergeht.

Es ist nicht so, dass ich so schnell wie möglich weg von de Lucas Territorium will, nein, das ist mir egal. Da ist nur diese unbändige Wut in mir und das Gaspedal im Moment das einzige Ventil.

»Es tut mir so leid, Dom«, schluchzt Arianne. Zum gefühlt hundertsten Mal, ich habe aufgehört zu zählen. Gerade kann ich mich nicht auf sie konzentrieren, kann nicht mit ihr reden, auch wenn so viele Fragen auf meiner Zunge brennen.

Einzig die Vorstellung, dass Alessio voller Sorgen und trüber Gedanken in seinem Zuhause auf uns wartet, veranlasst mich dazu, langsamer zu werden und in seine Straße einzubiegen. Eigentlich wollte ich ihn per Textnachricht informieren, dass alles okay, aber ich habe es nicht über mich gebracht. Ja, ich habe Arianne zurück, wir beide leben, doch ist wirklich *alles okay*?

Ace wartet bereits auf der Veranda vor uns. Sofort läuft er auf das Auto zu und nimmt Ari in den Arm, die sich schluchzend an seine Brust wirft.

»Pscht, schon gut«, tröstet er sie und streicht ihr liebevoll übers Haar. Über ihren Kopf hinweg sieht er mich an. Ich knalle die Tür zu und will an ihm vorbei ins Haus laufen, aber Ace hält mich mit einer Hand auf und zieht mich mit in seine Umarmung mit Arianne.

Tief seufze ich und schließe die Arme um meine Geschwister. Wir umschließen Arianne wie in einem Kokon, was sie noch lauter zum Weinen bringt. Wenn unser Vater uns so sehen würde – er wäre sicher enttäuscht. Dieser Gedanke veranlasst mich dazu, die beiden fester in die Arme zu nehmen.

»Lasst uns in Haus gehen«, wispere ich und löse mich als Erster. »Wir haben einiges zu besprechen.«

Im Inneren wartete Dario auf uns. Er hat Alessio offenbar Gesellschaft geleistet.

»Ist alles gut gelaufen?«, hakt er nach.

»Verpiss dich, Kleiner«, antworte ich ihm düster und lasse mich auf einen der Küchenstühle fallen.

»Alles gut. Danke, Dario«, sagt Alessio leise. »Fahr vorsichtig. Schreib, wenn etwas sein sollte.«

Mein Bruder bedenkt den kleinen Scharfschützen mit so einem warmen Blick, dass ich einen dummen Kommentar abgegeben hätte, wenn diese Situation nicht so beschissen wäre.

Dario drückt aufmunternd Ariannes Schultern, ehe er sich verzieht und die Tür hinter sich zuzieht. Alessio blickt noch aus dem Fenster, vermutlich überprüft er, ob sein Schützling den Weg zum Auto gut überwunden hat.

»Seit wann bist du so eng mit dem Straßenjungen?«, kann ich mir nun doch nicht verkneifen.

»Nenn ihn nicht so, er hat einen Namen und ist dein bester Scharfschütze«, sagt mein Bruder sogleich verärgert.

»Schon immer«, antwortet Arianne, die mir gegenüber Platz genommen hat. Ihre Augen sind rot und verquollen, aber zumindest sind die Tränen fürs Erste versiegt. »Du hast es nur nie gemerkt, weil du nie bei Ace Zuhause warst.«

Gut möglich. Irgendwie kann ich mir nicht vorstellen, dass Alessio wirklich mit ihm schläft. Sie arbeiten immerhin zusammen und Alessio ist so furchtbar gewissenhaft.

»Also.« Mein Bruder zieht sich ebenfalls einen Stuhl heran. Sein Blick gleitet zwischen Arianne und mir hin und her. »Was ist passiert?«

»Es tut mir so leid«, wiederholt Arianne und knetet nervös ihre Hände. »Das alles. Ich …«

»Wusstest du, wer Jason ist, als du ihn in mein Haus gelassen hast?«, hake ich ruhig nach, als sie um Worte ringt. Sie reißt die Augen auf.

»Nein! Er hat mich die ganze Zeit angelogen, ich ... scheiße, ich weiß gar nicht, wo ich anfangen soll. Er hat mich so geblendet mit seinen Worten und seiner vorgetäuschten Liebe. Ich wollte niemals, dass er dich verletzt, dass er unsere Leute tötet ...« Tränen rinnen über ihre Wangen, aber sie wischt sie tapfer weg und spricht weiter. »Er hat mir prophezeit, dass du ihn umbringen wirst und er deshalb Leute mitnimmt, zum Schutz. Ich wollte meine Sachen packen und mit ihm gemeinsam abhauen, um zu ihm zu ziehen. Immerhin wusste ich, dass du mir das niemals erlauben wirst. Erst als ich dann bei ihm war, hat er mir Stück für Stück offenbart, was eigentlich vor sich geht. Wer er ist und wie sein Plan aussieht.«

Ihre Worte schmerzen, obwohl das lange nicht die schlimmste Version ist, die ich mir ausgemalt habe. Immerhin habe ich damit gerechnet, dass Arianne noch zu Richie hält und weiterhin für ihn arbeitet. Dennoch ... ich bin ihr großer Bruder, ich habe immer mein Bestes getan, um sie zu beschützen und ihr gleichzeitig alles zu geben, was sie möchte. Zu hören, dass sie weg von mir wollte, tut weh. Es hat nur einen jungen Mann gebraucht, der ihr die richtigen Worte zuflüstert, damit sie sich von mir, ihrem eigenen Fleisch und Blut, abwendet.

»Es tut mir leid, Domenic«, formt sie tonlos mit den Lippen, als hätte sie mir die Gedanken vom Gesicht abgelesen. Sie schnieft und räuspert sich. »Das war so unglaublich dumm und ... ich habe schnell gemerkt, dass Jason – dass Richie – nicht der ist, der er vorgegeben hat zu sein.«

»Hast du ihn wirklich geheiratet?«, hake ich nach. Alessio reißt schockiert die Augen auf, aber zum Glück schüttelt Ari sofort heftig den Kopf. Sie zieht sich den Ring vom Finger, als könnte sie es nicht mehr ertragen, ihn auf ihrer Haut zu spüren.

»Alles nur Show«, sagt sie. »Wie alles bei Richie.«

Eine Weile ist es still. Ich kann meine Schwester nur ansehen und den Schmerz wegatmen.

»Ihr wisst sicher bereits, dass die Amerikaner aus Nashville sich mit de Lucas Clan verbündet haben«, spricht sie schließlich weiter. »Und offenbar ist Richie dabei, die ganze *Familia* zu infiltrieren. Er hat schon etliche Leute auf seine Seite gezogen.«

»Aber warum sind sie überhaupt hergekommen?«, hakt Alessio nach. »Wegen Mason?«

Arianne nickt mit zusammengepressten Lippen. »Richie hat sogar behauptet, es wäre Masons Plan gewesen, den de Luca Clan zu infiltrieren. Mace hatte Schulden bei ihm und ist nach Sizilien geflüchtet, Richie ist ihm gefolgt und dann ist alles ins Rollen gekommen. Richie hat sich mit Emilio zusammengetan und Mace ... Mace war hier bei uns.«

Verdammt, jetzt, wo sein Name so oft fällt, kann ich die Gedanken an ihn nicht mehr zurückdrängen. Wie er heute neben Richie stand ... Halb nackt, stur, genauso verführerisch wie damals, als er an meiner Seite auf der Party aufgetaucht ist. Der Knutschfleck an seinem Hals war das Schlimmste daran. Der einzige Gedanke, an den ich mich klammere ist, dass Richie ihm diesen nur verpasst hat, um mich zu ärgern.

Aber was weiß ich schon. Vielleicht hat er ihn auch gefickt. Vielleicht hat Mason es genossen, sich danach gesehnt, hat sich ihm hingegeben, so wie mir. Ich weiß überhaupt nicht mehr, was ich denken soll.

»Erst dachte ich, dass Mason mit einem Plan gekommen ist, Richie zu töten«, fährt Arianne mit leiser Stimme fort. Sie reibt sich über die Augen, dunkel Ränder ihrer Mascara bleiben in ihren Augenwinkeln hängen. »Aber er arbeitet offenbar für Richie. Keine Ahnung. Oder habt ihr das alles abgesprochen?« Hoffnungsvoll blickt sie zu mir.

»Mason hat mit Ricardo zusammengearbeitet und mich reingelegt, bevor sie beide abgehauen sind«, erzähle ich ihr. Die Erinnerung daran macht mich immer noch krank. Wie ahnungslos ich doch war. Wie sehr ich ihm vertraut habe. Und gerade nach der gemeinsamen Nacht, nach dem Morgen mit ihm im Bett, hintergeht er mich so.

»Ich habe die Trauerfeier verpasst.« Aris Blick wird leidend. »Ich wollte so gerne bei euch sein. Aber Richie ... na ja. Er wollte es nicht.«

»Und die Sache mit de Luca?«, hake ich nach.

»Es war so, wie ich es dir gesagt habe«, verspricht Arianne. Alessio zieht fragend eine Augenbraue hoch, aber ich schüttle leicht den Kopf. Ich werde es ihm erzählen, doch nicht mehr heute Abend.

Ich muss mich mit Christian unterhalten. Jetzt, wo wir Arianne haben, hat Richie kein wirkliches Druckmittel mehr. *Bis auf Mason.* Aber der zählt nicht. Er ist derjenige, der die Seiten gewechselt hat.

*Ich liebe dich, Dom. Vergiss das nie. Versprich mir, dass du es niemals vergessen wirst.*

Seine Worte hallen immer noch wie ein Echo in meinen Kopf wider, immer dann, wenn ich sie am wenigsten gebrauchen kann. Auch jetzt.

Ich werde die richtige Entscheidung treffen. Schon bald.

## 34. MASON

Ich habe wieder ein T-Shirt an und bin froh, dass dieser Abend endlich vorbei ist. Zumindest fast. Eine Frage muss Richie mir noch beantworten.

Deshalb stehe ich jetzt vor seiner Zimmertür und klopfe zweimal. Kein Blake mehr von meinem Zimmer, kein Schloss, keine Beschränkungen. Ich gehe davon aus, dass ich Richies Vertrauen wiedergewonnen habe.

Die Tür öffnet sich und mein Boss blickt auf mich herab. »Hallo, Mace«, sagt er mit einem anzüglichen Grinsen. Er lehnt sich mit dem Unterarm gegen den Rahmen und beugt sich ein Stück vor. Er trägt nur Boxershorts, sonst nichts. »Kaum, dass meine Braut ausgeflogen ist, kriechst du zu mir unter die Bettdecke?«

Gott, dieser Wichser bringt mich auf die Palme. Er weiß ganz genau, dass es niemals so war. Er hat sich genommen, was er wollte, ohne jemals auf mich zu achten. Ob er mir wehtut, ob ich es will oder auch nur den Anflug von Lust empfinde. Auf eine Wiederholung verzichte ich liebend gerne.

»Was ist mit meinen Schwestern passiert?«

Richies Grinsen verschwindet, er rollt mit den Augen und seufzt leise. »Emilio war wütend darüber, dass du ihm Marinos Uhr wieder weggenommen hast. Er wollte Rache und ich habe sie ihm gegeben. Es war nicht besonders schwer, Clara und Carola nach Sizilien zu locken. Er hat ihnen die Kehlen durchgeschnitten.«

Seine Antwort fühlt sich an wie ein Boxschlag in meinen Magen. Unwillkürlich taumle ich zurück und schlucke gegen den Kloß in meinem Hals. »Und das hast du zugelassen?«

»Was soll ich dir sagen, Mace? So ist das Leben als Krimineller, deine Familie ist immer in Gefahr. Kommst du jetzt rein oder nicht?«

Ganz sicher nicht. Ich verkneife mir jeden weiteren Kommentar, mache auf dem Absatz kehrt und verschwinde.

In mir tobt ein Tornado, Bilder schießen vor mein inneres Auge. Clara und Carola, die so gleich aussehen, dass selbst ich sie in ihren jungen Jahren verwechselt habe. Irgendwann habe ich damit angefangen, ihnen unterschiedliche Outfits anzuziehen, aber sie haben sofort protestiert, wollten immer alles zusammen machen, gleich aussehen. Ich war bei allem dabei – ihrem ersten Streit, dem ersten Kuss, dem ersten Freund, habe sie durch die Highschool gebracht, nur, damit sie jetzt meinetwegen gestorben sind?

Als ich in meinem Zimmer ankomme und mich gegen die Tür lehne, bekomme ich kaum noch Luft. Am liebsten würde ich mir das Herz aus der Brust reißen, da das dämliche Organ nicht aufhören will, schmerzhaft zu schlagen.

Ich erwische mich bei dem Gedanken, wie ich mir wünsche, Dom jetzt bei mir zu spüren. Vielleicht würde er mich umarmen, ich dürfte die Nase an seinem Hals vergraben, seinen vertrauten Geruch einatmen.

Er würde vielleicht irgendeinen dämlichen Kommentar abgeben, ich würde ihn dafür in die Seite boxen, aber es würde mir besser gehen. Zumindest ein bisschen.

»Fuck«, fluche ich, stoße mich von der Tür ab und laufe zum Fenster, um es aufzureißen. Die frische Luft hilft mir, wieder einen klaren Kopf zu bekommen, Doms Anwesenheit aus meinen Gedanken zu vertreiben und mich auf das Hier und Jetzt zu fokussieren.

Richie hat gesagt, de Luca hat meine Schwestern nach Sizilien gelockt und umgebracht, nachdem ich ihm Doms Uhr zurückgestohlen habe. Aber ... Moment mal. Ich erinnere mich sehr gut daran, dass de Luca mich an diesem Abend zu Boden gedrückt und mir zugeflüstert hat, dass er mir die Kehle durchschneiden wird, so, wie er es bei meinen Schwestern getan hat.

Ich kneife die Augen zusammen und lasse den Abend gedanklich Revue passieren und erinnere mich an Richies Worte. Das passt doch nicht. Oder hatte de Luca zu diesem Zeitpunkt schon geplant, meinen Schwestern etwas anzutun?

Stirnrunzelnd blicke ich zurück zu meiner geschlossenen Zimmertür. Hat Richie mich gerade angelogen oder wünsche ich mir nur so sehr, dass es nicht stimmt, dass ich mich an jeden Strohhalm klammere?

Der nächste Morgen beginnt so trüb, wie der gestrige Tag geendet hat. Ich dusche, ziehe mir frische Klamotten an und frühstücke schnell allein in der Küche, bevor die anderen auftauchen.

»Wir haben was zu besprechen, Mace«, kündigt Richie an und schnipst einmal mit den Fingern. »Komm mit mir mit.«

Man, seine schlechte Laune ist wie eine Dunstwolke, die alles um ihn herum verpestet. Dennoch hefte ich mich an seine Fersen und folge ihm. »Was steht an, Boss?«

»Das gestern hat nicht so geklappt wie gewünscht«, knurrt er. »De Luca lebt noch und Arianne ist weg. Nicht so optimal.«

Also hatte ich recht mit meiner Vermutung.

Richie hatte tatsächlich vor, Dom seine Drecksarbeit erledigen zu lassen.

»Ich hätte nichts dagegen, die erste Sache zu ändern«, gebe ich kühl zurück. De Luca umzubringen würde mir vielleicht nicht die Genugtuung geben, die ich mir erhoffe, aber zumindest für einen kurzen Moment lang würde es das Brennen in meiner Brust vertreiben.

»Nein. Planänderung.« Schwungvoll öffnet Richie die Tür zu dem Büro und deutet mir mit einem Kopfnicken, einzutreten. Er knallt die Tür hinter uns zu und läuft zum Schreibtisch, um sich gegen diesen zu lehnen. Ich bleibe sicherheitshalber einen Meter entfernt stehen und verschränke die Arme vor der Brust.

»Und wie sieht die aus?«, hake ich nach, als Richie nicht weiterredet.

Er spiegelt meine Haltung und neigt interessiert den Kopf zur Seite. »Was weißt du über diese Uhr, die du zweimal gestohlen hast und die jetzt wieder bei Marino ist?«

Ich runzle nachdenklich die Stirn. »Da ist wohl eine Art Chip integriert, auf dem Infos gespeichert sind. Drogenrouten, Händler, Verbündete, sowas eben. Aber sie war nicht lange genug bei de Luca, Dom hat gesagt, dass sie nicht geknackt worden ist.«

Richie verzieht kurz das Gesicht. »Dann sind seine Hacker nicht so gut wie de Lucas. Tatsächlich haben wir alle Infos von der SD-Karte.«

Meine Augenbrauen schießen hoch. »Wirklich? Und wie sollen wir uns das zu Nutzen machen?«

»Ich habe da schon so eine Idee.«

Neugierig recke ich das Kinn und Richie leckt sich über die Lippen, bevor er zum Sprechen ansetzt: »Auf der SD-Karte gibt es einen Notfallplan, aufgeschrieben wohl für Marinos Nachfolger, wenn er die Kurve kratzt. Und wir kennen jetzt alle Einzelheiten dieses Plans. Sagt dir der Name Jenkins etwas?«

Ich kneife die Augen zusammen. »Ja. Dom hat sich vor ein paar Tagen mit Jenkins und seiner Truppe getroffen. Keine Ahnung, wer das ist.«

Richie wirkt zufrieden. »Ronald Jenkins betreibt eine Söldnertruppe. Ex-Marines und Soldaten, eine Sondergruppe, die gegen die richtige Bezahlung für dich arbeitet. Marino hat ihre Dienste schon das ein oder andere Mal in Anspruch genommen.«

»Ah«, gebe ich zurück. »Und du willst sie abwerben?«

»Nein.« Er verzieht kurz das Gesicht. »De Luca meint, Jenkins ist zwar käuflich, aber loyal, wenn sie erstmal einen Auftrag angenommen haben. Das will ich nicht riskieren.«

»Was willst du dann mit Jenkins Truppe tun?«, hake ich nach.

Richie macht eine wegwerfende Handbewegung. »Jenkins ist nur ein Teil von meinem Plan. Aber zuerst müssen wir sichergehen, dass Marino ihn auch durchführt. Das heißt, wir müssen ihn wirklich, wirklich wütend machen.«

Trocken lache ich auf. »Seine Schwester zu entführen, seine Leute umzubringen und ihn zu verraten hat ihn nicht wütend genug gemacht?«

Ein fieses Grinsen legt sich auf seine Lippen, er neigt leicht den Kopf. »Er betrachtet dich noch als sein Eigentum«, sagt er unvermittelt. Ein kalter Schauer fährt über meinen Rücken bei seinem Blick.

»Keine Ahnung, wovon du redest«, weiche ich aus.

Er stößt sich vom Schreibtisch ab. »Marino hat uns ein nettes Video von Ricardos Nichte geschickt. Diesen Gefallen will ich erwidern.« Er zückt sein Handy heraus. Sofort mache ich einen Schritt zurück.

»Fass mich nicht an.«

»Komm schon, Mace. Als ob Marino dich besser gefickt hat als ich.«

Mein Magen krampft sich zusammen und ich balle die Hände zu Fäusten. »Fick dich selbst, Rich. Ich mach da nicht mit.«

Richie pfeift einmal durch die Zähne und wie auf Kommando fliegt die Tür auf und zwei Männer treten ein. Lenny und Jeff. Haben sie etwa draußen gewartet?

»Haltet ihn fest«, befiehlt Richie.

All meine Muskeln spannen sich an, ich mache mich kampfbereit, aber Jeff weicht meinem Schlag aus und umfasst meinen Arm. Lenny ist auf meiner anderen Seite.

»Lass mich los!«, rufe ich atemlos. »Richie, ich meins ernst, lass den Scheiß!«

Er lacht nur auf. »Zieht ihm das T-Shirt aus.«

Die Männer tun es, schweigend und mit ernster Miene. Sie zerren mir das Kleidungsstück vom Körper und zwingen mich auf die Knie. Jetzt sitze ich mit dem Rücken zu Richie, was die ganze Sache viel schlimmer macht. Ich höre seine näherkommenden Schritte, jeder weitere fühlt sich an wie ein dumpfer, kalter Schlag in den Magen.

»Dein Eigentum, Marino?«, sagt Richie, der offenbar die Kamera angeschmissen hat. Im nächsten Moment spüre ich seine Hand in meinem Nacken, sein Handballen presst sich auf Doms Initialen. »Dann darfst du dabei zusehen, wie ich ihn benutze, so, wie ich es schon immer getan habe.« Er drückt zu, Lenny und Jeff helfen nach und zwingen meinen Oberkörper herunter.

»Fuck, hör auf!«, versuche ich es erneut. Richie drückt fester zu, sodass meine Wange schmerzhaft gegen den dreckigen Teppichboden gedrückt wird. Übelkeit steigt in mir auf, in meinem Inneren toben Widerwillen und Angst.

»Wie gefällt dir das, Mace?«, fragt Richie provokant und reibt sich von hinten an mir. »Wie gefällt es dir, wieder unter mir zu sein? Mich zu spüren?«

»Hör auf, bitte.« Die Angst, die Panik und das allumfassende Gefühl von Hilflosigkeit schnüren alles in mir zusammen. »Fuck, bitte ... *Dom.*« Sein Name kommt nur erstickt und flehend aus meinem Mund und im nächsten Moment bereue ich es wieder. Domenic wird nicht wie aus dem Nichts auftauchen und mich hiervon erlösen, er wird das Video erst viel später erhalten und mich auch noch Heulen hören. *Fuck, reiß dich zusammen.*

Richie lacht wieder. »Oh ja, Kleiner, dein Betteln macht mich so an.« Sein Gewicht verschwindet kurzzeitig von mir, doch nur, um mir die Jeans auszuziehen. Ich will mich herauswinden, aber Lenny und Jeff halten mich eisern fest und drücken mich nach unten. Meine Wange kratzt auf dem Teppichboden.

»Macht es Spaß, zuzusehen, Marino?«, fragt Richie lockend in die Kamera. Er ist wieder über mir und stößt zu. Ich beiße die Zähne zusammen, warte auf den Schmerz, aber er kommt nicht. Zwar spüre ich ihn, seinen Schwanz an meinem Hintern, doch er dringt nicht in mich ein, imitiert nur die Stöße und stöhnt. Sein heißer Atem strömt über meinen Nacken und am liebsten würde ich mich übergeben. Ich wimmere, als Richie die Finger in meine Seite bohrt.

»Wer macht es besser, Dom oder ich?«, fragt er mich spottend und stößt erneut zu. In meinem Inneren bricht alles zusammen. Es ist keine richtige Vergewaltigung, aber das Gefühl ist dasselbe. Haut auf Haut, sein Geruch in meiner Nase, die Hände, die mich schmerzhaft nach unten drücken. Ich fühle mich zurückversetzt.

»Na los, Mace, sag es mir«, fordert er mich auf und reibt sich schneller an mir.

»Du«, gebe ich leise zurück, weil ich weiß, dass er es hören will.

»Ganz genau«, flüstert er mich zu, bevor er das Video stoppt und dieser Albtraum endlich endet.

*Fuck, bitte ... Dom.*

Masons Flehen hallt in meinem Inneren wider. Mein Name aus seinem Mund, so flehend, voller Verzweiflung. Ich habe mir das Video mehrmals angesehen und mit jedem weiteren Mal ist etwas in mir zerbrochen.

*Fuck, bitte ... Dom.*

Verdammt, es ist masochistisch und bringt mir nichts, aber ich kann nicht aufhören. Masons Angst, die Panik in seiner Stimme, schneidet jedes Mal tief.

Zu Anfang habe ich gesagt, ich will ihn brechen, will das Feuer in ihm auslöschen. Doch das war niemals wahr. Ich habe sein Feuer eingeatmet, als wäre es mein Sauerstoff. Ich wollte seine Sturheit, seinen Kampfeswillen, seine Widerworte, seine Dominanz und seine Unterwürfigkeit, aber nur, wenn er sie mir freiwillig gegeben hat. Das, was Richie mit ihm gemacht hat, ist nichts als bloße Grausamkeit.

»Hat er ihn wirklich ...« Arianne kann die Worte gar nicht aussprechen. Sie sitzt gemeinsam mit Roy auf dem Sofa und sieht mir mit tränennassen Augen entgegen. Alessio tigert unruhig im Wohnzimmer hin und her.

Ich habe das Video bekommen, als ich gerade mit meinen Geschwistern zu Abend gegessen habe, habe die ersten Sekunden laut abgespielt, bevor ich mich für das Anschauen zurückgezogen habe. Jetzt bin ich zurück, die Worte und Bilder wie ein Nachhall vor meinem inneren Auge.

»Ich fahre zu Christian«, gebe ich dumpf zurück, ohne auf Aris Frage zu antworten.

»Was, also, wie ...« Alessio findet mal nicht die passenden Worte, was ansonsten nie vorkommt. Sein Blick flackert so hilflos hin und her, wie ich mich fühle. »Mason ist doch Teil von Richies Clan, warum hat er ihn vergewaltigt?«

»Um mir wehzutun, schätze ich«, erwidere ich kühl. Um uns allen wehzutun, korrigiere ich mich im Stillen. Meine Geschwister haben ihre eigene Beziehung zu ihm aufgebaut, wir alle haben ihm vertraut, ihn gemocht.

»Wir aktivieren den Notfallplan«, sage ich, nachdem ich dreimal tief durchgeatmet habe. »Das geht so nicht weiter. Wir befinden uns mitten im Krieg.«

Die Augen meines Bruders werden groß. »Nicht einmal ich kenne alle Details dieses Plans.«

»Dann wirst du sie bald erfahren. Aber zuerst werde ich mich mit Romano unterhalten. Er ist ein wichtiger Bestandteil davon. Jenkins und seine Jungs habe ich bereits eingespannt.«

»Und was ist mit Mason?«, hakt Arianne leise nach.

*Fuck, bitte ... Dom.*

*Ich liebe dich, vergiss das nie. Versprich mir, dass du das niemals vergisst.*

Resigniert senke ich die Schultern. »Das weiß ich noch nicht«, gebe ich zu.

## 36. MASON

Nach zwei Duschen fühle ich mich immer noch schmutzig. Benutzt und beschädigt. Aber es muss weitergehen. Ich muss mich zusammenreißen, aufstehen und weitermachen. Wir befinden uns in einem verdammten Krieg.

»Na endlich.« Richie wartet schon ungeduldig in dem Büro auf mich. Ich streiche mir mein frisches Shirt glatt und bedenke ihn mit einem bitterbösen Blick.

»Fick dich, Rich. Das tust du nie wieder.«

Er grinst. »War doch nur gefakt. Aber deine Angst sollte echt sein, für das Video. Dein verzweifeltes *Bitte, Dom* war wirklich filmreif, Kleiner.«

Ich strecke ihm den Mittelfinger entgegen.

»Ich bin ja nicht mal gekommen von dem bisschen Gereibe, also entspann dich«, gibt Richie zurück und tippt mit den Fingern auf die Karte, die vor uns ausgebreitet ist. »Konzentrieren wir uns aufs Wesentliche.«

Ich schlucke meine Verärgerung herunter und blicke mir die Karte genauer an. Wir schauen auf Sizilien, auf de Lucas Quartier sind mehrere Markierungen gezeichnet.

»Laut dem Notfallplan werden Jenkins Leute hier zuerst angreifen.« Richie deutet auf den östlichen Teil. »Hier gibt es kaum Häuser und diese Gegend wird daher nicht stark bewacht. Es ist ein Leichtes für die Söldner, dort einzudringen und die ersten Wachposten niederzustrecken. Eigentlich.«

Ich hebe eine Augenbraue. »Was hast du vor?«

»Wir begrüßen sie mit ein paar Handgranaten und schweren Geschützen. Auf der anderen Seite Siziliens soll die nächste Kavallerie aufkreuzen.« Er fährt mit dem Finger einen Bogen über de Luca Gebiet und kommt zum südlichsten Teil. »Diese lassen wir passieren und weiter vordringen. Dort sind viele Hotels und Apartments, wir wollen die Touristen nicht vertreiben. Sie werden versuchen, in diese Villa einzudringen, weshalb wir sie räumen und an den Türen Sprengsätze anbringen.«

Ein Kloß bildet sich in meinem Hals bei der Vorstellung. »Fuck, willst du ganz Sizilien brennen lassen?«

Richie grinst. »Ja. Wir richten so viel Chaos in de Lucas Teil Siziliens an, damit wir beide genau hier sein können.« Er fährt mit dem Finger über die Karte, bis er auf ein Gebäude zeigt.

»Doms Villa?«, hake ich ungläubig nach.

»Ganz genau. In dieser Villa befindet sich der Jackpot. Etliche Mengen Bargeld und vor allem Dokumente, die Marino zur Erpressung benutzt. Viele Cops und wichtige Leute auf Sizilien arbeiten nicht freiwillig mit Marino zusammen. Wir werden alles niederbrennen und der Marino-Familia ein wichtiges Standbein nehmen. Abgesehen davon, dass wir an diesem Abend etliche ihrer Leute umbringen. Und falls Dom nicht unter ihnen sein wird, wird er erstmal damit beschäftigt sein, die Scherben aufzukehren.«

Richie lehnt sich zurück, den Blick auf die Karte gerichtet, als habe er alles schon genau vor Augen. »Diese Villa ist der bestgeschützte Bereich auf ganz Sizilien, aber an diesem Abend werden die Marinos besseres zu tun haben, als darauf aufzupassen.«

»Du konntest mit unseren Leuten diese Villa infiltrieren und hast seine Wachleute umgebracht«, sage ich stirnrunzelnd. »Sehr bewacht schien mir die Villa nicht.«

Richie schnalzt mit der Zunge. »Nur, weil Arianne mich hereingelassen und die Wachleute geschmiert hat. Aber diesen Trumpf kann ich jetzt nicht mehr ausspielen.«

»Und Doms ganzes Heiligtum liegt in der Villa einfach so zur freien Verfügung herum?«, hake ich nach.

»Im Keller, in einem Tresor«, erklärt Richie.

»Und wie kommen wir da ran?«

»Das ist ja die beste Sache.« Wieder grinst Richie. »Er ist mit einem Handabdruck gesichert. Der Tresor wurde damals von Marinos Vater erbaut, er hat seinen Handabdruck, den seines Sohnes und den seines besten Freundes und damaligen Verbündeten eingespeichert.«

Meine Augen weiten sich, als mir bewusst wird, was das zu bedeuten hat. »Emilio de Luca.«

»Genau.«

»Dann ist es ja gut, dass wir ihn noch nicht umgebracht haben«, gebe ich trocken zurück. Richie zuckt mit den Schultern.

»Mein ursprünglicher Plan ist nicht aufgegangen, aber dieser hier gefällt mir fast noch besser.«

Tief atme ich durch und reibe die Hände aneinander. Meine Fingerspitzen kribbeln erwartungsvoll. Das alles wird plötzlich so real. Wir werden bald einen wahren Krieg auf offener Straße führen. Das ist so surreal und gleichzeitig viel zu nah.

»Und wann geht es los?«

»Wir werden nicht mehr lange warten müssen, da bin ich sicher.« Unsere Blicke kreuzen sich. »Du wirst mich begleiten. Du kennst die Codes, du kennst das Haus. Und sobald de Luca seinen Zweck erfüllt hat, wirst du ihn umbringen.«

Bei der Erwähnung versteifen sich all meine Muskeln.

»Er hat deine Schwestern umgebracht und wollte dich ebenfalls töten«, lockt Richie mich. Das ist gar nicht nötig. Es ist mir egal, dass er nur möchte, dass ich seine Drecksarbeit erledige. Ich will de Luca tot sehen, seit dem Abend, als ich ihm das Messer in die Brust gestochen habe und dieser Wunsch hat sich mit der Zeit nur verstärkt.

»Ich werde es tun«, sage ich sofort und nicke.

Ich werde meine Rache bekommen und Richie wird auf Sizilien noch mächtiger, noch einflussreicher. De Luca wird von der Bildfläche verschwinden und Marinos Familia zerstört.

Der perfekte Plan.

Um mich herum herrscht Dunkelheit.

Ich stehe in meiner Villa, die mehrere Jahre mein Zuhause war, aber jetzt fühlt sich alles hieran fremd an. Das Esszimmer mit Kaminecke, die verwaiste Küche. Ich ertrage es kaum, hier zu sein und mit jedem Atemzug eine neue Erinnerung aufgezwängt zu bekommen. Mason bei unserem ersten gemeinsamen Abendessen, wie ich ihn gegen den Sessel gedrückt und meine Initialen eingeritzt habe. Sein störrisches Funkeln, jedes Mal, wenn wir gemeinsam am Tisch saßen.

Genervt von meinen eigenen Gedanken lasse ich den Essbereich hinter mir und trete an die große Glasfront im Wohnzimmer. Der Pool liegt ruhig und dunkel vor mir. Er wurde seit Tagen nicht mehr gereinigt und ich weiß nicht, ob es sich lohnt, das nochmal in Auftrag zu geben.

Keine Ahnung, was ich mit dieser Villa machen werde. Aber ich werde sicher nicht länger hier wohnen.

Anspannung kribbelt in meinem Nacken und sofort fahre ich herum, fasse an meine Waffe und sehe mich um. Kein Geräusch, kein Schatten hinter mir, ich bin allein. Dennoch schweift mein Blick wachsam über die Möbel, bevor ich die Schultern lockere und mich der Treppe zuwende. In meinem alten Schlafzimmer war ich nicht mehr seit Richies *Besuch.*

Es fühlt sich komisch an, es jetzt wieder zu betreten. Jedes Mal, wenn Mason in meinem Bett lag, habe ich mich so machtvoll gefühlt. Nicht, weil ich ihn in Handschellen gefesselt und an den Pfosten gekettet habe, sondern weil ich es geschafft habe, dass er sich mir hingibt.

Das Spiel mit dem Feuer war berauschend, aber im Endeffekt habe ich mich verbrannt. Ein bitterer Geschmack breitet sich in meinem Mund aus und ich schlucke angestrengt.

Ich sollte gehen.

Es bringt nichts, in Erinnerungen zu versinken, es gibt genug andere Dinge zu tun. Unser Notfallplan rollt an und das sollte all meine Konzentration einfordern.

Mit einem schweren Gefühl in der Brust verlasse ich die Villa. Eine kühle Brise wirbelt mein Haar durcheinander und ich werfe einen letzten Blick zurück auf das Gebäude. Mein ehemaliges Zuhause. Es war auch Masons, zumindest für eine Weile lang.

Und ich weiß, dass dieser Abschied nur so schmerhaft ist, weil es sich auch wie ein Abschied von ihm anfühlt.

Zuhause ist kein Ort, sondern die Personen, mit denen man es teilt. Es ist ein Gefühl von Geborgenheit.

Ich weiß nicht einmal, ob ich ihn wiedersehe. Ich habe ihm vertraut und ich weiß nicht, ob das der größte Fehler meines Lebens war.

Mein ganzer Körper kribbelt vor Anspannung und nicht nur aufgrund der Tatsache, dass ich gemeinsam mit Richie und de Luca in einem Auto sitze.

Ich habe das merkwürdige Gefühl, dass heute alles furchtbar schieflaufen wird. Fuck, Richie wird Chaos anrichten und es ist absolut nicht absehbar, wie dieser Tag ausgeht.

Dom hat den Startschuss gegeben, indem Jenkins und seine Männer versucht haben, in den östlichen Teil von de Lucas Gebiet einzudringen – wie erwartet. Und nun sind wir auf dem Weg zu Doms Villa. An diesen Ort, an dem alles angefangen hat. Dorthin zurückzukehren, ohne Dom und auf der anderen Seite des Schlachtfelds, fühlt sich falsch an.

»Den Rest laufen wir«, beschließt Richie und gibt Blake ein Zeichen, anzuhalten. Bisher konnten wir uns gut durch Marinos Gebiet fortbewegen, wir befinden uns etwa fünf Minuten von der Villa entfernt. »Na los, ausschwärmen.«

Ich greife nach der Kappe und setze sie auf, damit man mein Gesicht nicht sofort erkennt. Auch Richie und Emilio sind als Touristen getarnt. Es wäre töricht, zu glauben, dass wir dadurch überhaupt nicht auffallen, aber zumindest sieht man uns nicht auf den ersten Blick an, dass wir Kriminelle aus dem verfeindeten Clan sind.

Richie läuft voraus, ich bilde das Schlusslicht. In meiner Hand halte ich eine Digitalkamera, die lässig um mein Handgelenk baumelt, um mein Touristen-Outfit komplett zu machen. Die Waffe und die beiden Messer sind gut in meiner Hose und unter dem Pullover versteckt. Heute ist es nicht sonnig und brechend heiß. Vor den Himmel haben sich dichte, graue Wolken geschoben und bilden den Abschluss eines trüben, regnerischen Tages.

Wir kommen gut voran, haben bereits zwei Blocks hinter uns und schlängeln uns gerade zwischen großen Villen durch die breiten Straßen, als ein Schuss abgegeben wird. Er trifft mich nicht, saust aber nur knapp neben mir vorbei. Ich reagiere instinktiv, als ich de Lucas Schulter packe und ihn in die nächste Gasse ziehe. Dort dränge ich ihn hinter einen großen Müllcontainer und greife nach meiner Waffe. Richie ist uns nicht gefolgt. Fuck, hat es ihn etwa erwischt? Nein, das hätte ich mitbekommen.

»Wir wurden erkannt«, presse ich hervor und sehe mich hektisch um. Den Schützen habe ich bisher nicht gesehen. Stand er überhaupt in unmittelbarer Umgebung oder wurde von einem Gebäude aus auf uns geschossen?

Richie ist in eine andere Richtung geflüchtet, sodass es nur de Luca und ich sind.

»Ich wusste, das ist eine schlechte Idee«, brummt Emilio und wischt sich Schweiß von der Stirn. »Ich hätte nicht ohne meine Männer gehen sollen.«

»Deine Männer sind gerade anderweitig beschäftigt«, gebe ich zurück. Am liebsten würde ich ihn einfach hier seinem Schicksal überlassen, aber wir brauchen seinen Handabdruck für den Tresor. »Komm mit, wir gehen hier lang.«

»Warum sollte ich dir vertrauen, *Americano*?«, fragt er zwischen zusammengepressten Zähnen.

»Nun, dir bleibt keine andere Wahl. Jetzt komm!«, dränge ich ihn und laufe schon los, tiefer in die Gasse hinein. Emilio folgt mir zögerlich. Es ist mir immer noch schleierhaft, wie Richie ihn davon überzeugen konnte, ganz allein mit uns mitzugehen. Aber scheinbar hat er ihm weißmachen können, dass das hier eine absolut sichere Nummer ist. Was für ein Narr.

Wir kommen am anderen Ende der Gasse heraus und ich presse mich gegen die Mauer einer Villa, um mich daran entlang zu schleichen. Wachsam blicke ich mich um. Wir sind in einem Wohnviertel, die Straßen sind ruhig und größtenteils leer um diese Uhrzeit, aber das hat nichts zu heißen. Überall in den Gebäuden könnten sich Scharfschützen befinden.

»Beeil dich!«, rufe ich de Luca deshalb zu, als ich schon an der nächsten Gasse ankomme. »Hier lang.« Wieder laufe ich diese entlang, spähe wieder um die Ecke. Die Luft ist rein.

»Das ist ein Umweg«, knurrt Emilio mir keuchend zu.

Das stimmt, wir laufen im Zick-Zack, aber so ist die Chance geringer, erwischt zu werden.

»Folg mir einfach, ich weiß, was ich tue«, gebe ich barsch zurück und sprinte weiter.

Es fühlt sich an wie eine gefühlte Ewigkeit, bis die Villa endlich in Sicht kommt. Ich bleibe davor im Schatten eines Hauses stehen und presse mich dagegen.

»Worauf wartest du?«, fragt de Luca, der sich schwer atmend neben mich lehnt.

»Wir müssen irgendwie ins Innere gelangen«, erkläre ich ihm zischend. »Dieses Detail hat Richies Plan mir nicht verraten.«

Wo ist er überhaupt? Er hat einen anderen Weg als wir genommen, aber ich schätze, dass er es hierher geschafft hat.

Ich zähle zweimal bis sechzig, bevor ich beschließe, dass wir hier nicht länger warten können.

»Okay, ich muss nach Richie suchen«, sage ich gepresst, als sich im selben Moment das Rolltor zur Tiefgarage ein Stück öffnet. Weit genug, dass ein Spalt Licht hervordringt.

»Das ist eine Falle«, meint de Luca sofort, aber ich muss auflachen.

»Nein, das ist Richie.«

Ohne auf ihn zu warten, überbrücke ich die letzte Distanz und rolle mich unter dem Spalt hindurch, komm sogleich wieder auf die Füße. Tatsächlich steht Richie vor mir, mit einem siegessicheren Lächeln und Blut auf seiner Wange. Sein Rucksack, in dem vermutlich Brandbeschleuniger verstaut sind, hängt etwas schief auf seinen Schultern.

»Da bist du ja endlich.«

»Wir haben einen Umweg genommen. Scheiße, was ist passiert? Wie hast du es hier rein geschafft?«

»Musste nur die zwei Wachmänner töten und das Schloss aufschießen.«

Noch während er spricht, kommt auch de Luca durch den Spalt zu uns gerobbt und erhebt sich wieder. Die Erleichterung, Richie hier zu begegnen, ist uns deutlich anzusehen.

»Bringen wir es hinter uns«, gibt er zurück.

»Weißt du, wo der Tresor ist? Warst du schon mal hier unten?«, hakt Richie an ihn gewandt nach.

»Das ist Jahrzehnte her. Es gab einen geheimen Zugang in den Keller. Keine Ahnung.«

Ein Gedanke schießt wie durch einen Blitz in meinen Kopf. »Oh Gott, Aris Zimmer«, murmle ich. »Ich weiß, wo er sich befindet. Kommt mit.«

Schnurstracks laufe ich zum Aufzug und drücke auf den Knopf. Zum Glück kenne ich den Code, tippe ihn ein und lasse uns in den zweiten Stock hochfahren. Ich bin geflutet mit Adrenalin, aber in den vertrauten und gleichzeitig fremden Wohnbereich zu treten, fühlt sich an wie ein dumpfer Schlag in den Magen. Durch die Abenddämmerung sieht man genug, dafür müssen wir nicht einmal das Licht einschalten.

Inzwischen wurde alles gereinigt, das Blut ist verschwunden, doch die drückende Atmosphäre nach Tod und Verrat hängt noch in der Luft. Das hier ist nicht mehr derselbe Ort, an dem ich so viel Zeit mit Dom verbracht habe. Durch die Glasfront blicke ich auf den Pool und erinnere mich sofort an unsere Begegnungen, die heißen Küsse, seine Berührungen und wie sehr ich mich dagegen gewehrt habe, sie zu genießen. Dabei waren sie so gut, so verdammt verführerisch. Ganz anders als die Nummer mit Richie vor einigen Tagen.

»Das weckt alte Erinnerungen«, lacht Richie und betritt das Wohnzimmer als Erster. »Wohin jetzt?«

»In Ariannes Gästehaus«, weise ich an, löse mich von dem Anblick und laufe voraus. Die Zwischentür ist nicht verschlossen, weshalb wir alle doppelt vorsichtig und leise sind. Unnötigerweise, da das Haus in kompletter Dunkelheit und Stille vor uns liegen.

»Warst du niemals hier?«, hake ich leise an Richie gewandt nach, als ich in Aris Schlafzimmer trete.

»Nein, aber sie hat mir Bilder gezeigt«, sagt er mit einem Augenrollen. Ich greife nach dem Teppich und schiebe ihn weg, offenbare damit die Luke.

»Als wir Aris Sachen durchsucht haben, hat Dom mir beiläufig erklärt, dass das hier ein alter, unbenutzter Zugang zum Keller ist«, erkläre ich und ziehe probeweise an dem Henkel.

»Sehr gut, Mason«, lobt Richie und geht mir zur Hand. Sie ist schwer, aber mit gemeinsamen Kräften können wir sie öffnen. Eine Treppe ist angebracht, die nach unten in die Dunkelheit führt. Richie benutzt sein Handy als Taschenlampe, doch der Lichtstrahl offenbar nicht, was unten auf uns wartet.

»Tja. Ich schätze, wir müssen runter und nachsehen«, meint Richie und sieht mich vielsagend an. Ich rolle mit den Augen, drehe die Kappe nach hinten, damit der Schirm mich nicht stört, und beuge mich herunter, um die Leiter herunter zu steigen. Sie fühlt sich stabil an, auch wenn Rost an meinen Fingern kleben bleibt.

Fünfzig Sprossen zähle ich, bis ich unten ankomme und sicherheitshalber mein Messer ziehe. Ich befinde mich tatsächlich in einem Keller, genauer gesagt in einem schmalen Gang, dessen Weg nach links führt.

»Okay, kommt runter!«, rufe ich leise nach oben und trete einen Schritt zurück, warte ab. Erst kommt de Luca, dann Richie. Letzterer hält seine Handy-Taschenlampe in der einen, seine Knarre in der anderen Hand.

»Ich gehe vor. Mace, du bist das Schlusslicht.«

Wir folgen seinem Befehl, de Luca läuft zwischen uns und ich spähe immer wieder neugierig nach vorne, kann aber selbst in dem Schein der Taschenlampe nichts erkennen.

Nach weiteren fünfzig Schritten kommen wir am Ende des Ganges an, wir biegen nach links und dort, endlich, entdecken wir unser Ziel: Der große Tresorraum. Er ist mit einem riesigen Drehkreuz versehen, links davon befindet sich ein Touchpad.

»Dein Part, Emilio.« Richie deutet auf das Touchpad. Emilio räuspert sich, wischt sich die Hand an der Hose ab, ehe er nach vorne tritt und sie flach auf das Touchpad legt. Sie wird gescannt, zweimal bewegt sich die grüne Anzeige hoch und herunter, bis sie rot aufleuchtet.

*Access denied.*

Einen Herzschlag lang ist es vollkommen still in dem Keller. Fuck, hat Richie nicht daran gedacht, dass Dom de Lucas Handabdruck in all den Jahren aus seinem Erkennungssystem gelöscht haben könnte?

»Versuch die andere Hand«, fällt mir spontan an. Keiner sagt etwas darauf, aber Emilio hält die andere Hand hoch und lässt auch diese scannen.

Dieses Mal bleibt die Anzeige grün und der Tresor gibt ein leises Klicken von sich.

»Gott sei Dank«, höre ich Emilio sagen. Richie drängt ihn zur Seite und dreht an dem Kreuz, worauf er die Tresortür nach außen aufziehen kann. Ich gehe ihm zur Hand und im nächsten Moment können wir alle in den Tresor spähen.

Richie hatte Recht, was den Inhalt des Tresors angeht. Die Regale sind vollgestopft mit Bargeld, eingerollt und sorgfältig aufgestellt. Das sind sicher Millionenbeträge, die hier unten so verstaut sind. Unter dem Geld stehen auch mehrere Ordner, die mit Firmen- und Personennamen versehen sind.

»Perfekt«, grinst Richie. »Das ist …«

Ein Schuss unterbricht ihn und wir alle zucken zusammen. Das Geräusch kam nicht von hier unten, war nur dumpf zu hören. Aus der oberen Etage?

»Geh nachsehen, Mace«, befiehlt Richie knapp über die Schulter.

»Aber-« *Aber du hast mir versprochen, dass ich de Luca umbringen darf, nachdem er seinen Job erledigt hat.*

Richie wirft mir einen warnenden Blick zu und ich knirsche mit den Zähnen, ehe ich mich herumdrehe und den Weg wieder zurückgehe. Dieses Mal kommt er mir viel länger vor, was vielleicht an meinem klopfenden Herzschlag liegt, der mich mit jedem Schritt begleitet.

Keine Ahnung, wie es auf der anderen Seite von Sizilien aussieht, aber bei uns ist bisher alles reibungslos verlaufen. Irgendwie habe ich das Gefühl, dass gleich etwas Schlimmes passieren wird, dass jeden Moment etwas ganz gewaltig schieflaufen wird. Die Intuition vergeht auch nicht, als ich in Ariannes Zimmer ankomme und mich dort dieselbe Stille empfängt wie vorhin.

Ich tausche das Messer gegen meine Pistole und atme tief durch, ehe ich durch das Gästehaus streife und mich umsehe. Kein Licht brennt, kein Schatten huscht irgendwo vorbei, alles ist still. Kam der Schuss draußen von der Straße? Es wäre doch unsinnig, dass jemand im Haus herumschießt. Niemand aus de Lucas Clan hat uns begleitet, wir sind nur zu dritt in Marinos Gebiet eingedrungen.

Dennoch gehe ich auch in die Villa nebenan und durchsuche die zweite Etage. Die Luft ist rein. Gerade als ich zurück ins Gästehaus will, fällt mein Blick auf die Treppe, die in den dritten Stock führt. Ich kann dem Drang nicht widerstehen, etwas in meiner Brust wird weich und warm, als ich darauf zusteuere. So viele Erinnerungen hängen an diesem Ort.

Vorsichtig trete ich an den Sessel, an dem ich Domenic das erste Mal einen geblasen habe.

*»Knie dich hin, Mason.«*

*»Das hier geht nach meinen Regeln, klar?«*

*»Wenn du das sagst.«*

Und der Billardtisch. Er hat mich dagegen gedrückt und ich weiß noch, was für eine Panik ich hatte. Damals wusste ich noch nicht, wie unglaublich der Sex mit ihm ist. Das letzte Mal hier oben hatte er mich über die Lehne eines Sessels gelehnt gefickt. Gott, das war intensiv.

»Fuck«, fluche ich. Ich hoffe, dass ich nicht einen Riesenfehler gemacht habe, als ich zu Richie zurückgegangen bin.

Apropos Richie. Er wartet sicher schon auf mich. Wehmütig verlasse ich die Etage und laufe mit schnellen Schritten zurück ins Gästehaus, beuge mich über die Luke und steige die Treppen wieder herunter. Mein Puls ist immer noch bei hundertachtzig und ich nehme mir einen Moment, um tief Luft zu holen, bevor ich weiter voranschreite.

Als ich näher zu dem Tresor komme, höre ich Stimmen von dort. Moment mal ... das hört sich nicht an wie de Luca und Richie. Das ist Dom. Doms Stimme.

Ach du heilige Scheiße. Er ist hier. Ich bleibe an der Biegung stehen, presse mich gegen die Wand und umfasse die Waffe fester. Was genau geht da vor sich?

»Leg das Feuerzeug weg, Richie«, höre ich Dom sagen.

»Hier ist alles voller Benzin, Marino«, entgegnet Richie. »Wenn ich es fallenlasse, wird hier alles abfackeln. Überleg dir also gut, was du tust.«

Dom lacht trocken auf. »Du willst einen Kompromiss schließen, Richard? Nach allem, was du getan hast?«

»Was davon meinst du? Dass ich deine Schwester gefickt habe oder dein geliebtes kleines Spielzeug? Beides war gut. Ich wüsste gar nicht, wen ich besser fand.«

Okay, das entgleitet gerade, ich muss einschreiten. Jetzt oder nie.

Mit erhobener Waffe trete ich in den Tresor und kann die Situation endlich auch überblicken. Dom steht mit dem Rücken zu mir, er hält eine Pistole auf Richie gerichtet. Dieser hält ein Feuerzug mit brennender Flamme wie ein Mahnmal, er erblickt mich sofort und beginnt zu Grinsen.

»Wahrscheinlich Mace. Ja, ihn fand ich eindeutig besser«, sagt er im selben Moment, als ich Dom den Pistolenlauf an den Rücken drücke.

»Game over, Domenic«, sage ich. Seine Muskeln spannen sich sofort an.

»Mason«, gibt er erstickt zurück.

»Knie dich hin«, fordere ich ihn auf. »Und lass die Waffe sinken.«

Er atmet tief durch und für einen Moment habe ich Angst, dass er nicht auf mich hört.

Dass er einfach herumwirbelt und mir die Waffe aus der Hand schlägt.

Ein Herzschlag lang passiert gar nichts.

Noch einer.

Schließlich, ganz langsam, lässt Dom die Pistole sinken und senkt ergeben den Kopf.

»Los. Auf die Knie«, fordere ich ihn noch mal auf.

Mein Herz schlägt so laut, dass ich kaum etwas anderes höre. Der beißende Geruch von Benzin brennt in meiner Nase, als Dom langsam auf die Knie sinkt. Erst jetzt fällt mir auf, dass wir nur noch zu dritt sind.

»Wo ist de Luca?«, hake ich nach.

»Abgehauen«, beantwortet Richie mit einem siegessicheren Lächeln.

»Du hast mir versprochen ...«

»Ja, aber dafür darfst du *ihn* umbringen.« Er deutet mit einem Kopfnicken auf Marino. »Bring es zu Ende. Danach hauen wir hier ab und knöpfen uns Emilio de Luca vor.«

Ich nicke.

Wie surreal, dass diese Situation vor zwei Wochen noch anders herum aussah. Damals habe ich vor ihm gekniet und er hat die Waffe auf mich gerichtet.

Und ich sage zu ihm dieselben Worte, die auch er benutzt hat: »Es tut mir leid, Domenic.«

Und dann schieße ich.

## 40. MASON

*Vor acht Tagen*

Die Betten im *Butterfly* sind die besten.

Zumindest dieses hier ist fantastisch. Ich fühle mich, als würde ich von einer Wolke getragen werden, aber womöglich liegt das auch nur an dem atemberaubenden Post-Orgasmus-Hoch.

Domenic fällt neben mir ins Laken und nimmt einen tiefen Atemzug. Ich hebe den Kopf von dem weichen Kissen und blinzle ihn an. Wir hatten soeben den besten Sex meines Lebens, wir waren uns so nah, kein Blatt hat zwischen uns gepasst, warum kommt es mir jetzt so vor, als stünde eine ganze Kluft zwischen uns?

»Wir ... sind immer noch im *Butterfly*«, spreche ich das Offensichtliche aus. Hoffe, dass er das heraushört, was ich nicht gesagt habe. Wir hatten unser letztes Mal, auf das wir uns geeinigt haben, aber noch sind wir nicht zurück in der Villa oder in Alessios Haus. Wir sind immer noch in dem Raum, in dem wir unsere Übereinkunft getroffen haben, uns ein letztes Mal zu verlieren.

Domenic blinzelt, das Grün seiner Iriden wird weicher. »Komm her«, sagt er heiser und streckt einen Arm nach mir aus. Das muss ich mir nicht zweimal sagen lassen. Sofort rutsche ich näher an ihn heran, schmiege mich an seine Seite und vergrabe die Nase an seinem Hals. Mir entkommt ein tiefes, zufriedenes Seufzen.

»Das tut gut«, murmle ich. Dom küsst mich auf die Stirn, eine merkwürdig intime Geste, die mich dazu bringt, ihn anzusehen. Ich strecke das Kinn und klaue mir einen richtigen Kuss.

»Tut es«, bestätigt er mit ruhiger Stimme. »Aber wir können uns nicht für immer in diesem Zimmer verstecken.«

Ich stoße ein tiefes Seufzen aus. »Warum überrascht es mich nicht, dass du kein Fan von Kuscheln bist?«

Sein Griff um mich wird etwas fester. »Ich bin kein Fan davon, meine Probleme aufzuschieben.«

Meine Lippen verformen sich zu seinem humorlosen Grinsen. Ich schlinge ein Bein um ihn und richte mich ruckartig auf, sodass ich nun auf seinen Hüften sitze. Dom hebt das Kinn und sieht mich direkt an, in seinem Blick flackert etwas auf, seine Muskeln spannen sich an. Er weiß nicht, was ich als Nächstes vorhabe, ist aber jederzeit bereit, die Situation wieder unter seine Kontrolle zu bringen.

»Du willst über Geschäftliches sprechen?«, frage ich provokant und lasse eine Hand mit gespreizten Fingern über seine Brust gleiten. Höher. Bis zu seinem Hals. Ich spüre, wie er schluckt. »Dann lass uns über Geschäftliches sprechen.«

»Ich weiß nicht, wovon du redest, *Tesoro*.«

»Du hältst mich vielleicht für nicht besonders intelligent«, fange ich an. »Aber wenn ich blöd wäre, hätte ich es in dieser schmutzigen Unterwelt nicht so lange geschafft.«

»Wenn du nicht klug wärst, hätte ich dich niemals zu meinem Gefährten gemacht, Mason«, erwidert Dom schlicht. Seine Augen flattern über mein Gesicht. Er tut nichts gegen meine Hand an seiner Kehle, aber ich erkenne, wie nervös es ihn macht.

*Wer hat dein Vertrauen so sehr missbraucht, mein Schatz? War es de Luca oder irgendein anderer Mistkerl?*

»Ich weiß, was du tust«, fahre ich unbeirrt fort. »All die kleinen Hinweise. Deine Uhr mit der integrierten Speicherkarte. Dieses Treffen mit Romano, das, was du mit Arianne vorhast. Du weißt, dass ich früher oder später bei Richie lande und ihm dann alles berichten muss. Berichten werde. Also fütterst du mich mit falschen Informationen und streust eine Spur aus Brotkrumen, die Richie auf die falsche Fährte führen wird.«

»Nun.« Domenic lacht trocken auf. »Dass du das bemerkt hast, ist nicht sonderlich förderlich für meinen Plan.«

»Ist es nicht, nein.« Ich lasse die Hand sinken, Dom atmet sofort tief ein und aus. »Aber wir können es trotzdem zu unserem Vorteil nutzen.«

Dom richtet den Oberkörper auf, was mich dazu zwingt, ein Stück zurückzurutschen. »Wer sagt, dass ich dir vertrauen kann?« Nun sind seine Lippen meinen so nah, dass ich abgelenkt bin. Gott, warum muss er auch so schön sein? Diese pure, männliche Schönheit macht mich total an. Ich verschränke die Hände in seinem Nacken und ziehe ihn noch ein Stück heran, meine Lippen streifen nun seine Wange.

»Das tust du doch bereits.«

»Sagt wer?«

»Du. Dein Körper. Deine Reaktionen auf mich.« Ich lasse die Lippen weiter wandern, bis sie seine finden. Dom vergräbt die Finger in meinem Fleisch und intensiviert den Kuss. Adrenalin und erneute Lust peitschen durch meinen Blutkreislauf, dabei ist es nur ein Kuss. Wir haben uns schon so oft geküsst, aber ich glaube, niemals genug davon zu bekommen. Selbst nicht nach dem millionsten Mal.

»Okay, Mace«, sagt er mit rauer Stimme. »Nehmen wir mal an, du hast recht und ich vertraue dir genug, um einen Plan mit dir abzuschließen. Wie genau sähe der aus?«

Meine Finger liebkosen sanft seinen Nacken, während ich mich davon abhalte, ihn wieder zu küssen. »Okay, mein Engel, lass uns-«

Domenic unterbricht mich mit einem rauen Lachen. »Ich bin sicher kein Engel, *Tesoro.*«

»Okay, mein gefallener Engel«, korrigiere ich mich mit einem Lächeln. »Lass uns Klartext reden. Ich wusste bereits, dass Richie auf Sizilien ist, bevor ich zu dir gekommen bin.«

Domenic runzelt die Stirn, er öffnet den Mund für eine Erwiderung, doch ich komme ihm zuvor und lege ihm zwei Finger auf die Lippen.

»Lass mich erklären«, bitte ich ihn. »Ich hatte ein Haufen Spielschulden bei de Luca und hatte vor, unterzutauchen. Aber es war nicht de Luca, der mich gefunden hat, sondern Richie. Er ist mir gefolgt, also habe ich das getan, was ich am besten konnte: Ihn um den Finger gewickelt.«

Doms Blick wird düster, er schiebt meine Hand weg. »Womit?«, hakt er nach. Ich sehe all die schlimmen Fantasien, die sich in seinen Augen widerspiegeln und schüttle den Kopf.

»Er ist leicht zu bequatschen. Zumindest wenn man weiß, welche Knöpfe man drücken muss. Ich habe ihm von der Hierarchie auf Sizilien berichtet, von dir und Romano und von de Luca. Er ist das schwächste Glied in dem Gefilde und er ist derjenige, der am meisten nach mehr Macht dürstet.«

»Ihr wolltet de Luca bestehlen und zurück nach Amerika fliehen?«, hakt Dom nach.

»Ganz genau. Doch nach meinem Treffen mit Richie bin ich direkt in de Lucas Arme gelaufen. Dort hat unsere Geschichte angefangen, Dom. Denn er hat mich nicht mehr aus den Augen gelassen und schließlich zu dir geschickt.«

»Und Richie?«

»Ihn habe ich nicht mehr gesehen. Ich bin davon ausgegangen, dass er zurück nach Nashville geflogen ist, aber ich hätte niemals gedacht, dass er unseren Plan weiterverfolgt und sich tatsächlich an de Luca hängt.«

Dom lässt die Hände sinken, legt sie stattdessen flach auf dem Laken neben sich ab. Ich sitze immer noch nackt auf seinem Schoß, trotzdem fühlt es sich an, als stünden wir meterweit voneinander entfernt. Sein kühler Blick hilft dabei nicht sonderlich.

»Dann ist es eine Lüge, dass du Angst davor hast, zu Richie zu kommen. Ihr seid Verbündete. *Partner.*«

Das letzte Wort spuckt er aus wie Gift und es fühlt sich an wie ein Peitschenhieb auf meiner Haut.

»Wenn ich meine Karten gut ausspiele, wird Richie mir glauben, dass ich weiterhin zu ihm stehe.«

Dom fasst an meine Hüften und wechselt die Position, ich falle mit dem Rücken in das Laken und er beugt sich über mich. Unsere Nasenspitzen berühren sich fast, so nah sind wir einander.

»Warum erzählst du mir das Ganze? Um mir zu demonstrieren, wie klug und überlegen du bist? Herzlichen Glückwunsch, du kannst alle mächtigen Männer in deiner Nähe manipulieren.«

Ich verdrehe die Augen. »Ist es das Einzige, was du mitbekommen hast? Ich habe dir gerade erzählt, dass Richie denkt, wir würden nach wie vor zusammenarbeiten und dass er de Luca nur bestehlen will, statt sich mit ihm zu verbünden. Ich kenne einen Teil deiner Geheimnisse, deswegen habe ich dir meine erzählt.«

Seine Finger vergraben sich schmerzhaft fest in mein Fleisch. »Vor zwei Minuten noch habe ich geglaubt, dir eventuell vertrauen zu können, aber das ist jetzt vorbei.«

»Du wirst mir vertrauen müssen, Dom«, halte ich dagegen. »Dir bleibt ohnehin keine andere Wahl, du wirst mich gegen deine Schwester austauschen müssen.«

Dom beißt sichtlich die Zähne zusammen, ihm missfällt es enorm, dass ich recht habe. Ich verschränke die Hände in seinem Nacken und lasse den Blick über sein Gesicht schweifen.

»Hast du einen anderen grandiosen Plan, wie wir Richie und de Luca ausschalten können? Wenn ich zurück bei Richie bin, kann ich versuchen, ihn so zu manipulieren, dass wir beide etwas davon haben. Ich kann dein Doppelagent sein.«

Trocken lacht Dom auf, bevor er langgezogen seufzt. »Du machst es mir wirklich schwer, mich zu entscheiden, ob ich wütend oder beeindruckt sein soll.«

»Sei beides«, schlage ich vor und gebe ihm einen sanften Kuss.

Er senkt leicht den Kopf und hadert kurz mit sich selbst, ehe er das Kinn hebt und mich fest ansieht. »Okay. Wir fassen gemeinsam einen Plan. Aber wenn ich befürchten muss, dass du mich hintergehst, bist du tot.«

»Ich werde dich nicht hintergehen, Dom«, verspreche ich ihm. »Niemals dich, mein Schatz.«

Dom beißt sichtlich die Zähne zusammen. »Deine Worte sind ziemlich machtvoll, Mason.«

Abwartend neige ich den Kopf und er spricht nach wenigen Herzschlägen weiter. »Ich erzähle dir jetzt, was wirklich auf der SD-Karte in der Uhr gespeichert ist. Drogenrouten, Händler, Verbündete – wie ich es dir gesagt habe, nur, dass alles gefakt ist. Und ein angeblicher Notfallplan, in all seinen Einzelheiten. Das Gerücht um die Uhr habe ich bereits vor über einem Jahr in Umlauf gebracht und ich wusste, dass de Luca sich diese Chance nicht entgehen lassen wird. Nur habe ich niemals damit gerechnet, dabei dich zu treffen.«

Meine Lippen verziehen sich zu einem Lächeln. »Na, damit können wir doch etwas anfangen.«

*Jetzt*

Ein Schuss löst sich aus Masons Waffe, er zerplatzt mir für einen Moment das Trommelfell und ich zucke zurück. Richie wird mitten in die Stirn getroffen, sein Körper wird nach hinten geschleudert, ehe er in sich zusammensackt. Blut und Gehirnmasse spritzen auf die Regale. Das Feuerzeug fällt aus seiner Hand und die Papiere fangen sofort Flammen.

»Verdammt«, fluche ich und springe auf die Beine. Ich fahre herum und dränge Mason aus dem Tresor, schubse ihn etwas zu fest gegen die Wand und schließe die Tresortür, drehe sie zu und mache einen Schritt zurück. Das war knapp.

Tief durchatmend drehe ich mich zu Mason und die Erleichterung fließt heißkalt durch meine Glieder.

»Mace«, bringe ich hervor, im nächsten Moment dränge ich ihn gegen die kahle Wand und küsse ihn stürmisch. Mir ist egal, dass er immer noch seine Pistole festhält, wichtig ist nur, dass ich seine warmen Lippen auf meinen spüre und seine Zunge sich gegen meine schmiegt.

Er schlingt den freien Arm um mich, seine Finger vergraben sich stürmisch in meinen Haaren.

»Dom, Gott, Dom«, keucht er zwischen zwei Küssen. Ich bin noch nicht bereit, von ihm abzulassen, ersticke seine nächsten Worte mit einem Kuss, drücke meinen Körper gegen seinen.

»Du tust mir weh«, nuschelt er, lacht aber dabei.

»Mir egal. Mir so egal.« Wieder küsse ich ihn, erst seine Lippen, dann seine Wange und sein Kiefer. »Man, Mason, du hast es echt spannend gemacht.«

»Wieso? Ich habe es vermisst, dass du vor mir kniest«, witzelt er. Ich beiße in seinen Hals, lecke aber sofort versöhnlich darüber, als er aufzischt.

»Lass uns von hier verschwinden«, sage ich und umfasse seine Hand.

»Was ist mit dem ganzen Bargeld?«, hakt er nach und blickt zu dem verschlossenen Tresor.

»Das waren doch nur wertlose Blüten, Mace.«

»Da bin ich aber erleichtert«, grinst er und folgt mir die Treppen hinauf. Wir streifen durch Ariannes Gästehaus zur Villa und fahren mit dem Aufzug in die Tiefgarage. Dort wartet schon der Mercedes auf uns.

Ich halte ihm die Beifahrertür auf, doch bevor er einsteigt, drücke ich ihn nochmal gegen den Wagen und hebe sein Kinn. Fest sehen wir uns an.

»Geht es dir gut, *Tesoro*?«, frage ich ernst.

»Jetzt ja.« Er legt eine Hand in meinen Nacken und streicht sanft darüber. »Ich danke dir für dein Vertrauen.«

»War nicht so leicht«, brumme ich. »Dass du mit Ricardo abgehauen bist, war nicht Teil unseres Plans.«

»Ich weiß.« Er sieht schuldbewusst drein. »Ricardo hat mich auf der Trauerfeier angesprochen und ich wusste, dass du es nicht zulassen würdest, aber es war gut für die Dramatik. Und für Richies Vertrauen in mich.«

Ich lege eine Hand an seine Wange und streiche sanft darüber. »Ja, aber es war verdammt beschissen.« Immer wieder war ich am Hadern, ob ich Mason tatsächlich vertrauen kann oder ob nicht ich derjenige war, der die ganze Zeit betrogen wurde. Doch jetzt steht er vor mir und sieht mich mit so viel Treue an, dass ich gar nicht begreife, warum ich jemals gezweifelt habe.

»Mein Engel«, murmelt er und streckt sich zu einem Kuss. »Es tut mir leid.«

»Okay.« Ich reiße mich zusammen und lasse von ihm ab. »Steig ein. Wir haben noch eine Sache zu erledigen.«

Mace steigt ein und ich jogge zur Fahrerseite. Ich starte den Motor, kann mich aber nicht dazu durchringen, loszufahren. Das Video und Richies widerliche Worte hängen mir noch nach. Seine Leiche verbrennt nun mit wertlosen Papieren in einem alten Tresor, der seit Jahren nicht mehr benutzt wird, aber nur, weil er tot ist, heißt das nicht, dass seine Taten vergessen sind.

»Komm zu mir, *Tesoro*«, bitte ich ihn heiser.

Das lässt Mace sich nicht zweimal sagen, klettert über die Mittelkonsole und lässt sich rittlings auf meinen Schoß fallen. Wieder küsse ich ihn, erst seinen Mund, dann seinen Kiefer und komme zu seinem Hals. An dem Knutschfleck von Richie, der schon fast verblasst ist, halte ich kurz inne. Mason weicht sofort zurück und legt die flache Hand auf die Stelle. Mit geweiteten Augen sieht er mich an.

»Ich ... tut mir leid«, stammelt er.

»Dir muss es nicht leidtun«, sage ich ruhig. »Was genau ist passiert?«

»Er hat ihn mir an dem Abend verpasst, als du Arianne abgeholt hast. De Luca hat ihm wohl gesagt, dass du ein Faible dafür hast.«

»Deshalb standest du halbnackt neben ihm?«

»Jap. Er wollte mir auch ein Halsband anlegen, aber davon konnte ich ihn abhalten.«

Ich kneife die Augen zusammen. Gott, ich hätte dieses ganze verdammte Haus niedergebrannt, wenn er sein Halsband getragen hätte.

»Er ist bald verschwunden«, murmelt Mace, die Hand immer noch auf den Knutschfleck gedrückt. Sanft umfasse ich sein Handgelenk.

»Lass mich dir dabei helfen, *Tesoro.*«

Vorsichtig lässt er den Arm sinken und ich beuge mich vor, um ihn an dieser Stelle zu liebkosen. Ich lasse mir Zeit, küsse ihn sanft, lecke und schließe meine Lippen um seinen Hals.

»Mein Schatz.« Mace streicht mir mit den Fingern durchs Haar und wir sehen uns wieder an. »Ich danke dir.«

*Nicht dafür.* Ich würde alles tun, um Richie aus seinem Organismus und von seinem Körper zu waschen.

»Und ... falls du das Video gesehen hast: Er hat mich nicht wirklich vergewaltigt«, fügt er an. »Er hat nur so getan, hat aber nicht ... zugestoßen.«

Aber wenn es selbst ihm schwerfällt, die Dinge auszusprechen, kann ich mir vorstellen, dass seine Panik und sein Flehen echt waren.

»Keine Sorge, *Tesoro*.« Ich reibe über seinen Nacken und lächle. »Ich helfe dir, es zu vergessen.«

»Danke, mein Engel.« Er lächelt mich so ehrlich an, dass es in meinem Magen ganz heiß wird.

*Sag mir, dass du mich liebst.*

Die Worte brennen auf meiner Zunge, aber ich atme tief durch und umfasse sein Gesicht. »Ich liebe dich, Mason«, sage ich leise. Es ist das erste Mal seit einer gefühlten Ewigkeit, dass ich die Worte ausspreche, aber es fühlt sich gut an. Richtig.

»Ich liebe dich auch«, flüstert er und erneut küssen wir uns.

»Jetzt aber wirklich«, seufze ich und helfe Mason zurück auf den Beifahrersitz. »Einen Feind müssen wir noch ausschalten.«

»De Luca«, rät Mason.

Ich nicke. »Ich habe gesehen, wie er aus dem Haus geflüchtet ist, bevor ich runter gegangen bin.« Ich lenke den Wagen aus der Parklücke. »Ich habe da schon so eine Idee, wo er sein könnte.«

»Deine Leute sind nicht wirklich zu de Lucas Villa gefahren, oder?«, hakt Mason nach, als wir aus der Tiefgarage fahren. »Richie hat Sprengkörper angebracht.«

»Nein, natürlich nicht. Jenkins und seine Männer haben an der östlichen Seite Verstärkung bekommen, Alessio führt sie an.« Mein Blick gleitet kurz zu meinem Handy auf der Ablage, aber noch habe ich keine neue Nachricht. Ich hoffe, dort läuft ebenso alles gut.

»Gut. Und wie geht es Arianne?«

»Sie ist mit mehreren Männern daheim, die auf sie aufpassen. Sie hat die ganze Sache nicht so gut verkraftet.« Mit jedem Tag wurde es schlimmer. Ich habe das Gefühl, sie realisiert erst jetzt richtig, was alles vorgefallen ist. Sie wird noch einige Zeit brauchen, um es zu verarbeiten.

»Und Alessio? Hasst er mich sehr?«

Bei Mace' vorsichtigem Tonfall muss ich lächeln. »Bestimmt nicht. Und ich glaube, mein Bruder ist in einen unserer Scharfschützen verknallt. Es war echt anstrengend, mit niemandem darüber reden zu können. Ich konnte Ace nur allein auf die Palme bringen, aber mit dir wäre es sicher lustiger.«

Wie erwartet lacht Mason bei den Worten befreit auf. »Dario, richtig? Das habe ich mir schon gedacht. Diese Blicke waren ja nicht zu übersehen.«

»Ganz genau. Du hättest sehen müssen, wie er ihn beschützt. Richtig romantisch.«

Ich strecke die Hand nach ihm aus und verflechte unsere Finger. In den letzten Tagen habe ich ganz vergessen, wie gut es sich anfühlt, ihn bei mir zu haben. Ohne Zweifel, ohne den ständigen Zwiespalt. Noch ist nicht alles erledigt, aber Mason an meiner Seite zu haben, fühlt sich wesentlich besser an.

Dieser führt gerade meine Hand an seine Lippen und küsst meine Fingerknöchel, dann mein Handgelenk und meinen Puls.

»Das macht mich an, Mace«, murmle ich und umfasse mit der freien Hand das Lenkrad fester.

»Warte mal, was ich noch mit meinem Mund hinbekomme«, sagt er grinsend. »Wohin fahren wir eigentlich, mein Schatz? Kommt mir vor, als würden wir sinnlos durch die Gegend fahren.«

»Wir warten ab«, erkläre ich und zische, als Mace meine Hand auf seinen Schritt legt. »Pass auf, sonst bauen wir gleich einen Unfall.«

Mein Handy blinkt auf und ich muss ihm meine Hand schweren Herzens entziehen. Ich habe zwei Nachrichten. Alessio teilt mir mit, dass es ihm gut geht. Die zweite ist von Christian.

*Basilica di San Sebastiano.*

Ich habe mir schon gedacht, dass de Luca eine Kirche aufsuchen würde, ich war mir nur nicht sicher, welche.

Aber Gott wird ihm jetzt auch nicht mehr helfen.


Fünf Minuten später parken wir vor der Kirche und ich drehe mich nochmal zu Mason. »Willst du mitkommen?«

Er nickt grimmig. »Nichts lieber als das. Er hat ... tatsächlich meine Schwestern umgebracht.«

Ich runzle die Stirn. »Woher weißt du das?«

»Von Richie.«

Auf sein Wort ist bestimmt kein Verlass, aber ich belasse es erstmal dabei. De Luca wird so oder so heute sterben.

»Halte deine Waffe bereit.«

»Immer.«

Wir lächeln uns kurz an, ehe wir beide aussteigen und auf den Eingang der Kirche zulaufen. Davor steht ein bekanntes Gesicht. Christian lehnt lässig gegen die Kirchenmauer.

»Drinnen ist alles sauber. De Lucas Bodyguards wurden aus dem Weg geschafft und meine Leute stehen bereit, falls die Sache eskaliert.«

»Danke, Christian.«

»Spar dir das. Ich habe jetzt was gut bei dir.«

»Ja, in deinen Träumen«, gebe ich salopp zurück. »Wir unterhalten uns später.«

Er grinst frech, bevor sein Blick zu Mason gleitet. »Gut, dass er wieder bei dir ist. Halte ihn das nächste Mal besser fest, bevor ein anderer Mafiaboss kommt und ihn dir wegschnappt.« Demonstrativ leckt er sich über die Lippen und ich ziehe Mace zur Seite, damit Christian an uns vorbeilaufen kann.

»Du bekommst ganz schön Konkurrenz«, gluckst Mace.

»Du bettelst ja geradezu darum, bestraft zu werden«, gebe ich zurück, küsse ihn flüchtig, bevor ich die Türen der Kirche aufziehe.

Masons Lächeln verschwindet sofort und er konzentriert sich auf die bevorstehende Mission. Schweigend gehen wir nebeneinanderher, betreten die Kirche und laufen zwischen den Reihen entlang.

Das Innere ist schlicht gehalten, die Bänke sind nur notdürftig geschmückt, auch der Altar ist weniger pompös als die Kirchen, in denen ich sonst bin. Vermutlich hat de Luca erhofft, hier nicht so sehr aufzufallen.

Er sitzt als einziger in der ersten Reihe und betet offenbar. Er vertraut darauf, dass seine Bodyguards alles unter Kontrolle haben, aber da hat er nicht mit Romano und seinen erstklassig ausgebildeten Killern gerechnet.

Wir bewegen uns so leise, dass wir uns unbemerkt in die Reihe hinter ihm setzen können. De Luca ist vertieft in sein Gebet, er hat die Augen geschlossen und murmelt leise Worte auf Italienisch.

Ich ziehe meine Waffe und drücke sie in seinen Nacken. »Hallo, Emilio.«

Er schreckt zusammen und reißt sofort den Kopf hoch. »Enrico!«, ruft er nach seinem Bodyguard, bewegt sich aber keinen Millimeter.

»Spar dir die Mühe. Sie sind alle tot.«

Er dreht ein Stück den Kopf und zieht scharf die Luft ein. »Wusste ich doch, dass deine kleine Hure zu dir hält. Wenn Richie das erfährt ...«

»Richie ist tot«, informiere ich ihn. »Seine Leiche verbrennt gerade in einem Tresor mit all den Blüten und gefälschten Dokumenten. Aber ich gebe dir eine Chance, Emilio. Entschuldig dich bei mir und meiner Familie. Du hast uns genug angetan. Na los. Jetzt ist die richtige Zeit, um dein Leben zu betteln.«

Er presst die Zähne aufeinander, sein Kiefer spannt sich an. »Mein Tod wird eine Lücke hinterlassen, die du niemals füllen kannst«, redet er sich in Rage. »Du wirst Sizilien nicht regieren können. Du bist ein Niemand, Junge.« Er rutscht vor, will vermutlich aufspringen und seine Waffe ziehen. In einem anderen Fall würde ich ihn gewähren lassen, zuerst in seine Hand schießen und mich dann weiter unterhalten, aber ich vergesse nicht, dass Mace an meiner Seite ist. Wie ich de Luca kenne, würde er zuerst versuchen, ihn zu erschießen, und das kann ich auf keinen Fall zulassen.

Also schieße ich, bevor Emilio überhaupt richtig aufstehen kann. Einmal, zweimal, für meine Geschwister, und dann weitere zwei Mal für Mace' Schwestern, bis er zu Boden geht. Die Schüsse hallen in dem Kirchengebäude wider und lassen meine Ohren klingen.

Bedächtig lasse ich die Waffe sinken und drehe mich halb zu Mace.

»Emilio de Luca ist tot«, sage ich unnötigerweise.

»Ich bin stolz auf dich.«

»Auf einen Mörder?«, frage ich mit hochgezogener Augenbraue.

Seine Mundwinkel ziehen sich nach oben und er drückt mir einen unschuldigen Kuss auf die Wange. »Ja.«

»Das war ja ein heißer Kuss«, gebe ich trocken zum Besten.

»Wir sind in einer Kirche, Domenic.« Er deutet mit einem Kopfnicken auf die große Jesusstatue hinter dem Kreuz. »Jesus beobachtet uns und ich glaube, er ist schon angepisst, weil ich so oft in seinem Namen geflucht habe.«

»Dann sollten wir hier aber schleunigst raus«, schlage ich vor und erhebe mich. Wir beide würdigen de Luca keines Blickes mehr. Meine Leute werden sich um die Leiche kümmern, wir werden die Überreste de Lucas Familie überlassen. Dem letzten Rest, der nach dem heutigen Tag noch übrig bleibt. So zerrüttet, wie der de Luca Clan war, würde es mich nicht wundern, wenn die Mitglieder sich in alle Richtungen zerstreuen. Genauso wie die übrigen Amerikaner.

Aber das ist ein Problem für später.

Für heute will ich Mason unbedingt noch etwas zeigen.

Ich fahre die kurvige, steile Steigung hinauf, gebe ordentlich Gas, weil ich es einfach nicht erwarten kann, ihm das Haus zu zeigen.

»Wohin genau bringst du mich?«, fragt er mit einem Schmunzeln. »Willst du mich eine Klippe runterschubsen?«

»Heute nicht«, erwidere ich und parke den Wagen, wie das letzte Mal, in der Parkbucht. »Den Rest müssen wir laufen.«

»Okay.« Mace runzelt die Stirn, aber ich kann ihm die Aufregung ansehen. Ich greife nach seiner Hand und verflechte unsere Finger, während wir gemeinsam den Rest des Weges hochlaufen. Der Weg kommt mir viel länger vor als das letzte Mal, was vermutlich meiner Ungeduld geschuldet ist.

Endlich erreichen wir das Haus und ich schließe auf. »Komm rein.«

Neugierig betritt Mace das Gebäude und sieht sich in den leeren Räumen um. Seit meinem letzten Besuch hat sich nichts verändert, die Staubschicht ist immer noch vorhanden und es stehen keine Möbel da. Dennoch glänzen Mace' Augen mit jedem Raum ein wenig mehr.

»Wow, es ist wunderschön hier«, kommentiert er, als er im Wohnzimmer steht. Ich stelle mich hinter ihn und schlinge die Arme um ihn. Fest presse ich ihn an mich und vergrabe die Nase an seinem Nacken. Ich drehe ihn sacht zur Seite.

»Dort drüben will ich einen Kamin hinstellen«, teile ich ihm meine Pläne mit. »Mit Sesseln und einer Leseecke. Vielleicht einen Billardtisch.«

Mace lacht leise. »Die Idee gefällt mir.«

Mir auch. Aber besonders gut gefällt mir, dass er endlich hier ist. Meine Hände streichen über seine Seite, vor zu seinem Bauch, schlüpfen schließlich unter die Klamotten, während ich weiter seinen Nacken liebkose.

Mason stöhnt leise und schmiegt sich an meine Berührungen. »Das fühlt sich so unglaublich gut an, Dom. Ich habe deine Berührungen so vermisst.«

Und ich ihn. Sacht drehe ich ihn herum und küsse ihn auf den Mund, er verschränkt die Hände in meinem Nacken. Immer stürmischer küssen wir uns, ich schiebe ihn Schritt für Schritt zurück, bis er gegen die Fensterbank stößt. Kurzerhand hebe ich ihn darauf und dränge mich gegen seine Beine.

»Ich kann gar nicht glauben, wieder bei dir zu sein«, murmelt Mace und streicht die Konturen meines Kiefers nach. »Fühlt sich an wie ein viel zu schöner Traum.«

»Ach ja?«, hauche ich heiser. »Lass ihn mich noch schöner machen.«

Ich öffne den Knopf seiner Jeans und ziehe sie samt der Boxershorts herunter. Mace zieht scharf die Luft ein und stellt sich wieder auf die Beine, während ich auf die Knie sinke. Genüsslich lecke ich über seine Erektion, von der zuckenden Spitze bis zu seinen Eiern.

»Hat er dich auch so angefasst?«, frage ich und sehe kurz zu ihm hoch.

»Nein«, antwortet er knapp und seufzt, als ich ihn in den Mund nehme. »Niemand macht mich so an wie du.«

Rhythmisch bewege ich den Kopf vor und zurück, nehme die Hand dazu und sauge. Mace stöhnt, vergräbt die Finger in meinem Haar und bringt es durcheinander. Ich nehme mir nicht allzu viel Zeit, mache schneller und genauso, wie er es mag, sodass er nur wenige Minuten später in meinen Mund abspritzt.

Sein Stöhnen dabei ist das schönste Geräusch und seine zuckenden Muskeln der schönste Anblick. Ich sehe ihm zu, immer noch auf den Knien, und kann gar nicht glauben, was für ein Glück ich habe.

Alles ist mehr oder weniger reibungslos verlaufen und Mace ist wieder bei mir. Ich habe ihm vertraut und es hat sich ausgezahlt.

Mason blinzelt und blickt auf mich herab. Ein Lächeln verzieht seine Mundwinkel. »Du kannst gerne für immer so bleiben.«

Seine freche Aussage veranlasst mich dazu, mich wieder aufzurichten und nun auf ihn herunterblicken. »Hätte fast vergessen, wie frech du bist«, gebe ich zurück und umfasse seine Wangen, ziehe seinen Kopf in den Nacken und senke meine Lippen auf seine. »Wie gut, dass du mich immer wieder daran erinnerst.«

Er grinst, will etwas erwidern, aber ich komme ihm zuvor und hebe ihn auf meine Hüften. Er krallt sich in meine Schultern und japst nach Luft.

»*Jesus*, hör auf damit«, fleht er. »Du kannst mich doch nicht rumtragen wie deine Braut.«

»Doch, kann ich schon.« Leichtfertig trage ich ihn die Treppen hoch und bringe ihn in die zweite Etage. Dort, im Schlafzimmer, setze ich ihn wieder auf der Fensterbank ab. Er zischt, als sein nackter Hintern die kühle Oberfläche berührt.

»Das Schlafzimmer?«, rät er und wirft einen Blick über die Schulter aus dem Fenster. Seine Augen werden groß, er rutscht von der Fensterbank und dreht sich vollends herum, um den Ausblick genauer anzusehen.

»Krass« kommentiert er. »Man kann ja über ganz Sizilien blicken.«

Dicht trete ich hinter ihn und küsse seine Schulter. »Im Moment gefällt mir dieser Ausblick besser.« Ich greife nach dem Saum seines Pullovers und er hilft mir, ihn auszuziehen. Jetzt steht er in seiner nackten Perfektion vor mir.

Meine Lippen und Zunge begeben sich auf Wanderschaft über seinen Rücken, die Tattoos, die Narben und Initialen. Ich knie mich hin und mache dort weiter, begleitet von Masons leisem Stöhnen und Keuchen. Er wird wieder hart und ich langsam ungeduldig, weil meine eigene Erektion schon schmerzhaft gegen die Hose drückt.

»Halt dich an der Fensterbank fest«, befehle ich ihm. Als er es tut, umfasse ich seine Hüften und schiebe ihn ein Stück zurück. Jetzt ist er in der perfekten Position. »Stell die Beine weiter auseinander.«

»Und was, wenn nicht?«, fragt er neckend. Ich beuge mich über ihn und beiße in seine Schulter.

»Beine weiter auseinander«, wiederhole ich strenger und er lacht leise, befolgt aber meine Anweisung. Die Gänsehaut auf seinem Rücken entgeht mir nicht. Ihn macht das genauso an wie mich.

Ich hole aus meinem Geldbeutel zwei Päckchen Gleitgel, bevor ich schnell meine Klamotten loswerde. Mit feuchten Fingern dringe ich zwischen seine Backen und umspiele sein Loch. Mason stöhnt, seine Muskeln spannen sich an und er streckt die Wirbelsäule durch.

»So ist es gut«, murmle ich. »Perfekt, Mace. Entspann dich für mich.«

»Ja«, wimmert er und umfasst die Fensterbank fester. Ich necke ihn ein wenig länger, bevor ich gleich zwei Finger in ihn schiebe und ihn reize, seine Prostata stimuliere und ihn wieder zum Stöhnen bringe.

»Dom«, keucht er. »Fuck, Dom, ich liebe das und ich liebe *dich*.«

Sanft drücke ich ihm einen Kuss auf den Rücken und mache weiter, dehne ihn mit den Fingern, bis er bereit ist für meinen Schwanz. Ich umfasse seine Hüften und schiebe mich fast vollständig in ihn. Mace' Schrei geht in ein lustvolles Stöhnen über.

Er will sich aufrichten, aber ich drücke eine Hand auf sein Kreuz. »Halt die Fensterbank fest und bewege dich nicht«, befehle ich ihm. Als er nicht protestiert, nehme ich die Hand von seinem Kreuz und stoße wieder zu.

Unser Stöhnen vermischt sich, ich verliere mich in ihm und lasse los, ficke ihn hart und schnell. Als ich fast soweit bin, umfasse ich seinen bereits tropfenden Schwanz und reibe ihn, bis er sich in meiner Hand ergießt – und ich mich in ihm.

Uns beiden fällt es schwer, uns nach dem atemberaubenden Orgasmus auf den Beinen zu halten, weswegen ich ihn kurzerhand mit auf den Boden ziehe, den Kopf auf meine Brust gebettet. Mace rollt sich halb auf mir zusammen und haucht mir federleichte Küsse auf die Brust.

»Das war absolut berauschend, Dom.«

»Ging mir ebenso«, erwidere ich und schließe ihn fester in den Arm. Eine Weile ist es bis auf unser schweres Atmen still. Dann richte ich mich nochmal auf und angle nach meinen Klamotten. Eigentlich will ich nur etwas davon als Kissen benutzen, wobei mir dabei mein Handy in die Hand fällt und ich die vielen verpassten Anrufe von meinem Bruder entdecke. Seufzend lehne ich mich zurück und wähle seine Nummer.

»Dom, wo bist du? Geht es dir gut?«, fragt er besorgt. Ich habe ihm noch gar nicht Bescheid gesagt, das wollte ich eigentlich persönlich machen.

»Mir geht es gut, es lief alles nach Plan.«

»Gott sei Dank«, seufzt er. »Warum gehst du nicht an dein Handy? Ich habe mir Sorgen gemacht.«

»Tut mir leid.«

Mein Bruder zögert hörbar am anderen der Leitung. »Was ist mit Mason? Lebt er noch?«

Mein Blick fällt auf Masons Kopf, der auf meinem Bauch liegt. Das mit Mace ist auch eine Geschichte, die ich ihm persönlich erzählen muss. Niemand wusste von dem Arrangement, das wir damals in Christians Club getroffen haben. »Ja, dem geht es auch gut«, informiere ich ihn. »Er ist gerade bei mir. Wir ... wir sind bald wieder zurück.«

»Das ist alles, was ich fürs Erste wissen muss.«

»Ich wollte nicht, dass du dir unnötig Sorgen machst, tut mir leid«, wiederhole ich und muss dann schmunzeln. »Ist Dario bei dir, um Händchen zu halten?«

Mace hebt den Kopf und grinst mich an. Alessio seufzt laut in den Hörer.

»Meine Liebe zu dir vergeht gerade ein bisschen, Dom«, brummt er.

»Also ist er nicht da? Wenn ich ihn jetzt anrufe und ihm befehle mir zu sagen, wo er sich aufhält, wäre die Antwort nicht *bei Alessio*?«, ziehe ich ihn auf.

»Mach's gut, Dom.« Mit diesen genervten Worten werde ich weggedrückt und lege grinsend das Handy zur Seite.

Mace legt das Kinn auf meiner Brust ab und sieht zu mir auf. »Ich mag dein neues Zuhause jetzt schon«, sagt er. »Wirst du mit Arianne einziehen oder allein?«

»Mit dir«, sage ich unvermittelt und lege eine Hand an seine Wange. »Es ist *unser* Zuhause. Wir werden es gemeinsam einrichten und hier wohnen.«

Seine Augen weiten sich überrascht. »Wirklich?«, fragt er ungläubig.

Mein Daumen streicht über seine stoppelige Haut. »Bleib bei mir, Mason. Bleib bei mir auf Sizilien, in diesem Haus, in meinem Leben. Sei mein Partner, mein Gefährte, mein Mann.«

Er richtet sich auf, ich denke für einen schrecklich langen Moment, er will sich abwenden, aber er setzt sich nur rittlings auf mich und ich hebe den Oberkörper, komme ihm damit entgegen. Mace greif nach meinen Händen und verschränkt unsere Finger miteinander.

»Nichts lieber als das, Domenic«, flüstert er mir zu. Das sind die schönsten Worte nach seinem *Ich liebe dich.*

Ich neige den Kopf und küsse ihn langsam und innig.

Wenn die letzten Tage mir eines gezeigt haben, dann, dass ich es abgrundtief hasse, von ihm getrennt zu sein. Und außerdem, dass wir ein verdammt gutes Team sind.

Mason und ich habe eine verrückte Zeit hinter uns und ich liebe jeden Augenblick mit ihm, auch die schmerzhaften.

Er macht alles in meinem Leben besser.

Und ich will nichts lieber, als derjenige zu sein, der ihn so glücklich macht, wie er mich.

Scheiße.

Ich verpasse fast den Anruf meiner Schwester und das nur, weil Domenic mich wieder aufgehalten hat. Schnell sprinte ich die Treppen herunter, schnappe mir den Laptop aus dem Wohnzimmer und düse damit zum Küchentresen. Ich lasse mich auf einen Barhocker fallen und da ich so viel Schwung habe, drehe ich mich einmal um meine eigene Achse, ehe ich stoppe und den Laptop auf dem Tresen abstelle.

Clara ruft gerade an. Erleichtert gehe ich ran und lächle automatisch, als ich das Gesicht meiner Schwester ausmache.

»Hey, Schwesterchen!«, rufe ich begeistert. »Wie geht es dir?«

Wenige Wochen nach Richies und de Lucas Tod habe ich herausgefunden, dass meine Schwestern niemals sizilianischen Boden berührt haben und damit noch putzmunter sind. Ich war so erleichtert, dass ich direkt in den nächsten Flieger nach Nashville gestiegen bin, um sie zu besuchen.

Dom fand das alles andere als toll, vor allem, da ich ihm nicht Bescheid gegeben habe, aber meine Schwestern live und in Farbe zu sehen war mir damals wichtiger. Außerdem hatte ich ja nicht vor, für immer in Nashville zu bleiben – wie Dom es wohl befürchtet hat – sondern bin eine Woche später nach Sizilien zurückgekommen. Er war trotzdem verdammt wütend und ich habe ein paar Blowjobs und beruhigende Worte gebraucht, um ihn zu besänftigen.

»Mir geht es fantastisch, aber offenbar nicht so gut wie dir. Warum grinst du denn so?«, dringt die Stimme meiner kleinen Schwester zu mir herüber.

Ah, weil ich wieder an Dom und all die versauten Dinge denke – das verbiete ich mir schnell.

»Ich freue mich nur, dich zu sehen, Kleines.« Clara und ich skypen alle zwei Wochen, aber dennoch fiebere ich dem nächsten Gespräch immer entgegen. Es macht Spaß, wieder Teil ihres Lebens zu sein. »Wie läuft die Arbeit?«

Clara beginnt, aufgeregt von ihren letzten Tagen zu berichten. Sie hat den Job als freie Journalistin gegen eine Festanstellung bei einem großen Magazin getauscht und liebt ihre Arbeit seitdem noch mehr.

»Und wie geht es Carola?«, hake ich vorsichtig nach. Im Gegensatz zu Clara hat meine andere Schwester mir bei meinem damaligen Besuch unmissverständlich klar gemacht, dass sie kein Interesse an einer Bruder-Schwester-

Beziehung hat. Sie hat inzwischen einen Ehemann und eine kleine Tochter und möchte nichts mit meinem Lebensstil als Krimineller zu tun haben. Ich verstehe sie, dennoch tut es immer noch weh.

»Gut, soweit. Wir reden nicht so viel, seitdem Ethan sie mit nach New York geschleift hat.« Clara verdreht bei den Worten die Augen. Sie ist kein besonders großer Fan von ihrem Schwager, ganz unübersehbar. Aber im nächsten Moment grinst sie wieder in die Kamera. »Apropos anstrengende Ehemänner. Wo ist deiner?«

Automatisch blicke ich über die Schulter zu der Treppe. »Oben, der liegt noch im Bett«, teile ich ihr mit. »Aber bitte nenn ihn nicht meinen Ehemann. Da komme ich mir so alt vor.«

»Na ja, ihr seid immerhin verheiratet und, sorry Mace, ihr seid alt. Ist Domenic nicht schon dreißig geworden?«

»Neunundzwanzig«, korrigiere ich sie. »Aber ich bin noch lange nicht so weit. Ich bin erst dreiundzwanzig!«

»Na gut, du bist zumindest nicht so alt wie dein Ehemann. Pass bloß auf, er hat nur noch ein paar gute Jahre, bevor er zum Pflegefall wird und du dich um ihn kümmern musst. Mach lieber vorher die Biege«, erklärt Clara mir gespielt ernst.

»Genauso frech wie ihr Bruder.« Doms Stimme lässt mich zusammenzucken. Ich war so konzentriert auf Clara, dass ich gar nicht gemerkt habe, wie er heruntergekommen ist. Nur mit Boxershorts bekleidet schlingt er von hinten einen Arm um mich und winkt meiner Schwester zu. »Hallo, Clara.«

»Oh-oh.« Meine Schwester beißt sich schuldbewusst auf die Lippe. »Nur zur Info, Mace hat sich gerade über dein Alter beschwert. Ich finde ja, du siehst auf den Strand-Bildern, die Mace mir immer schickt, noch ganz jung und knackig aus.«

»Hm-mh«, brummt er. »Ich habe alles gehört.«

»Mist. Schickst du jetzt Auftragskiller nach Nashville, die mich beseitigen?«

»Schlimmer. In Masons nächstem Carepaket nach Amerika gibt es keine europäische Schokolade«, sagt er todernst.

Clara fasst sich theatralisch an die Brust und tut so, als ob sie von einer Kugel getroffen wurde. Ganz im Gegensatz zu Carola hat sie absolut kein Problem mit unserem *Lebensstil*.

Dom drückt mir einen Kuss auf die Wange, dann umrundet er die Theke und verschwindet damit aus der Kamera. »Frühstück?«, fragt er mich tonlos und ich nicke begeistert.

»Dein Mann ist echt gemein«, schmollt Clara. »Und, oh mein Gott, heiß! Uff, diese Brustmuskeln.«

»Er hört dich noch und grinst gerade sehr selbstzufrieden«, informiere ich sie und muss lachen, als sie sich die Hand vor den Mund schlägt.

»Hören wir auf, sein Ego zu pushen«, schlage ich vor. »Erzähl mir lieber was aus deinem Liebesleben.«

»Was soll ich dir sagen? All die heißen Männer und Frauen leben doch auf Sizilien.« Sie stützt ihr Kinn auf der Hand ab. »Wann darf ich dich mal besuchen?«

Mein fragender Blick findet Doms, der daraufhin zustimmend nickt. »Bald«, verspreche ich ihr. Die Lage ist gerade so entspannt, dass Clara ohne Probleme einfliegen kann. Mit Romano gibt es immer mal wieder Streit, aber meistens kann man die Probleme ohne Mord und Totschlag lösen. »Sag mir Bescheid, wann du ein paar freie Tage nehmen kannst, dann hole ich dich mit dem Privatjet.«

Ihre Augen werden groß. »Ernsthaft? Seid ihr so reich?«

»Das war ein Scherz. Ich buche dir einfach einen Flug.«

Clara schiebt die Unterlippe vor. »Schade, aber ich werde es verkraften. Na gut, ich rufe dich die Tage deswegen nochmal an. Ich muss jetzt an meinem Artikel weiterschreiben.«

»Viel Spaß. Mach's gut, Schwesterherz.«

Wir verabschieden uns und ich klappe den Laptop wieder zu. Dom stellt mir einen frisch gebrühten Kaffee hin.

»Danke, Schatz.« Es gibt auch frische Brötchen, mit Butter und Marmelade, so wie ich es mag.

Dom setzt sich mir gegenüber und blickt auf seine Uhr. »Ari erwartet uns in einer Stunde.«

»Oh, so spät schon? Ich muss mich noch umziehen.« Aber erstmal Frühstücken, ich bin am Verhungern.

»Du hast zu lange gebraucht«, schmunzelt Dom.

»Ach, du hast dich nicht beschwert, als ich dich in den Himmel gefickt habe.«

»Dafür beschwere ich mich jetzt«, gibt er zurück, hat aber ein Grinsen auf den Lippen. »Im Ernst, sie wird echt sauer, wenn wir zu spät kommen.«

»Na gut, ich beeile mich«, verspreche ich und lecke mir Marmelade von den Fingern. Dom beobachtet mich dabei, umfasst seine Kaffeetasse fester und leckt sich seinerseits über die Lippen.

Als sich unsere Blicke wieder kreuzen, weiß ich mit ziemlicher Sicherheit, dass wir nicht pünktlich sein werden.

»Ihr seid zu spät!«, beschwert Arianne sich schmollend, als sie uns die Tür öffnet.

»Dafür haben wir Wein mitgebracht«, erwidert Dom und hält die Flasche hoch.

»Na, das ist ja das Mindeste.« Sie greift danach und betrachtet kurz das Etikett, dann lächelt sie. »Kommt rein, Jungs.«

Ich umarme die Kleine und drücke ihr ein Kuss auf die Wange, bevor ich in ihr neues Haus eintrete. Wir waren natürlich bereits hier, haben beim Renovieren und Einrichten geholfen, aber heute ist die offizielle Einweihungsparty.

Es ist schön hier, gemütlich eingerichtet und mit viel Deko versehen. Arianne hatte nach der Zeit bei Richie ein paar schwere Wochen und Monate, doch sie hat sich aufgerafft, hat ihr Studium wieder aufgenommen und sich ein eigenes Haus ausgesucht. Alessio hat seine kleine Schwester nicht gerne gehen lassen, aber sie ist ja nur ein Katzensprung von seiner Villa entfernt.

»Hey Ace«, grüße ich besagten besorgten Bruder, der im Esszimmer gerade die Teller verteilt. Auch ihn ziehe ich in eine kurze Umarmung. »Wo hast du Dario gelassen?«

»Nervst du mich immer noch damit?«, fragt er und rollt mit den Augen.

»Immer wieder. Hast du ihn wirklich nicht dabei? Ich schaue doch so gerne dabei zu, wie er dich anhimmelt, wenn du anfängst zu sprechen.«

»Du sitzt am anderen Ende des Tisches«, weist er mich an und verpasst mir einen Schubs.

»Hier wird nicht gestritten«, sagt Arianne streng, die gerade mit Dom das Esszimmer betritt. »Setzt euch, Jungs, ich serviere gleich das Essen.«

»Oh, perfekt, ich bin am Verhungern.«

Dom setzt sich neben mich und legt einen Arm um meine Lehne. »Du hast erst gefrühstückt, *Tesoro*. Dich durchzufüttern ist echt eine Lebensaufgabe.«

»Hey«, beschwere ich mich und lehne mich an ihn, um ihm ein Kuss zu geben. »Du bist so fies.«

»Wo ist Dario denn?«, hakt Dom nach und nickt seinem Bruder über den Tisch hinweg zu. »Habt ihr etwa Schluss gemacht?«

»Du weißt genau, dass wir nicht diese Art Beziehung haben.« Ace rollt mit den Augen. »Wenn ihr mich weiterhin damit nervt, lasse ich die nächsten Familientreffen ausfallen.«

»Ach komm, wir geben dir nur einen Schubs«, meine ich. »Stehst du denn auf ihn? Er ist süß. Und ein Scharfschütze, was bedeutet, dass er gut mit schweren Geräten umgehen kann.«

Dom lacht überrascht auf. »Der war wirklich schlecht, Mason.«

»Keine Witze mehr auf Alessios Kosten«, befiehlt Arianne, die mit einer großen Schüssel Pasta wiederkommt.

»Danke, Ari. Wenigstens eine ist auf meiner Seite.«

»Ja. Wenn Dario und du eure Beziehung weiterhin geheim halten wollt, könnt ihr das gerne tun«, erwidert sie trocken, was uns alle zum Lachen bringt. Alle, bis auf Alessio, der wieder nur mit den Augen rollt.

»Mason kriegt heute nichts zu essen«, beschließt er und greift zuerst nach der Schüssel.

»Nein, das ist unfair.«

»Doch, das war ein Spruch zu viel.«

Dom massiert mir beruhigend den Nacken. »Du kriegst was von mir ab«, verspricht er.

»Was, akzeptieren wir Alessios Befehl einfach?«, frage ich gespielt schockiert.

»Sorry, Mace, unser großer Bruder hat gesprochen«, grinst Arianne mich an.

Im Endeffekt kriege ich doch etwas von dem köstlichen Pastasalat und wir verbringen einen lustigen und entspannten Sonntag.

Dieser Tag heute war nahezu perfekt. Der Start mit Dom in unserem wunderschönen Haus an den Klippen, das Gespräch mit meiner Schwester und den Nachmittag bei Doms Geschwistern, die auch zu meiner Familie wurden.

In der Nacht räkle ich mich nackt in unserem Bett und warte darauf, dass Dom vom Duschen zurückkommt. Man, warum braucht er denn so lange? Gerade noch hat er mich unter dem Duschstrahl heiß gemacht und jetzt lässt er mich hängen?

Ich springe aus dem Bett, will eigentlich ins Bad und meinen Mann ins Bett zerren, aber stattdessen bleibe ich stehen und öffne die Balkontür. Der Sternenhimmel ist klar und offen, eine warme Brise weht hinein und verursacht eine Gänsehaut auf meinen Armen.

Dieser Ausblick fasziniert mich jedes Mal aufs Neue. Gott, ich liebe das alles hier so sehr. Und vor allem liebe ich den Mann, der nun hinter mich tritt.

»Sex auf dem Balkon?«, fragt er anzüglich und küsst meinen Nacken.

»Ich bin echt glücklich gerade.«

Er schlingt die Arme um mich und drückt mich fest an sich. Sein warmer, muskulöser Bauch wärmt meinen Rücken und seine bloße Anwesenheit mein Innerstes.

»Ich auch, Mace. Jeder Tag mit dir fühlt sich an wie ein Geschenk.«

Ich streiche über seine Finger, über den Ring, der uns beide verbindet. Nach Sizilien zu kommen war rückblickend gesehen eine verdammt gute Idee. Damals war es nur ein Impuls, der Name dieser Insel klang gut und der Flug war erschwinglich. Niemals hätte ich gedacht, dass sich irgendwann mein ganzes Leben hier abspielen würde.

Und es ist ein gutes Leben, solange ich Dom an meiner Seite habe.

»*Ti amo, Tesoro*«, flüstert er mir zu und küsst die Stelle hinter meinem Ohr.

»Ich liebe dich auch, mein Engel.«

Ja. Ein verdammt gutes Leben.

# DANKE

Danke an alle, die Band 1 gelesen und geliebt haben. Eure Begeisterung hat mich beim Schreiben des Abschlusses beflügelt. Ich liebe diese Geschichte und hoffe, Dom und Mace haben auch in euren Augen einen würdigen Abschluss bekommen.

Wenn du noch ein paar Sekunden Zeit hast, würde ich mich wahnsinnig freuen, wenn du eine Bewertung oder schriftliche Rezension auf Amazon hinterlässt. Damit helft ihr mir als Autorin und meinen Büchern enorm.

Vielen Dank auch an alle, die zur Fertigstellung dieses Buches mitgewirkt haben.

Ich verlasse Sizilien (fürs Erste), aber ich schließe nicht aus, nochmal zurückzukehren. Alessio hat noch eine Geschichte zu erzählen …

Alles Liebe,
Katy, 2022